U0017312

法語凱旋門 文法圖表精解

Clés du français

楊淑娟、Julien Chameroy 著

序一

本人與 Julien Chameroy 一起合作撰寫之事可追溯到 2009 年。當時 Julien 在淡江大學法文系擔任法籍助理，工作之餘我們常討論並交換法語教學之觀點。由於我們在教學上有諸多相同的理念與策略，因此本人提議合作寫一本法文書。

本書共計二十章，每章的架構分為：概念、規則、句型、例句、對話、練習、演練及法國之窗等八部分。此書的特色是以「表格」呈現每章的重要文法規則，而內文敘述上則常見本人用提問兼回答之方式與讀者建立對談。

首先由「概念」揭示每章整體的文法軸心，繼而以表格彙整「規則」、羅列「句型」與「例句」。其中列舉實用又豐富生活化的例句主要是對照「規則」而衍生出的，讓學習者得以在文法理論與實務上運用自如。至於活化文法與字彙及了解跨文化之重要性則在「對話」單元中呈現出。

「練習」主要是提供給學習者更多自我測驗文法規則的機會。至於「演練」的部份不僅能增強學習者的口語表達能力，也可作為會話課程的參考資料。透過每章結尾的「法國之窗」能引領大家在學習文法之餘來趟文化與心靈洗禮。期望大家帶著這些鑰匙開啟學習法語的好奇心，並探索這優美的法蘭西語言與文化。

在此我們要衷心感謝協助本書的朋友們：Mme. Sylvie Poisson-Quinton 教授給予很多法文文法上的寶貴意見、Mme. Elysabeth Chameroy 的法文校稿與 M. et Mme Gigaudaut 夫婦、M. Stéphane Corcuff 及 Mme. Majorie Bellemin-Ménard 參與錄音的工作，他們生動的「對話」，讓我們感受到何為自然的法語語調表達方式。最後感謝聯經出版公司李芃小姐提供我們出版此書的機會，讓我與 Julien 的著書夢想實現，又可嘉惠法語學習者。

本書的內容尚有很多改善的空間，請各位先進不吝賜教。如果有機會出版第二冊，您們的意見與支持是我們將來努力的方向。

淡江大學法文系專任教授

楊淑娟

序二

Pourquoi ce manuel ?

Ce manuel est le résultat d'une rencontre entre deux enseignants de français langue étrangère, l'une de Taïwan, l'autre de France.

Chacun ayant leurs expériences, leurs pratiques, leurs croyances propres, cette rencontre a fait naître beaucoup d'interrogations entre les deux enseignants concernant l'enseignement du français langue étrangère à Taiwan et plus généralement des langues étrangères.

Apprendre une langue étrangère n'est pas seulement apprendre des mots, c'est faire un pas vers un nouveau monde, entrer dans ce monde et se reconstruire dans celui-ci.

Apprendre une langue étrangère, c'est créer un nouveau « je », c'est apprendre encore une fois qui « je » suis mais d'une façon différente.

Les caractéristiques de l'approche

C'est de ce constat que nous sommes partis pour réaliser ce manuel. Les cultures d'apprentissage des langues étrangères à Taïwan et en France ne sont pas les mêmes. Les cultures de l'éducation dans un sens large ne sont pas non plus les mêmes.

Et pourtant, apprendre le français à Taïwan c'est essayer de réunir ces deux cultures et les faire communiquer.

Comment faire ?

Alors qu'en France l'approche actionnelle de l'apprentissage des langues étrangères est la norme, à Taïwan, l'approche dite « traditionnelle » ou basée sur l'apprentissage de la grammaire est encore la base des méthodes d'enseignement des langues étrangères.

Beaucoup de raisons expliquent ces différences, les deux approches sont aussi valables l'une que l'autre et il ne s'agit pas ici d'en désigner une comme la meilleure au détriment de l'autre.

C'est ce que nous avons essayé de faire dans ce manuel : apporter le meilleur des deux approches et les réunir dans un livre d'apprentissage qui a pour vocation d'être une fenêtre sur la France, un outil de facilitation de l'apprentissage de la langue mais aussi de la compréhension de la culture.

Déroulement de l'apprentissage

Chaque leçon est clairement découpée en plusieurs parties :

1. L'idée générale dans laquelle on décrira le thème grammatical abordé.
2. La règle du thème grammatical présentée sous forme d'un ou plusieurs tableaux afin de renforcer l'apprentissage basé sur la mémoire visuelle.
3. Le dialogue apporte le contexte du thème. Les dialogues sont les plus proches de l'authentique possible. L'apprenant pourra ainsi, d'emblée, se confronter au français tel

qu'il est parlé, se familiariser avec la mélodie de la langue et ses phonèmes. Le but n'est pas de saisir chacun des mots du dialogue mais de repérer ceux introduits dans la leçon. L'apprentissage se faisant pas à pas, au cours des conversations. L'apprenant développe ici sa capacité à repérer les parties clés d'un dialogue et exercer son oreille à la mélodie du français.

4. Les exercices permettent de réviser et confirmer les acquis de la leçon.
5. La simulation est le moment du réemploi en situation. Le but est de simuler le contexte et de se mettre en situation. C'est la partie active de l'apprentissage, cette partie doit être répétée autant de fois que possible.
6. La dernière partie est une fenêtre sur la France avec quelques photographies en rapport avec le dialogue de la leçon.

L'approche du manuel est donc mixte, elle allie le côté grammatical et systématisation des acquis avec une approche plus communicationnelle et active.

L'apprenant est invité à être actif, à prendre part à son apprentissage, à la construction de son nouveau « je » en français langue étrangère avec les simulations.

Le manuel a aussi pour objectif de donner un aperçu de la culture française, de ses habitants, de leur mode de penser et de communiquer. Les photos, les dialogues et les expressions ont été choisis dans ce but.

En fin d'ouvrage, on retrouvera les réponses aux exercices mais également des tableaux plus exhaustifs des points abordés dans les leçons, la liste des expressions et leurs explications.

Les auteurs souhaitent aux lecteurs de faire un bon voyage au travers de cet ouvrage qui se veut une fenêtre sur la France et une clef pour entrer dans le monde du français.

Remerciements

Ce manuel n'aurait pas pu voir le jour sans l'aide et les encouragements de nos collègues, amies et famille.

Nous remercions Sylvie Poisson-Quinton pour sa patience et ses conseils.

Elisabeth Chameroy pour sa relecture.

M. et Mme Gigaudaut, M. Stéphane Corcuff et Mme. Majorie Bellemin-Ménard pour les enregistrements.

Les anciens étudiants du département de français et les étudiants français en échange à Taïwan pour leur enthousiasme et soutien.

Joël Wang pour son inspiration.

Un grand merci à tous pour avoir rendu possible ce qui n'était au départ qu'un rêve pour Julia et moi-même.

Grâce à vous, la réalisation de ce manuel a été une aventure dont nous avons plaisir à nous souvenir.

Les photos ont été prises et sélectionnées par les auteurs du présent ouvrage.

Julien Chameroy

目次

序一 ………………………………………………………… ii

序二 ………………………………………………………… iii

Première partie : Le groupe nominal et les pronoms

Chapitre I 第一章
Les noms 名詞 ………………………………………… 3

Chapitre II 第二章
Les articles 冠詞 ………………………………………… 15

Chapitre III 第三章
Les adjectifs qualificatifs 品質形容詞 ……………………… 27

Chapitre IV 第四章
Les comparatifs et les superlatifs 比較級與最高級 ………… 43

Chapitre V 第五章
Les adjectifs et pronoms démonstratifs 指示形容詞與代名詞 … 55

Chapitre VI 第六章
Les adjectifs et pronoms possessifs 所有格形容詞與代名詞 …… 61

Chapitre VII 第七章
Les adjectifs et pronoms indéfinis 不定形容詞與代名詞 ………… 67

Chapitre VIII 第八章
Les pronoms personnels 人稱代名詞 ……………………… 83

Deuxième partie : Le verbe

Chapitre IX 第九章
Les constructions verbales 動詞結構 ……………………… 103

Chapitre X 第十章
Les verbes pronominaux 代動詞 ………………………… 111

Chapitre XI 第十一章
L'impératif 命令語式或祈使式 …………………………… 119

目次

Chapitre XII 第十二章
Le passé composé, l'imparfait et le plus-que-parfait
複合過去時、過去未完成時與愈過去時 127

Chapitre XIII 第十三章
Le futur proche, le futur simple et le futur antérieur
近未來、簡單未來時與未來完成時 143

Chapitre XIV 第十四章
La voix active et la voix passive 主動與被動語式 155

Chapitre XV 第十五章
Le subjonctif 虛擬式 169

Chapitre XVI 第十六章
Le conditionnel 條件式 183

Troisième partie : Les mots invariables

Chapitre XVII 第十七章
Les adverbes 副詞 201

Chapitre XVIII 第十八章
Les prépositions 介系詞 215

La phrase interrogative

Chapitre XIX 第十九章
L'interrogation 疑問句 229

La phrase complexe

Chapitre XX 第二十章
Les pronoms relatifs 關係代名詞 249

Annexes 附錄 260

Exercices 解答 314

Chapitre I

第一章

Les noms 名詞

Idée générale ／概念

名詞分為普通名詞 (noms communs) 與專有名詞 (noms propres)。普通名詞包括有生命與無生命、具體與抽象、可數與不可數的人、事情、東西、地點。例如 ：une femme (一位女人), un stylo (一支筆), un bonbon (一顆糖果), un oiseau (一隻鳥), une piscine (一個游泳池), de la patience (勇氣), du riz (米飯)。專有名詞則是指唯一的人、事情、東西、地點，字母開頭要大寫。例如 : Monsieur Durand (Durand 先生), Victor Hugo (維克多 · 雨果), Paris (巴黎), la Seine (塞納河)。

聽說過法文的名詞有陰陽性之分別嗎 ？ 我們很容易就能了解男人是陽性、女人是陰性、太陽是陽性、月亮是陰性。除此之外，例如 : un livre (一本書), un chien (一隻狗), un bras (一隻手臂), une table (一張桌子), une pomme (一粒蘋果), une voiture (一部車子) 。如何熟記法文名詞的陰陽性？ 有規則可循嗎？由於名詞很豐富，在此我們大略整理一些規則，以幫助學習者區分法文名詞之陰陽性。

Règle ／規則

◎ Masculin ou féminin ／ 陽性或陰性

名詞的陰陽性可以從字尾或由性別分辨出，以下列表說明其規則並舉出一至三個字。其他的請參考附錄 p.271–275。

表一　由字尾或其他情況分辨名詞陰陽性

字尾或其他情況	陽性 (masculin)	字尾或其他情況	陰性 (féminin)
-ment	gouvernement, logement	**-tion**	information, invitation
-mant	diamant	**-sion**	télévision, profession
-age	fromage, voyage	**-ette**	baguette, bicyclette
-phone	interphone, téléphone	**-ure**	culture, ouverture
-isme	optimisme, pessimisme	**-ance**	assurance, correspondance
-(e)au	bureau, cadeau, tuyau	**-ence**	différence, expérience
-ier	atelier, banquier, cahier	**-té**	qualité, université
-al	capital, journal, hôpital	**-eur**	couleur, fleur, longueur
-ail	chandail, bail, rail	**-ode**	méthode
-ard	cafard, foulard, épinard	**-ude**	certitude, inquiétude

字尾或其他情況	陽性 (masculin)	字尾或其他情況	陰性 (féminin)
-scope	caméscope, télescope	**-ée**	année, arrivée, entrée
-(t)eur	acteur, ordinateur, danseur	**-esse**	richesse, politesse, vitesse
-et	billet, bouquet, buffet	**-ie**	économie, psychologie, vie
-ois	bois, pois	**-aison**	comparaison, conjugaison
-oir	soir	**-ise**	bêtise, franchise
-chon	bouchon, cochon	**-ade**	promenade, salade
-ant	collant, courant, croissant	**-che**	bouche, douche, marche
-logue	dermatologue, gynécologue	**-gne**	campagne, montagne
pays sans -e	Canada, Japon, Brésil	**pays avec -e**	Allemagne, France, Suisse
arbres	platane, sapin, peuplier	**régions françaises**	Alsace, Bretagne, Provence
arbres fruitiers	bananier, manguier, pommier	**-ille**	famille, feuille, jonquille
mots étrangers	parking, sandwich, taxi	**magasins**	bijouterie, boulangerie
un seul genre	assassin, chef, mannequin	**un seul genre**	grenouille, souris, vedette

◎ Formation du féminin des noms ／ 陰性名詞結構

一般而言，在陽性名詞之後加 **-e** 變成陰性名詞。但是還有其他的變化，今整理出較常用的規則，並且要特別注意發音的問題。

表二 名詞陰陽性的變化

陽性 (masculin)		陰性 (féminin)		發音
-i〔i〕 *-é*〔e〕 *-l*〔l〕	ami, employé, Espagnol	***-ie***〔i〕 ***-ée***〔e〕 ***-le***〔l〕	ami***e***, employé***e***, Espagnol***e***	相同
-t〔x〕 *-d*〔x〕 *-s*〔x〕	étudiant, marchand, Anglais, Chinois	***-te***〔t〕 ***-de***〔d〕 ***-se***〔z〕	étudiant***e***, marchand***e***, Anglais***e***, Chinois***e***	不同
-(i)er〔e〕	boulanger, étranger, caissier, infirmier, ouvrier	***-ère***〔ɛ〕	boulang***ère***, étrang***ère***, caissi***ère***, infirmi***ère***, ouvri***ère***	不同
-en〔ɛ̃〕	citoyen, lycéen, Européen	*-en**ne***〔ɛn〕	citoyen***ne***, lycéen***ne***, Européen***ne***	不同
-ien〔jɛ̃〕	informaticien, musicien, Parisien, végétarien	*-ien**ne***〔ɛn〕	informaticien***ne***, musicien***ne***, Parisien***ne***, végétarien***ne***	不同
-on〔ɔ̃〕	champion, patron	*-on**ne***〔ɔn〕	champion***ne***, patron***ne***	不同
-in〔ɛ̃〕	cousin	*-in**e***〔ine〕	cousin***e***	不同
-ain〔ɛ̃〕	Mexicain	*-ain**e***〔ɛn〕	Mexicain***e***	不同
-(t)eur〔œr〕	chanteur, coiffeur, danseur, serveur	***-(t)euse***〔øz〕	chant***euse***, coiff***euse***, dans***euse***, serv***euse***	不同

陽性 (masculin)		陰性 (féminin)		發音
-teur〔tœr〕	acteur, agriculteur, directeur, traducteur	***-trice***〔tris〕	ac***trice***, agricul***trice***, direc***trice***, traduc***trice***	不同
-f〔f〕	veuf, Juif, neuf	***-ve***〔v〕	veu***ve***, Jui***ve***, neu***ve***	不同

如果陰陽性名詞都是以 **-e** 結尾，就由性別 (le genre) 辨識其陰陽性。在此列舉幾個字，其他的請參考附錄 p.276。

表三　由性別分辨名詞陰陽性

陽性	陰性
Un camarade	**Une** camarade
Un élève	**Une** élève
Un journaliste	**Une** journaliste
Un locataire	**Une** locataire
Un propriétaire	**Une** propriétaire
Un photographe	**Une** photographe

表四的名詞牽涉到眾所周知必然性的名詞陰陽性。在此列舉幾個字，其他的請參考附錄 p.277。

表四　眾所周知的名詞陰陽性

陽性	陰性
Un homme	Une femme
Un mari	Une femme
Un père	Une mère
Un garçon	Une fille
Un fils	Une fille
Un frère	Une soeur

◎ Pluriel des noms ／名詞複數形式

一般而言，在名詞單數陰陽性之後加 **-s** 即是複數之變化。

表五　名詞複數一般形式

陽性（單數）	陽性（複數）	陰性（單數）	陰性（複數）
un ami	→ **des** amis	une amie	→ **des** amies
un étudiant	→ **des** étudiants	une étudiante	→ **des** étudiantes
un artiste	→ **des** artistes	une artiste	→ **des** artistes
un livre	→ **des** livres	une fleur	→ **des** fleurs
un dictionnaire	→ **des** dictionnaires	une voiture	→ **des** voitures
★注意發音 un oeuf〔œ̃œf〕→ **des oeufs**〔dezø〕 un bœuf〔œ̃bœf〕→ **des** boeufs〔debø〕			

但是還有其他的變化，今整理出較常用的規則。

表六　名詞複數特殊形式

單數	字尾保留或改變	複數
bois, cours, fils, mois, pays, tapis, bras, os, rubis	-s → s	相同
choix, noix, prix, voix, croix, toux	-x → x	相同
nez, gaz, riz	-z → z	相同
bateau, manteau, gâteau, couteau, chapeau, bureau, morceau, drapeau, plateau, oiseau, carreau, peau, seau, tableau	-eau → ***eaux***	bat***eaux***, mant***eaux***, gât***eaux***, cout***eaux***, chap***eaux***, bur***eaux***, morc***eaux***, drap***eaux***, plat***eaux***, ois***eaux***, carr***eaux***, p***eaux***, s***eaux***, tabl***eaux***

單數	字尾保留或改變	複數
noyau, tuyau	-au → ***aux***	noy***aux***, tuy***aux***
cheveu, feu, jeu, neveu, lieu	-eu → ***eux***	chev***eux***, f***eux***, j***eux***, nev***eux***, li***eux*** ★注意 pneu → pneus
bijou, chou, genou, caillou, pou, hibou, joujou	-ou → ***oux***	bij***oux***, ch***oux***, gen***oux***, caill***oux***, p***oux***, hib***oux***, jouj***oux***
clou, fou, trou	-ou → ***ous***	cl***ous***, f***ous***, tr***ous***
corail, travail, vitrail, émail	-ail → ***aux***	cor***aux***, trav***aux***, vitr***aux***, ém***aux*** ★注意 détail → détails éventail → éventails rail → rails chandail → chandails
cheval, journal, hôpital, animal, mal, canal, général, signal	-al → ***aux***	chev***aux***, journ***aux***, hôpit***aux***, anim***aux***, m***aux***, can***aux***, génér***aux***, sign***aux*** ★注意 bal → bals festival → festivals canaval → canavals naval → navals choral → chorals récital → récitals
un œil		des yeux
Monsieur		Messieurs
Madame		Mesdames
Mademoiselle		Mesdemoiselles

◎ Pluriel des noms composés ／複合名詞複數形式

複合名詞之組成有多種：動詞與名詞、名詞與名詞、名詞與形容詞、形容詞與形容詞或名詞與介系詞。該如何將這些複合名詞改成複數？請看表七。

表七　複合名詞複數形式

單數	複數
❶ 動詞＋名詞	動詞不變＋名詞變化
un ouvre-boîte un tire-bouchon ★注意： un porte-monnaie → des porte-monnaie 若名詞是複數則不變化 un porte-avions → des porte-avions un porte-clés → des porte-clés	des ouvre-boîte***s*** des tire-bouchon***s***
❷ 名詞＋名詞	皆變化
un chou-fleur un bateau-mouche un aller-retour	des chou**x**-fleur***s*** des bat***eaux***-mouche***s*** des aller***s***-retour***s***
❸ 名詞＋形容詞	皆變化
un coffre-fort ★注意： 若名詞是複數則不變化 un procès-verbal → des procès-verbaux	des coffre**s**-fort***s***
❹ 形容詞＋名詞	皆變化
un grand-père un petit-déjeuner ★注意： un mille-feuille → des mille-feuilles un haut-parleur → des haut-parleurs	des grand**s**-père***s*** des petit**s**-déjeuner***s***
❺ 形容詞＋形容詞	皆變化
un nouveau-né un sourd-muet	des nouveau***x***-né***s*** des sourd***s***-muet***s***

單數	複數
❻ 名詞＋介系詞＋名詞	名詞變化＋介系詞＋名詞不變化
un arc-en-ciel	des arc***s***-en-ciel
une femme de ménage	des femme***s*** de ménage
une lampe de chevet	des lampe***s*** de chevet
une boîte à lettres	des boîte***s*** à lettres
❼ 介系詞＋名詞	介系詞＋名詞變化
un arrière-goût	des arrière-goût***s***
un sous-titre	des sous-titre***s***

Dialogue ／對話

01

Chez Angèle...

Etienne revient de Taïwan où il a passé six mois pour faire un reportage sur la tradition du thé. Angèle, son amie taïwanaise, l'invite chez elle à Dijon pour entendre son récit de voyage.

Angèle : Alors, raconte-moi un peu ***ce voyage***, comment tu as trouvé Taïwan ?

Etienne : Fascinant ! C'est ***un pays*** très dynamique et ***les gens*** sont vraiment accueillants. Mais comme tu sais, j'y suis allé pour réaliser ***un reportage*** sur ***la tradition du thé***, donc j'avais ***un emploi du temps*** assez serré.

Angèle : J'imagine ! Dis-moi un peu ce qui t'a surpris là-bas ?!

Etienne : ***Les gratte-ciel***, il y en a partout ! Et puis, ***la campagne*** à Taïwan est très différente de ***la campagne*** française. J'ai vraiment aimé ***les paysages*** avec ***les montagnes***...

Angèle : Et ***les gens*** ?

Etienne : ***Les Taïwanais*** étaient très curieux de ***mes cheveux***, de ***mes yeux***, beaucoup d'***étudiants*** venaient prendre ***des photos*** avec moi.

Angèle : Oui, surtout ***des étudiantes*** à ***mon avis*** !

Etienne : Oui, c'est vrai...mais c'est rare de voir ***un Européen*** à Taïwan donc je comprends !

Angèle : ***Un romancier*** en plus !

Etienne : Oui, enfin, ne mettons pas ***la charrue*** avant ***les bœufs***[1], je n'ai pas encore publié **mon** premier ***roman*** !

Angèle : Bon, si tu veux. Et alors, ***ce reportage*** ?

Etienne : J'ai rencontré ***les membres*** de ***l'association*** taïwanaise ***du thé le*** premier ***jour***, ils m'ont organisé ***un parcours*** très complet. J'ai rencontré ***des cultivateurs*** et ***des vendeurs de thé***. J'ai même présenté ***mon reportage*** pendant ***une conférence*** organisée à ***la fin du voyage***.

Angèle : En quelle ***langue*** ?!

Etienne : En ***anglais***, tu sais bien que ***mon chinois*** est loin d'être excellent !

Angèle : Super ! Eh bien, c'était ***une*** bonne ***expérience***, alors ?

Etienne : Oui, je suis très content d'être allé à Taïwan. Par contre, ***la*** prochaine ***fois*** j'apporterai ***un tire-bouchon*** ! On a eu ***du mal*** à ouvrir avec ***un ouvre-boîte la bouteille de vin*** que j'avais apportée ...

Angèle : Ha , c'est vrai que ***la culture du vin*** à Taïwan n'est pas encore très répandue !

Exercice／練習

Écrivez en français les mots entre parenthèses. Accordez en genre et en nombre !

❶ À la Défense[2], il y a des ...... (大樓)

❷ Quelle est votre ...... ? (職業)

❸ En France, il y a de nombreux ....(乳酪)

❹ Je vais à la ...... pour acheter des croissants. (麵包店)

❺ Lisez-vous le ...... en français ? (報紙)

❻ Il est très populaire, il a beaucoup d' ...... (朋友)

❼ Elles habitent à Paris, ce sont des ...... (巴黎人)

---

1. Expression : *Ne pas mettre la charrue avant les boeufs*. Il y a un temps pour chaque chose, il ne faut pas parler trop vite. Autre expression équivalente qui peut être utilisée dans ce contexte : *Il ne faut pas vendre la peau de l'ours avant de l'avoir tué*.
2. "La Défense" est le quartier d'affaires de l'Ile de France, situé en bordure de Paris.

❽ En France, le trèfle à quatre feuilles est un ...... (一個幸運物)

❾ En Asie, le thé est une ...... culturelle importante ! (傳統)

❿ C'est une ......, elle écrit des romans policiers. (小說家)

Simulation ／演練

❶ Présentez un personnage connu français ou taïwanais, donnez sa profession, faites sa description physique et donnez un exemple de ce qu'il ou elle fait.

❷ Vous préparez vos bagages pour partir en France pendant 2 semaines. Faites la liste des objets à ne pas oublier !

❸ Vous présentez la culture taïwanaise à un (e) Français (e). Faites la liste des choses, des traditions et des endroits que vous voulez lui expliquer.

Dijon, maison à colombages

Les différentes tailles de bouteilles de vin en Bourgogne.

Une dégustation de vin dans une cave à Beaune.

Chapitre II

第二章

Les articles 冠詞

Idée générale／概念

以下這六句中文該如何用法文表達：

「我要一杯咖啡。」: Je voudrais ***un*** café.

「香煙對身體不好。」: Le tabac n'est pas bon pour ***la*** santé.

「我們很喜歡法國歌曲。」: Nous aimons beaucoup ***les*** chansons françaises.

「她吃麵包。」: Elle mange ***du*** pain.

「他有很多工作。」: Il a ***beaucoup de*** travail.

「她們沒有錢。」: Elles n'ont pas ***d'***argent.

為甚麼法文的名詞前多了 un, la, les, du, beaucoup de, d'？在甚麼情況之下要加這些字？它們是甚麼意思？

請再比較以下這五個句子：

「你要水嗎？」: Veux-tu ***de l'***eau ?
「你要一杯水嗎？」: Veux-tu ***un verre d'***eau ?
「我每天喝一瓶水。」: Tous les jours, je bois ***une bouteille d'***eau.
「我每天喝很多水。」: Tous les jours, je bois ***beaucoup d'***eau.
「我不喝水，我喝果汁。」: Je ne bois pas ***d'***eau, je bois ***du*** jus de fruits.

在這章我們將提到冠詞，又名限定詞 (déterminant)，此字置於可數與不可數的名詞之前。以下列表依序舉例：

Règle ／規則

表八　冠詞與數量片語之種類與用法

種類	用法
不定冠詞 **(article indéfini)** **un, une, des**	① 置於可數的名詞之前 (人、事情、東西與地點)。 ② 第一次提到的人、事情、東西與地點。 ③ ★注意：否定用法 · un, une, des → de, d' (母音起首的名詞)。 · 但是與動詞 être 連用時則保留原來的不定冠詞。
定冠詞 **(article défini)** **le, l', la, les**	① 置於可數與不可數的名詞之前 (人、事情、東西與地點)。 ② 大家都知道的人、事情、東西與地點。 ③ 世界上唯一的。 ④ ★注意：否定用法：保留原來的定冠詞。 ⑤ 與動詞 aimer, adorer, détester, préférer 連用時，是指喜愛或討厭人、事情、東西與地點之一般性，而不提其數量多寡。 ⑥ le, l' + 各種外國語言。 ⑦ les + 各種民族。 ⑧ le, l', la, les + 國名。 – le + 陽性國名 – l' + 陰性母音起首的國名。 – la + 陰性子音起首的國名。 – les + 複數國名。

種類	用法
	⑨ le, l', les + 時間 (早上、下午、晚上) / le, les + 星期，表習慣。 ⑩ le, l' + 各種顏色。 ⑪ le, l' + 四季。 ⑫ 與最高級連用。 ⑬ 與方位連用。 ⑭ 與合併冠詞 (article contracté) 連用： – 陽性單數定冠詞與介系詞 à 連用時 à + le →變成 au。 – 陰陽性複數定冠詞與介系詞 à 連用時 à + les →變成 aux。 – 陽性單數定冠詞與介系詞 de 連用時 de + le →變成 du。 – 陰陽性複數定冠詞與介系詞 de 連用時 de + les →變成 des。
部分冠詞 **(article partitif)** **du, de l', de la, des**	① 置於不可數或抽象名詞之前。 ② 表達東西的一部分而非全部。 ③ ★注意：否定用法：du, de l', de la, des → de 或 d'。 ④ faire + du, de l', de la + 運動名稱 / 藝術性活動。 ⑤ jouer + du, de l', de la + 樂器名稱。
數量片語 **(expressions de la quantité)** **beaucoup de (d'),** **peu de (d'),** **assez de (d'),** **trop de (d'),** **un kilo de (d'),** **un paquet de (d'),** **une boîte de (d')...**	① 置於可數與不可數名詞之前。 ② 不加冠詞。
une carafe de (d'), **une bouteille de (d'),** **un pot de (d'),** **un peu de (d'),** **une tranche de (d'),** **un litre de (d')...**	① 置於不可數名詞之前。 ② 不加冠詞。

Construction ／句型

・主詞 + 動詞 + 不定冠詞、部分冠詞、數量片語 + 名詞…
・主詞 + ne + 動詞 + pas + de (d') + 名詞 …
・主詞 + 動詞 + 定冠詞 + 名詞 …
・主詞 + ne + 動詞 + pas + 定冠詞 + 名詞 …

Exemples ／例句

◎不定冠詞 (article indéfini)

❶❷ un, une, des + 名詞

① Hier, j'ai acheté **un** ordinateur portable.
（第一次提到可數的名詞：一部手提電腦）
② M. Leblanc a **un** vélo tout terrain et **une** voiture.
（第一次提到可數的名詞：一輛越野腳踏車與汽車）
③ Elle a **une** course à faire.
（第一次提到可數的名詞：一樣東西）
④ Ils font **des** réservations en ligne.
（第一次提到可數的名詞：幾個訂位）
⑤ Ce soir, on va manger dans **un** restaurant français.
（第一次提到可數的名詞：一家法國餐廳）
⑥ Dans son sac, il y a **un** portefeuille, **un** agenda, **une** trousse de maquillage, **une** bouteille d'eau minérale, et **des** livres.
（第一次提到可數的名詞：一個皮夾子、一本記事本、一個化妝包、一瓶礦泉水與幾本書）

❸ 否定用法

① Hier, j'ai acheté **un** ordinateur. → Hier, je n'ai pas acheté **d'**ordinateur.
② Monsieur Legros a **une** voiture. → Monsieur Legros n'a pas **de** voiture.
③ Elle a **une** course à faire. → Elle n'a pas **de** course à faire.

④ Ils font **des** réservations en ligne. → Ils ne font pas **de** réservations en ligne.

⑤ Il a **des** amis français. → Il n'a pas **d'**amis français.

⑥ C'est **un** film américain. → ★ Ce n'est pas **un** film américain.

◎定冠詞 (article défini)

❶❷ le, l', la, les + 名詞

① Avez-vous déjà visité **le** musée du Louvre ?
(大家都知道的地點：羅浮宮博物館)

② **L'**eau est bonne pour la santé.
(大家都知道的事情：水)

③ **Le** Festival d'Avignon a lieu en juillet.
(大家都知道的事情：亞維儂藝術節)

④ Quelles sont **les** couleurs du drapeau français ?
(大家都知道的事情：法國國旗顏色)

⑤ Je n'invite que **les** amis de ma sœur à prendre un apéro.
(特別指定妹妹的朋友)

❸ 世界上唯一的

① **La** Terre tourne autour du Soleil

② Ce soir, **la** Lune est très claire.

❹ 否定用法

① Nous ne regardons pas **la** télévision.

② Elle ne prend pas **le** train, elle prend plutôt l'avion.

③ Il n'y a pas **l'**air conditionné dans la chambre.

❺ 一般性

① Ma cousine n'aime pas beaucoup **les** chiens. (不太喜歡狗)

② La plupart des enfants français adorent **les** frites.
(喜愛薯條，而不提吃薯條的量)

③ Je préfère **la** cuisine française, et toi ? (比較喜歡法國菜)

④ Ils détestent **la** musique techno. (討厭電子音樂)

❻ le, l' + 各種外國語言

① Je trouve que **le** français est très difficile à apprendre. (外國語言：法語)

② Elle parle **le** japonais, **l'**espagnol et **l'**italien.

❼ les + 民族 (所有的人)

① **Les** Asiatiques mangent souvent du riz pendant le repas. (民族：亞洲人)

② **Les** Américains, **les** Anglais, **les** Coréens, **les** Japonais, **les** Taïwanais...

❽ le, l', la, les + 國名

le + 陽性國名

① **Le** Brésil, **le** Canada, **le** Danemark, **le** Japon, **le** Maroc, **le** Portugal...

l' + 陰性母音起首的國名

① **L'**Angleterre, **l'**Allemagne, **l'**Autriche, **l'**Algérie, **l'**Espagne, **l'**Italie,

la + 陰性子音起首的國名

① **La** France fait partie de l'Europe. (國名：法國)

② **La** Belgique, **la** Chine, **la** Grèce, **la** Norvège, **la** Turquie, **la** Russie...

les + 複數國名

① **Les** États-Unis, **les** Pays-Bas, **les** Philippines...

❾ le, l', les + 時間 (早上、下午、晚上) / le, les + 星期

① **Le** soir (**le** matin, **l'**après-midi), ses parents passent leur temps à lire. (晚上、早上、下午)

② **Le** dimanche, elle aime bien faire la grasse matinée. (星期日)

③ Tous **les** lundis, nous partons travailler en métro. (每週一)

❿ le, l' + 顏色

① **Le** rose est la couleur préférée des petites filles. (粉紅色)

② **Le** noir est toujours à la mode. (黑色)

③ Quelles sont tes couleurs préférées ? – **Le** bleu, **le** blanc, **le** jaune, **le** vert, etc. (藍色、白色、黃色、綠色等等)

⓫ le, l' + 四季

① J'aime **l'**été, mais je déteste **l'**hiver. (夏天、冬天)

② Elle préfère **le** printemps à **l'**automne. (春天、秋天)

③ Quelle saison aimez-vous ? – **Le** printemps, **l'**été, **l'**automne ou **l'**hiver ? (春、夏、秋、冬)

⓬ le, la, les + 最高級

① La tour 101 de Taïpei est **la** plus haute tour de Taïwan. (最高塔)

② Jacob est **le** moins grand de la classe. (個子最矮)

③ Le Louvre et la tour Eiffel sont les endroits **les** plus visités de Paris. (最多人參觀)

⓭ le, l' + 方位

① La France se trouve à **l'**ouest de l'Asie.

② Le Soleil se lève à **l'**est.

③ Nous allons passer nos vacances dans **le** sud de la France.

④ Je préfère habiter dans **le** nord.

⓮ 合併冠詞

① Le samedi soir, nous allons souvent **au** cinéma.
(aller à + 地點。à + le → au)

② L'instituteur parle **aux** élèves.
(parler à + 人。à + les → aux)

③ Nous venons **du** restaurant.
(venir de + 地點。de + le → du)

④ Ce sont les livres **des** étudiants.
(de + les → des)

◎部分冠詞 (article partitif)

❶ du, de l', de la + 不可數或抽象名詞

① Je vais à la banque pour retirer **de l'**argent.
(不可數的名詞：金錢)

② Il faut avoir **de la** patience et **du** courage pour faire de l'escalade.
(抽象名詞：耐心、勇氣)

③ Elle écoute **de la** musique sur Internet.
(不可數的名詞：音樂)

❷ du, de l', de la, des + 東西的一部份

① Au petit-déjeuner, la plupart des Français mangent **du** pain et boivent **du** café. (一些麵包、一點咖啡)

② À midi, nous mangeons **du** poulet, **du** riz et **des** légumes, le soir, nous ne mangeons que **de la** soupe. (一點雞肉、米飯、蔬菜、湯)

③ Pour faire une vinaigrette, il nous faut **de la** moutarde, **du** sel, **de l'**huile etc. (一些芥茉、鹽、油)

❸ 否定用法

① Je bois **du** café le soir.
→ Je ne bois jamais **de** café le soir.

② Aujourd'hui, il y a **du** vent, **de la** pluie, le temps n'est pas agréable.
→ Aujourd'hui, il n'y a pas **de** vent, pas **de** pluie, le temps est agréable.

③ Elle a **de l'**argent.
→ Elle n'a pas **d'**argent.

❹ faire + 部分冠詞 + 運動名稱 ╱ 藝術性活動

① Fais-tu **du** tennis ? Non, mais je fais **de la** natation.

② Eux, ils font **de l'**équitation ; elles, elles font **de la** planche à voile.

③ Pour ces deux jumelles, l'une fait **de la** danse, l'autre fait **du** théâtre.

❺ jouer + 部分冠詞 + 樂器名稱

① Elle a commencé à jouer **du** piano à l'âge de 10 ans.

② Dans un orchestre, la plupart des musiciens jouent **du** violon, certains jouent **de la** trompette, d'autres jouent **de l'**orgue.

◎數量片語 (expressions de la quantité)

① J'ai **peu d'**amis.(可數名詞 : 朋友)

② Y a-t-il **assez de** chaises pour tout le monde ? (可數名詞 : 椅子)

③ Il y a **beaucoup de** monde au concert. (不可數名詞 : monde 人)

④ Elle a **trop de** travail en ce moment. (不可數名詞 : 工作)

⑤ Donnez-moi **une carafe d'**eau, s'il vous plaît. (不可數名詞 : 水)

⑥ Il me reste **un peu d'**argent. (不可數名詞 : 金錢)

Dialogue ／對話

02

Sur le marché, un dimanche matin

Alice : Pour ***le*** déjeuner, j'aimerais bien faire ***une*** tarte salée, et ensuite ***un*** bœuf bourguignon. Qu'en penses-tu ?

Antoine : Ça me paraît bien! J'en ai ***l'***eau à ***la*** bouche ![3] Tu as fait ***la*** liste ***des*** courses ?

Alice : Oui, à peu près, il faudra juste acheter ***de la*** farine pour ***la*** pâte à tarte, ***un peu de*** sel, ***des*** œufs, ***un kilo*** ou ***deux de*** carottes, et puis ***du*** boeuf.

Antoine : Je vois ***les*** premiers étals de légumes un peu plus loin, allons-y !

Alice : *(arrivée devant l'étal, s'adressant au vendeur)* ***Des*** carottes, s'il vous plaît !

Le vendeur : Il vous en faut combien ?

Alice : Juste ***un kilo***, merci !

Antoine : Tu es sûre qu'***un kilo*** suffira ?

Alice : Oui, j'en ai déjà à ***la*** maison, il y aura ***assez de*** carottes pour ***le*** bœuf bourguignon.

Antoine : Tiens, regarde ! ***Des*** herbes de Provence, tu ne veux pas en prendre ***un peu*** ?

Alice : Bonne idée ! *(au vendeur)* Donnez-moi ***un peu de*** laurier et ***un bouquet de*** thym s'il vous plaît ! Merci !

Antoine : Regarde ***les*** tomates cœur de bœuf, elles sont magnifiques cette année. Tu ne veux pas en prendre ***un peu*** pour faire ***une*** salade ?

Alice : Allez, tu as raison. *(au vendeur)* ***Un kilo de*** cœur de bœuf s'il vous plaît ! C'est combien ***le*** kilo ?

Le vendeur : 3,50 euros ***le*** kilo, madame.

Alice : C'est ***un peu*** cher quand même... je vais en prendre juste ***un kilo cinq***, merci.

Antoine : Je crois qu'il ne reste plus que **le** bœuf, et on a tout ?

Alice : Oui, tout à fait. Tiens, je vois ***une*** boucherie là-bas. Allons-y vite pendant qu'il n'y a personne !

3. Expression : *J'en ai l'eau à la bouche.* = Cela me donne envie.

Exercice ／練習

Complétez avec les articles ou expressions de la quantité qui conviennent :

❶ Les Français mangent ...... fromage et boivent ...... vin.

❷ Les Taïwanais ne mangent pas ...... légumes crus et boivent ...... boissons sucrées.

❸ À Taïwan, ... « chodofu[4]» est une spécialité très appréciée.

❹ Pour faire de la pâte à tarte, il faut ...... farine, ... sel, ... eau et surtout ...... huile de coude[5]!

❺ Sur le marché, on peut acheter ...... légumes, ... fruits et ...... viande.

❻ Au petit-déjeuner ? Je prends ...... thé avec ...... tartines de pain grillé et ...... confiture. Et toi?

❼ ...... bœuf bourguignon, c'est ...... spécialité de la Bourgogne.

❽ Si tu as ...... temps ce week-end, tu pourras m'aider à faire mes devoirs ?

❾ Lorsqu'on a ...... travail, le stress nous fatigue, il faut faire attention à prendre ...... repos.

❿ Tu ne veux pas ...... gâteau? - Non merci, tu sais que je n'aime pas ...... desserts.

---

4. Le "Chodofu" est une des spécialité culinaire de Taïwan fait de tofu fermenté fri ou bouilli, servi avec une sauce épicée. Il est reconnaissable de loin par son odeur.
5. Expression : *De l'huile de coude* signifie de l'effort physique, de l'énergie. Ex: Pour réaliser ce projet, il faut de la réflexion mais aussi de l'huile de coude !

Simulation ／演練

❶ Vous êtes encore au travail, très occupé(e). Vous téléphonez à votre mari / femme pour qu'il / elle fasse les courses, donnez-lui la liste.

❷ Présentez un repas typique de votre région et expliquez comment et avec quoi peut-on le cuisiner.

❸ Faites une comparaison entre les habitudes alimentaires des Français et des Taïwanais, le matin au petit-déjeuner.

Des radis

Des asperges

Un marché sur la place d'un village en Charente

Chapitre III

第三章

Les adjectifs qualificatifs

品質形容詞

Idée générale／概念

品質形容詞用以修飾名詞，說明人、事情、東西、地點。它應隨著名詞的陰陽性與單複數配合。在本章我們將討論三項：形容詞的陰性結構、形容詞的複數形式與形容詞的位置，並舉例說明之。

Règle／規則

◎ Formation du féminin des adjectifs ／形容詞的陰性結構

一般而言，在陽性形容詞之後加 **-e** 即是陰性形容詞。但是，有些形容詞的陰陽性是相同的字，有些是其他的變化；除了在書寫上不同，有時在發音上也有差異。今整理出較常用的規則，並舉出幾個字，其他的請參考附錄 p.282–284。

表九　形容詞的陰性結構

字尾	陽性 (masculin)	字尾	陰性 (féminin)	發音
-e〔x〕	calme, facile, sympathique	不變。	calme, facile, sympathique	相同
-u〔y〕 ***-é***〔e〕 ***-r***〔r〕 ***-i***〔i〕	connu, fatigué, marié, meilleur, poli	***-ue***〔y〕 ***-ée***〔e〕 ***-re***〔r〕 ***-ie***〔i〕	connu***e***, fatigué***e***, marié***e***, meilleur***e***, poli***e***	相同
-al〔al〕	international, national, original, spécial	***-ale***〔al〕	internation***ale***, nation***ale***, origin***ale***, spéci***ale***	相同
-el〔ɛl〕	exceptionnel, naturel, réel, traditionnel	***-elle***〔ɛl〕	exceptionn***elle***, natur***elle***, ré***elle***, traditionn***elle***	相同
-d〔x〕	blond, chaud, froid, grand, gourmand, rond	***-de***〔d〕	blon***de***, chau***de***, froi***de***, gran***de***, gourman***de***, ron***de***	不同
-t〔x〕	amusant, content, excellent, méchant, petit, parfait	***-te***〔t〕	amusan***te***, conten***te***, excellen***te***, méchan***te***, peti***te***, parfai***te***	不同
-s〔x〕	anglais, chinois, français, portugais, mauvais	***-se***〔z〕	anglai***se***, chinoi***se***, françai***se***, portugai***se***, mauvai***se***	不同

字尾	陽性 (masculin)	字尾	陰性 (féminin)	發音
-s 〔x〕	bas, épais, gros, gras	***-sse*** 〔s〕	ba***sse***, épai***sse***, gro***sse***, gra***sse*** ★注意 frais → fraîche	不同
-et 〔ɛ〕	concret, complet, discret, inquiet	***-ète*** 〔ɛt〕	concr***ète***, compl***ète***, discr***ète***, inqui***ète***	不同
-et 〔ɛ〕	cadet, coquet, muet, net	***-ette*** 〔ɛt〕	cad***ette***, coqu***ette***, mu***ette***, n***ette***	不同
-er 〔e〕 ***-ier*** 〔je〕	étranger, léger premier, dernier	***-ère*** 〔ɛr〕 ***-ière*** 〔jɛ:r〕	étrang***ère***, lég***ère*** premi***ère***, derni***ère*** ★注意cher, ch***ère***〔ɛ:r〕	不同
-x 〔x〕	doux	***-ce*** 〔s〕	dou***ce***	不同
-x 〔x〕	faux, roux	***-sse*** 〔s〕	fau***sse,*** rou***sse***	不同
-un 〔œ̃〕	commun, brun	***-une*** 〔yn〕	comm***une***, br***une***	不同
-in 〔ɛ̃〕	marin, fin, voisin	***-ine*** 〔in〕	mar***ine***, f***ine***, vois***ine***	不同
-ain 〔ɛ̃〕	américain, prochain, vain	***-aine*** 〔ɛn〕	améric***aine***, proch***aine***, v***aine***	不同
-on 〔ɔ̃〕	breton, bon, mignon	***- onne*** 〔ɔn〕	bret***onne,*** b***onne***, mign***onne***	不同
-ien 〔jɛ̃〕 ***-en*** 〔ɛ̃〕	ancien, canadien, italien européen	***-ienne*** 〔ɛn〕 ***-enne*** 〔ɛn〕	anc***ienne***, canad***ienne***, ital***ienne***, europé***enne***	不同
-ein 〔ɛ̃〕	plein	***-eine*** 〔ɛn〕	pl***eine***	不同
-f 〔f〕	actif, naïf, neuf, positif, sportif	***-ve*** 〔v〕	acti***ve***, naï***ve***, neu***ve***, positi***ve***, sporti***ve***	不同
-eux 〔ø〕	délicieux, ennuyeux, heureux, sérieux	***-euse*** 〔øz〕	délici***euse***, ennuy***euse***, heur***euse***, séri***euse***	不同
-c 〔x〕	franc, blanc	***-che*** 〔ʃ〕	fran***che***, blan***che***, ★注意 sec → sèche	不同
-c 〔k〕	public, turc, grec	***-que*** 〔k〕	publi***que***, tur***que*** ★注意 grec → grecque	相同

字尾	陽性 (masculin)	字尾	陰性 (féminin)	發音
-g 〔x〕	long	***-gue*** 〔g〕	lon***gue***	不同
-(t)eur 〔œr〕	moqueur, travailleur, menteur	***-(t)euse*** 〔øz〕	moqu***euse***, travaill***euse***, men***teuse***	不同
-teur 〔tœr〕	conservateur, observateur	***-trice*** 〔tris〕	conserva***trice***, observa***trice***	不同
-eau 〔o〕	beau, nouveau	***-elle*** 〔ɛl〕	b***elle***, nouv***elle***	不同
-ou 〔u〕	fou, mou	***-olle*** 〔ɔl〕	f***olle***, m***olle***	不同

表十　具有兩個陽性變化的五個形容詞

陽性	陽性（置於母音或啞音 **h** 起首的陽性單數名詞之前）	陰性
nouveau	nouvel	nouvelle
vieux	vieil	vieille
mou	mol	molle
beau	bel	belle
fou	fol	folle

Construction ／句型

- 主詞 + 動詞 (être) + 形容詞
- 主詞 + 動詞 (être) + 限定詞 + 名詞 + 形容詞
- 主詞 + 動詞 (être) + 限定詞 + 形容詞 + 名詞

Exemples ／例句

① Il est **sympathique**. → Elle est **sympathique**.

② Ce meuble est **original**. → Cette assiette est **originale**.

③ Il est **gros**. → Elle est **grosse**.

④ C'est un acteur **français**. → C'est une actrice **française**.

⑤ Ce sac à main est **cher**. → Cette montre est **chère**.

⑥ J'attends le **prochain** train. → On se verra la **prochaine** fois.

⑦ Le marié est **heureux**. → La mariée est **heureuse**.

⑧ Ce spectacle est **long**. → Cette soirée est **longue**.

⑨ Elle achète un **nouveau** manteau, un **nouvel** ordinateur portable et une **nouvelle** jupe.

⑩ Voici mon **nouveau** numéro de téléphone.

⑪ Il habite dans un **vieil** appartement, avec son **vieux** chien et sa **vieille** voiture.

◎ Pluriel des adjectifs ／形容詞的複數形式

一般而言，在單數陰陽性形容詞之後加 **-s** 即是複數之形式。我們運用前面的表九以了解形容詞的複數形式，其他的字請參考附錄 p.286–288。

表十一　形容詞的複數形式

字尾	陽性 (masculin)	字尾	陰性 (féminin)	發音
-es〔x〕	calm***es***, facil***es***, sympathiqu***es***	***-es***〔x〕	calm***es***, facil***es***, sympathiqu***es***	相同
-us〔y〕 -és〔e〕 ***-rs***〔r〕 ***-is***〔i〕	conn***us***, fatigu***és***, mari***és***, meilleu***rs***, pol***is***	***-ues***〔y〕 ***-ées***〔e〕 ***-res***〔r〕 ***-ies***〔i〕	conn***ues***, fatigu***ées***, mari***ées***, meilleu***res***, pol***ies***	相同
-al → ***aux*** 〔al〕〔o〕	nation***aux***, internation***aux***, origin***aux***, spéci***aux***	***-ale*** → ***ales*** 〔al〕〔al〕	internation***ales***, nation***ales***, origin***ales***, spéci***ales***	不同
-els〔ɛl〕	exceptionn***els***, natur***els***, ré***els*** traditionn***els***	***-elles***〔ɛl〕	exceptionn***elles***, natur***elles***, ré***elles*** traditionn***elles***	相同
-ds〔x〕	blon***ds***, chau***ds***, froi***ds***, gran***ds***, gourman***ds***, ron***ds***	***-des***〔d〕	blon***des***, chau***des***, froi***des***, gran***des***, gourman***des***, ron***des***	不同
-ts〔x〕	amusan***ts***, conten***ts***, excellen***ts***, méchan***ts***, peti***ts***, parfai***ts***	***-tes***〔t〕	amusan***tes***, conten***tes***, excellen***tes***, méchan***tes***, peti***tes***, parfai***tes***	不同
-s〔x〕 不必加 ***-s***	anglai***s***, chinoi***s***, françai***s***, portugai***s***, mauvai***s***	***-ses***〔z〕	anglai***ses***, chinoi***ses***, françai***ses***, portugai***ses***, mauvai***ses***	不同
-s〔x〕 不必加 ***-s***	ba***s***, épai***s***, gro***s***, gra***s***	***-sses***〔s〕	ba***sses***, épai***sses***, gro***sses***, gra***sses***	不同
-ets〔ɛ〕	concr***ets***, compl***ets***, discr***ets***, inqui***ets***	***-ètes***〔ɛt〕	concr***ètes***, compl***ètes***, discr***ètes***, inqui***ètes***	不同
-ets〔ɛ〕	cad***ets***, coqu***ets***, mu***ets***, n***ets***	***-ettes***〔ɛt〕	cad***ettes***, coqu***ettes***, mu***ettes***, n***ettes***	不同
-ers〔e〕 ***-iers***〔je〕	étrang***ers***, lég***ers***, prem***iers***, dern***iers***	***-ères***〔ɛr〕 ***-iers***〔jɛ:r〕	étrang***ères***, lég***ères*** prem***ières***, dern***ières*** ★注意 ch***ers***, ch***ères***〔ɛ:r〕	不同

字尾	陽性 (masculin)	字尾	陰性 (féminin)	發音
-x〔x〕 不必加 ***-s***	dou***x***	***-ce***〔s〕	dou***ces***	不同
-x〔x〕 ★不必加 ***-s***	fau***x***, rou***x***	***-sse***〔s〕	fau***sses***, rou***sses***	不同
-uns〔œ̃〕	comm***uns***, br***uns***	***-unes***〔yn〕	comm***unes***, br***unes***	不同
-ins〔ɛ̃〕	mar***ins***, f***ins***, vois***ins***	***-ines***〔ine〕	mar***ines***, f***ines***, vois***ines***	不同
-ains〔ɛ̃〕	améric***ains***, proch***ains***, v***ains***	***-aines***〔ɛn〕	améric***aines***, proch***aines***, v***aines***	不同
-ons〔ɔ̃〕	bret***ons***, b***ons***, mign***ons***	***-onnes***〔ɔn〕	bret***onnes***, b***onnes***, mign***onnes***	不同
-ien〔jɛ̃〕 ***-en***〔ɛ̃〕	anc***iens***, canad***iens***, ital***iens***, europé***ens***	***-iennes***〔ɛn〕 ***-ennes***〔ɛn〕	anc***iennes***, canad***iennes***, ital***iennes*** europé***ennes***	不同
-eins〔ɛ̃〕	pl***eins***	***-eines***〔ɛn〕	pl***eines***	不同
-fs〔f〕	acti***fs***, naï***fs***, neu***fs***, positi***fs***, sporti***fs***	***-ves***〔v〕	acti***ves***, naï***ves***, neu***ves***, positi***ves***, sporti***ves***	不同
-eux〔ø〕 ★不必加 ***-s***	délici***eux***, ennuy***eux***, heur***eux***, séri***eux***	***-euses***〔øz〕	délici***euses***, ennuy***euses***, heur***euses***, séri***euses***	不同
-cs〔x〕	fran***cs***, blan***cs***	***-ches***〔ʃ〕	fran***ches***, blan***ches*** ★注意：**secs → sèches**	不同
-cs〔k〕	publi***cs***, tur***cs***, gre***cs***	***-ques***〔k〕	publi***ques***, tur***ques*** ★注意：**grecs → grecques**	相同
-gs〔x〕	lon***gs***	***-gues***〔g〕	lon***gues***	不同
-(t)eurs〔œr〕	moqu***eurs***, travaill***eurs***, men***teurs***	***-(t)euses***〔øz〕	moqu***euses***, travaill***euses***, men***teuses***	不同
-teurs〔tœr〕	conserva***teurs***, observa***teurs***	***-trices***〔tr is〕	conserva***trices***, observa***trices***	不同
-eau〔o〕 → ***eaux***〔o〕	b***eaux***, nouv***eaux***	***-elles***〔ɛl〕	b***elles***, nouv***elles***	不同
-ous〔y〕	f***ous***, m***ous***	***-olles***〔ɔl〕	f***olles***, m***olles***	不同

表十二 具有兩個陽性變化的五個形容詞的複數形式

陽性單數	陽性單數	陽性複數	陰性單數	陰性複數
nouveau	nouvel	**nouveaux**	nouvelle	**nouvelles**
vieux	vieil	**vieux**	vieille	**vieilles**
mou	mol	**mous**	molle	**molles**
beau	bel	**beaux**	belle	**belles**
fou	fol	**fous**	folle	**folles**

Construction／句型

- 主詞 + 動詞 (être) + 形容詞
- 主詞 + 動詞 (être) + 限定詞 + 名詞 + 形容詞
- 主詞 + 動詞 (être) + 限定詞 + 形容詞 + 名詞

Exemples／例句

① Ils sont **sympathiques.** → Elles sont **sympathiques**.

② Ces meubles sont **originaux**. → Ces assiettes sont **originales**.

③ Ils sont **gros**. → Elles sont **grosses**.

④ Ce sont des acteurs **français**. → Ce sont des actrices **françaises**.

⑤ Ces sacs à main sont **chers**. → Ces montres sont **chères**.

⑥ Les mariés sont **heureux**. → Les mariées sont **heureuses**.

⑦ Ces spectacles sont **longs**. → Ces soirées sont **longues**.

⑧ Elles achètent de **nouveaux** manteaux, de **nouveaux** ordinateurs portables et de **nouvelles** jupes.

⑨ Voici mes **nouveaux** numéros de téléphone.

⑩ Ils habitent dans de **vieux** appartements, avec leurs **vieux** chiens et leurs **vieilles** voitures.

◎ Place des adjectifs ／ 形容詞的位置

中文的形容詞永遠置於名詞之前，但是法文的用法就比較複雜。大部分的形容詞置於名詞之後，但是有的置於名詞之前，還有的根本沒有固定的位置。今列出常用的情況並舉出一些例句，其他的請參考附錄 p.289-292。

表十三 形容詞的位置

❶ 形容詞永遠置於名詞之後。 名詞 + 形容詞	國籍 **(nationalité)** : français, anglais, allemand, italien, japonais, coréen, chinois, taïwanais...
	顏色 **(couleur)** : bleu, noir, blanc, jaune, rouge, orange, vert, gris, rose, violet...
	形狀 **(forme)** : rond, carré, ovale, rectangulaire, cylindrique, pointu, triangle...
	宗教 **(religion)** : catholique, chrétien, musulman, bouddhiste, protestant, orthodoxe...
	名詞補語 **(complément de nom)** : élection présidentielle, architecture médiévale, culture orientale, émission culturelle...
	現在或過去分詞當形容詞 **(participe présent ou passé comme adjectif)** : un parapluie abîmé, une porte ouverte, une cigarette éteinte, un téléphone allumé, une fleur fanée, un miroir cassé, un film étonnant, un travail fatigant...

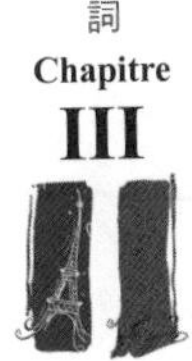

❷ 一個音節或較短的形容詞永遠置於名詞之前。 **形容詞 + 名詞**	beau, joli, petit, grand, gros, gentil, bon, mauvais, long, court, jeune, vieux, demi, nouveau, double...
❸ 數字形容詞（adjectifs numéraux）置於名詞前。 **數字形容詞 + 名詞**	premier, deuxième, vingtième, dernier, prochain...
❹ 形容詞可置於名詞之前後，意思並無改變。只是放在名詞前更強調其意義。 **形容詞 + 名詞** **名詞 + 形容詞**	magnifique, splendide, superbe, extraordinaire, passionnant, horrible, terrible, étonnant, agréable...
❺ 有些形容詞置於名詞之前後，其意思都不同。 **形容詞 + 名詞** **名詞 + 形容詞**	grand, cher, propre, brave, ancien, jeune, curieux, drôle, pauvre, rare, seul, vrai, certain, prochain, dernier, faux, méchant, riche, sale, simple, triste...

Construction ／句型

- 主詞 + 動詞 (être) + 限定詞 + 名詞 + 形容詞
- 主詞 + 動詞 (être) + 限定詞 + 形容詞 + 名詞
- 主詞 + 動詞 (être) + 限定詞 + 數字形容詞 + 名詞
- 主詞 + 動詞 (être) + 限定詞 + 形容詞 + 名詞
/ 主詞 + 動詞 (être) + 限定詞 + 名詞 + 形容詞
- 主詞 + 動詞 (être) + 限定詞 + 形容詞 + 名詞
/ 主詞 + 動詞 (être) + 限定詞 + 名詞 + 形容詞

Exemples／例句

❶ 名詞＋形容詞

① Ce sont des chanteuses **françaises**. (國籍：法國的)
② Elle porte une jupe **rouge**. (顏色：紅色的)
③ Voici une table **ronde** et des chaises **carrées**. (形狀：圓形與正方形的)
④ C'est une église **catholique**. (宗教：天主教的)
⑤ Ce soir, il y aura une émission **culturelle** sur TV5. (名詞補語：文化的)
⑥ Ces livres sont bien **appréciés** par le public masculin.
(過去分詞當形容詞：被賞識)
⑦ Il a un comportement **surprenant**. (現在分詞當形容詞：令人訝異的)

❷ 形容詞＋名詞

① Quelle **belle** fille ! (美麗的)
② Regarde ce **petit** chat, comme il est mignon ! (小的)
③ Faites attention à ce **gros** chien, il est agressif. (大的)
④ Il pleut depuis une semaine, quel **mauvais** temps ! (惡劣的)
⑤ Il y a une **longue** queue devant le cinéma. (長的)
⑥ J'aimerais visiter de **vieux** quartiers à Taïpei. (舊的)
⑦ Elle a la **double** nationalité.(雙重的)

❸ 數字形容詞＋名詞

① Il a obtenu le **premier** prix au concours de chansons. (第一)
② C'est la **première** fois que nous venons à Paris. (第一)
③ C'est leur **deuxième** enfant, ils en sont très contents. (第二)
④ J'habite au **troisième** étage.(第三)
⑤ Nous allons fêter le **cinquantième** anniversaire du département de français. (第五十)
⑥ Elle a pris le **dernier** métro pour rentrer. (最後)

❹ 形容詞 + 名詞 / 名詞 + 形容詞

① Ils ont organisé une **superbe** / **extraordinaire** soirée. (非常好的)
② Les acteurs portaient de **splendides** costumes. (華麗的)
③ C'est un spectacle **magnifique**. (美麗的)
④ Nous avons passé un après-midi **agréable**. (快樂的)
⑤ On a vu un accident **terrible**. (**horrible**) (可怕的)
⑥ C'est un roman **célèbre**. (聞名的)
⑦ C'était un fait-divers **étonnant**. (令人驚訝的)

❺ 形容詞 + 名詞 / 名詞 + 形容詞

① Le général de Gaulle était un **grand homme**. Il était aussi un **homme grand**. (偉大的人物) (身材高大)
② Mon **cher ami**, ne sois pas trop triste ! (親愛的朋友)
③ C'est une **villa chère**. (昂貴的別墅)
④ Ce sont d'**anciens étudiants** du département de français. (系友)
⑤ Mon père a acheté un **meuble ancien** chez un antiquaire. (古老的傢俱)
⑥ Tu as une **drôle de tête**, qu'est-ce que tu as ? (奇怪的臉)
⑦ Nous sommes allés voir un **film drôle**. (好笑的影片)
⑧ Le chômage a augmenté depuis un mois, c'est un **vrai problème**. (真正的問題)
⑨ J'ai lu un roman touchant car il raconte une **histoire vraie**. (真實的故事)

如果在句字裡要放兩個形容詞，應該如何置放才是正確？其實只要參照表十三的規則，就瞭解其正確的位置。請看以下的例句：

① C'est un **vieil** appartement **confortable**. (老的但舒適的公寓)
② Voici un **mignon petit** chien. (可愛的小狗)
③ Il a un **gros** chat **noir**. (黑色的胖貓)
④ Elle a une **grande** maison **blanche**. (白色的大房子)
⑤ Ma soeur a une **jolie** voiture **française**. (漂亮的法國車)

⑥ Il vient d'acheter une **nouvelle** caméra **numérique**. (新的數位攝影機)
⑦ C'est un **ancien** restaurant **breton**. (昔日布列顛的餐廳)
⑧ Goûtez ce **bon** vin **rouge** ! (好的紅酒)
⑨ C'est un **mauvais** film **tragique**. (不好的悲劇影片)
⑩ Quelle **belle** journée **ensoleillée** ! (美麗多陽的一天)
⑪ Ce sont de **jeunes** étudiants **asiatiques**. (年輕的亞洲學生)
⑫ En l'an 2000, j'ai passé ma **première** année **universitaire** en France. (第一年大學)

Dialogue ／對話 03

Fabienne, étudiante taïwanaise, revient d'un an d'études en France. Elle rencontre Loïc, étudiant français à Taïwan pour un an d'échange. Dans la cafétéria du campus...

Fabienne : Salut Loïc, comment ça va ?

Loïc : Bien et toi ? De retour à Taïwan pour de bon ?

Fabienne : Pour de bon, je ne sais pas mais pour un moment c'est ***sûr*** ! Le temps a passé tellement rapidement ! J'ai du mal à croire que je suis déjà de retour, mon séjour est passé en un éclair[6] !

Loïc : Alors, ton année en France ?

Fabienne : J'ai passé une année ***merveilleuse*** ! C'est tellement ***différent*** de Taïwan que je suis encore un peu sous le choc du retour.

Loïc : Comment ça ?

Fabienne : Et bien, tu sais, quand tu quittes un décor fait de ***grands*** immeubles ***haussmanniens***, des avenues ***larges*** avec des trottoirs, une vie avec un rythme ***différent***...

Loïc : Oui mais tu vas te réhabituer rapidement. Taïwan a aussi son rythme ! Il y a toujours des choses ***nouvelles***, plein d'activités ***amusantes*** à découvrir, les gens sont toujours ***positifs*** et ***souriants***...

Fabienne : Oui, c'est ***vrai***...et il y a tellement de plats ***délicieux*** qui m'attendent ! La cuisine ***taïwanaise*** m'a tellement manqué !

6. Expression : *En un éclair* s'utilise pour exprimer la grande vitesse du déroulement des événements.

Loïc : La cuisine ***française*** est loin d'être ***ennuyeuse*** ! Les Français sont moins ***gourmands*** que les Taïwanais mais il y a un ***large*** choix !

Fabienne : Oui, tu as raison...Oh..*(elle soupire)*, la France me manque déjà...

Loïc : Tu es ***libre*** ce soir ?

Fabienne : Oui, pourquoi ?

Loïc : Allez, je t'emmène dans un ***grand*** restaurant de cuisine ***française*** qui vient d'ouvrir à Taïpei. Tu verras, les plats sont ***excellents*** !

Fabienne : Merci Loïc, tu sais comment me remonter le moral !

Exercice／練習

Complétez les phrases suivantes avec les adjectifs qualificatifs à la forme qui convient parmi la liste suivante : *discret, drôle, cher, vieux, poli, mauvais, prochain, bon, chinois, extraordinaire, rouge.*

❶ Les filles nous ont remerciés et disent au revoir, elles sont vraiment ....

❷ J'ai beaucoup ri pendant ce film, il était très ....

❸ Il a plu toute la semaine et ce week-end un typhon arrive. Quel ...... temps !

❹ Mon amie sait garder un secret, elle est très ......

❺ Qu'est-ce que tu préfères, la cuisine française ou ...... ?

❻ Le train vient de partir sans nous, attendons le ...... !

❼ Il a vécu toute sa vie à Paris dans un ...... appartement du 1er arrondissement, à côté de l'Opéra.

❽ On trouve des paysages ...... au centre de la France, ce sont les volcans d'Auvergne !

❾ Rien de tel qu'un ...... vin ...... avec un plateau de fromages pour bien finir le repas !

❿ Les billets de train sont ...... en ce moment, c'est toujours comme ça à l'approche des fêtes !

Simulation／演練

❶ Vous vous inscrivez sur Internet pour trouver des amis francophones, décrivez-vous en cinq adjectifs. Utilisez l'amorce de phrase suivante : *Je suis quelqu'un qui est ...*

❷ Vous présentez à des amis français un personnage célèbre taïwanais. Faites deviner qui il ou elle est en faisant poser des questions fermées (oui ou non). Ensuite, dites comment il ou elle est avec au moins cinq adjectifs. Enfin, dites pourquoi vous l'avez choisi(e).

❸ Par groupe, choisissez cinq adjectifs pour définir / caractériser les garçons et cinq autres pour les filles. Mettez en commun vos réponses pour avoir une liste commune.

Fenêtres sur la France 法國之窗

Un restaurant traditionnel français à côté de la Sorbonne à Paris.

Quartiers de l'Opéra – Bâtiments Haussmanniens

Jardins sur les toits de Paris

Chapitre IV
第四章
Les comparatifs et les superlatifs
比較級與最高級

Idée générale ／概念

請比較以下這六個句子：

1. Il est très grand. (原級：他很高。)
2. Il est **plus** grand **que** son frère. (比較級：他比他的弟弟高。)
3. Il est **le plus** grand de sa classe. (最高級：他是班上最高的。)
4. Cette chaise est confortable. (原級：這把椅子舒服。)
5. Cette chaise est **moins** confortable **que** l'autre.
   (比較級：這把椅子不比那把舒服。)
6. Cette chaise est l**a moins** confortable. (最高級：這把椅子最不舒服。)

從前面這六個句子得知，要表達比較級 (comparatif) 時就要加上 plus ... que 或 moins ... que；如果是最高級 (superlatif) 則要加定冠詞 (le, la, les)，再加上 plus 或 moins。最高級用法之句型結構與比較級是不同的，因為它不必與任何人或東西比較，因此就沒有 que 之後的結構。

一般比較級的結構都是跟形容或描述人、事情、東西、地點有關；但是如果提到比較數量之多寡，是否也運用相同的比較詞呢？請再觀察以下的句子：

1. Il a de l'argent. (原級 : 他有錢。)
2. Il a beaucoup d'argent. (數量片語 : 他有很多錢。)
3. Il **plus d'**argent **que** sa sœur. (比較級 : 他比他的妹妹有錢。)
4. C'est lui qui a **le plus d'**argent. (最高級 : 是他最有錢。)

茲以表十四與十五列出比較級與最高級之種類與用法，並依序舉例。

Règle ／規則

表十四　比較級

❶ 與形容詞連用：**beau, grand, petit, mauvais, riche, gentil, intéressant, intelligent, amusant...**	
plus	★注意：
aussi	1. 所有的形容詞都可以與比較級的句型連用。
moins	2. 但只有 bon 例外。
	~~plus bon (ne)~~ → meilleur(e), aussi bon (ne), moins bon (ne) 3. plus, moins + 母音起首的形容詞時，唸時要連音。 例如 plus‿amusant, moins‿utile...

❷ 與副詞連用：souvent, tôt, tard, vite, longtemps, rarement, rapidement, lentement...	
plus **aussi** **moins**	★注意： 1. 所有的副詞都可以與比較級的句型連用。 2. 但只有 bien 例外。 ~~plus bien~~ → mieux, aussi bien, moins bien

❸ 與名詞連用，多加個介詞 de	
plus de (d') **autant de (d')** **moins de (d')**	1. + 可數名詞：livres, universités, amis, tables, étudiants, pommes, croissants... 2. + 不可數名詞 : argent, eau, patience, courage...

❹ 與動詞連用：manger, boire, parler, dormir, travailler...	
plus **autant** **moins**	但動詞放在比較級 plus, autant, moins 的字之前。

Construction ／句型

- 主詞 + 動詞 (être) + plus / aussi / moins + 形容詞 + que...
- 主詞 + 動詞 (être) + meilleur(e)(s) / aussi bon(ne), bons(nes) / moins bon(ne), bons(nes) + que
- 主詞 + 動詞 + plus / aussi / moins + 副詞 + que...
- 主詞 + 動詞 + mieux / aussi bien / moins bien + que...
- 主詞 + 動詞 + plus de (d') / autant de (d') / moins de (d') + 名詞 + que...
- 主詞 + 動詞 + plus / autant / moins + que...

Exemples ／例句

❶ 主詞 + 動詞 (être) + **plus / aussi / moins** + 形容詞 + **que** ...

主詞 + 動詞 (être) + **meilleur(e)(s) / aussi bon(ne), bons(nes) / moins bon(ne), bons(nes) + que** ...

① Le français est **plus** difficile **que** l'anglais.
② Elle est **plus** grande **que** moi.
③ Cet ordinateur est **aussi** performant **que** l'autre.
④ Aujourd'hui, il fait **moins** beau **qu**'hier.
⑤ Cette conférence est **moins** intéressante **que** l'autre.
⑥ Ces croissants sont **meilleurs / aussi bons / moins bons / que** ceux d'hier.

❷ 主詞 + 動詞 + **plus / aussi / moins** + 副詞 + **que** ...

主詞 + 動詞 + **mieux / aussi bien / moins bien + que** ...

① Je vais **plus / aussi / moins** souvent au cinéma **qu'**elle.
② Elle s'est levée **plus / aussi / moins** tôt **qu'**hier.
③ Ce coureur court **plus / aussi / moins** vite **que** l'autre.
④ Il nage (cuisine, danse, chante) **mieux / aussi bien / moins bien que** toi.

❸ 主詞 + 動詞 + **plus de (d') / autant de (d') / moins de (d')** + 名詞 + **que...**

① Nous avons **plus de / autant de / moins de** romans français **que** vous.
② Ils ont **plus de / autant de / moins de** chance qu'elles.
③ En général, dans une classe de langue, il y a **plus de** filles **que** de garçons.
④ J'ai **moins de** robes **que** de pantalons.
⑤ Il y a **autant de** pommes **que** d'oranges dans ce panier.

❹ 主詞 + 動詞 + **plus / autant / moins + que...**

① Cédric mange (boit, travaille, gagne, voyage) **plus / autant / moins que** Jérémy.

表十五 最高級

❶ 與形容詞連用	❷ 與副詞連用	❸ 與名詞連用，多加介詞 de	❹ 與動詞連用
le (la, les) plus le (la, les) moins	le plus le moins	le plus de (d') le moins de (d')	le plus le moins

Construction ／句型

- 主詞 + 動詞 (être) + le (la, les) plus / le (la, les) moins + 形容詞 ...
- 主詞 + 動詞 (être) + le (la) meilleur (e), les meilleurs (e) (s)
- 主詞 + 動詞 + le plus / le moins + 副詞
- 主詞 + 動詞 + le plus de (d') / le moins de (d') + 名詞 ...
- 主詞 + 動詞 + le plus / le moins
- 主詞 + 動詞 + le mieux

Exemples ／例句

❶ 主詞 + 動詞 (être) + **le (la, les) plus / le (la, les) moins** + 形容詞 ... — 主詞 + 動詞(être) + **le (la) meilleur(e), les meilleurs (e)(s)** + 形容詞...

① - Quel est le mot français **le plus** long ?
- C'est « anticonstitutionnellement ».
② La tour 101 de Taïpei a été la tour **la plus** haute du monde.
③ Pour moi, l'avenue des Champs-Elysées est l'avenue **la plus** jolie de Paris.
④ Ces expositions sont **les plus** intéressantes que j'ai vues.
⑤ Voici le restaurant **le moins** cher de Paris.
⑥ C'est Sophie qui est **la moins** travailleuse.
⑦ Parmi tous les monuments, ce sont ceux qui sont **les moins** visités.
⑧ Ici, c'est **le meilleur** endroit pour faire du camping.
⑨ C'est **la meilleure** pâtisserie du quartier.
⑩ Ce sont **les meilleurs** acteurs de l'année.

❷ 主詞 + 動詞 + **le plus / le moins** + 副詞

① C'est lui qui parle le français **le plus** couramment.

① Prenez cette voiture de sport, c'est celle qui accélère **le plus** rapidement.

① Ils ont déménagé souvent, c'était cette ville où ils ont séjourné **le moins** longtemps.

① C'est moi qui leur téléphone **le moins** souvent.

❸ 主詞 + 動詞 + **le plus de (d') / le moins de (d')** + 名詞

① Juillet et août, ce sont les mois d'été où il y a **le plus de** voyageurs à Paris.

② Pendant le salon du livre à Taïpei, ce sont les stands de bandes dessinées qui attirent **le plus de** public.

③ C'est Béatrice qui a obtenu **le moins de** médailles lors de sa dernière compétition de natation.

④ C'est l'aliment qui contient **le moins de** calories.

❹ 主詞 + 動詞 + **le plus / le moins**

主詞 + 動詞 + **le mieux**

① C'est Cédric qui fume (mange, boit, dort, travaille, gagne, voyage, parle...) **le plus / le moins**.

② Dans la classe, c'est Sylvie qui s'exprime **le mieux** en français.

③ En général, ce sont les gens riches qui vivent **le mieux** sur le plan matériel.

④ C'est ma grande sœur qui cuisine **le mieux** car elle a appris au Cordon Bleu à Paris.

中文說《愈來愈好》、《愈來愈差》、《愈來愈多》、《愈來愈少》等等。法文應該怎麼表達？請看表十六。

表十六 愈……愈……

❶ 與形容詞連用	❷ 與副詞連用	❸ 與名詞連用，多加介詞 de	❹ 與動詞連用
De plus en plus De moins en moins	De plus en plus De moins en moins	De plus en plus de (d') De moins en moins de (d')	De plus en plus De moins en moins De mieux en mieux

Construction ／句型

- 主詞 + 動詞 (être) + de plus en plus / de moins en moins + 形容詞
- 主詞 + 動詞 + de plus en plus / de moins en moins + 副詞
- 主詞 + 動詞 + de plus en plus de (d') / de moins en moins de (d') + 名詞
- 主詞 + 動詞 + de plus en plus / de moins en moins / de mieux en mieux

Exemples ／例句

❶ De plus en plus / De moins en moins + 形容詞

① Elle travaille beaucoup, elle est **de plus en plus** fatiguée.

② Ce petit garçon est **de plus en plus** gentil.

③ Il est à la retraite, il est **de moins en moins** occupé.

❷ De plus en plus / De moins en moins + 副詞

① Nous allons **de plus en plus** souvent / **de moins en moins** souvent au cinéma.

② Pourquoi rentres-tu à la maison **de plus en plus** tard ?

③ Cela fait longtemps qu'elle n'a pas nagé, elle nage **de moins en moins** bien.

❸ De plus en plus de (d') / De moins en moins de (d') + 名詞 ——

① **De plus en plus de** Taïwanais boivent du vin rouge.

② Ils gagnent **de plus en plus d'**argent étant donné que leur entreprise marche bien.

③ Il y a **de moins en moins de** chômeurs dans ce pays.

④ Je bois **de moins en moins de** boissons sucrées car c'est mauvais pour la santé.

⑤ Elle fait **de moins en moins de** sport à cause de sa jambe blessée.

❹ 動詞 + de plus en plus / de moins en moins / de mieux en mieux ——

① Il fume (mange, boit, dort, travaille, gagne, voyage, parle...) **de plus en plus. / de moins en moins.**

② Elles parlent **de mieux en mieux** le français grâce à leur court séjour linguistique en France.

③ Sa tante est malade depuis deux mois, mais maintenant elle va **de mieux en mieux**.

④ L'économie de ce pays marche **de mieux en mieux**.

Dialogue ／對話

04

Joël rend visite à Elisabeth qui prépare son déménagement pour le Sud de la France…

(On frappe à la porte, Elisabeth se dirige vers la porte pour l'ouvrir.)

Elisabeth : Tiens, Joël, te voilà ! Comment vas-tu ?

Joël : Bonjour, Elisabeth, bien merci et toi ?

Elisabeth : Et bien, comme tu peux le voir, je suis toujours en plein cartons !

Joël : Est-ce que je peux te donner un coup de main ?

Elisabeth : Et bien, c'est pour ça que je t'ai demandé de venir, figure-toi ! Viens, entre.

Joël : Merci…Waouh, il y a ***plus de*** cartons que j'imaginais !

Elisabeth : N'est-ce pas ! Tiens, prends ce carton et commence à emballer.

Joël : Dis-mois, tu ne vas pas regretter Dijon ?

Elisabeth : Tu sais, le centre ville est très joli mais je serai ***mieux*** dans le Sud de la France. La maison que j'ai trouvée dans ce petit village proche d'Aix-en-Provence est charmante !

Joël : Mais c'est pas le centre ville !

Elisabeth : Non, c'est la campagne, c'est ***mieux*** ! C'est ***moins*** bruyant, on respire ***mieux*** et il y a ***plus d'***espace ! Regarde, cet appartement est vraiment trop petit.

Joël : Je comprends…mais à la campagne il y a ***moins de*** choses à faire, non ?

Elisabeth : ***Moins de*** choses, ***moins de*** choses, ça dépend ! On ne fait pas les mêmes choses ! Le temps passe ***plus*** lentement, on a d'autres activités, il y a ***autant de*** choses à faire qu'en ville !

Joël : Mais il y a ***moins de*** monde…

Elisabeth : C'est vrai qu'on fait ***moins de*** rencontres… mais ça les rend ***plus*** précieuses !

Joël : Et il faut une voiture !

Elisabeth : Oui, c'est vrai. On marche beaucoup ***moins*** à la campagne qu'en ville. Tout se fait en voiture. Mais il n'y a pas ***autant de*** voitures qu'en ville et ce n'est pas ***aussi*** stressant. Et puis tu sais, en ville, au bout de quelques temps, tu sors ***de moins en moins***…parce qu'il y a trop de monde.

Joël : C'est vrai…

Elisabeth : Tu vois, finalement il y a plein d'avantages des deux côtés. Il suffit de savoir ce que tu veux.

Joël : C'est un bon conseil !

Elisabeth : Tout à fait !

Exercice／練習

Complétez les phrases en utilisant le comparatif de supériorité, d'égalité, d'infériorité et le superlatif.

❶ Il faisait très froid l'hiver dernier, cette année aussi l'hiver est très rigoureux. J'ai l'impression qu'il fait ...... froid chaque année !

❷ Elle est toujours la première à donner son opinion ou à réagir quand quelque chose ne lui convient pas. C'est ...... forte de notre groupe.

❸ - Voici le nouveau campus, qu'est-ce que tu en penses ?
- Il est ...... moderne que le premier ! Et il a ...... équipements sportifs !

❹ - Il te reste combien d'argent sur toi? - Il me reste ...... argent que toi. Avec 40 euros, on peut finir la soirée au restaurant, qu'en dis-tu ?

❺ - C'est très important de manger correctement à table, regarde ton cousin, il mange ...... correctement ...... toi. Il ne met pas ses coudes sur la table et se tient droit sur sa chaise ! - Oui, maman…

❻ En France, il y a ...... de sortes de fromages ...... de jours dans l'année : 365 !

❼ Comme je ne fais pas de sport, je marche ...... souvent possible.

❽ Pour ton entraînement au Marathon, tu dois manger ...... de protéines pendant les prochaines semaines et toujours boire beaucoup d'eau !

❾ Noël est la période de l'année où les gens achètent ...... de cadeaux.

❿ La cuisine allemande est celle que j'aime ....

Simulation／演練

❶ Votre famille décide de déménager pour la ville ou la campagne. Vous n'êtes pas d'accord avec eux. Choisissez la ville ou la campagne et expliquez-leur pourquoi vous n'êtes pas d'accord en utilisant le comparatif et le superlatif.

❷ Faites une comparaison entre les habitudes culturelles des Français et des Taïwanais.

❸ Vous rencontrez un touriste français, présentez-lui Taïwan et son mode de vie en utilisant le comparatif et le superlatif. Exemple : *À Taïwan, les gens mangent plus souvent durant la journée mais en plus petite quantité…*

Fenêtres sur la France
法國之窗

Le RER

Gare du Nord, Paris

Une bouche de métro

Chapitre V
第五章
Les adjectifs et pronoms démonstratifs
指示形容詞與代名詞

Idée générale ／概念

如何表達在你眼前的人、事情、東西、地點呢？我們可以用指示形容詞與指示代名詞。前者修飾名詞，例如 ce professeur (這位老師), cette voiture (這部車子), cet endroit (這個地方), ces actrices(這些女名星) ；後者取代前面提過的名詞，例如 celui (這個), celle (這個), ceux (這些), celles（這些）。以下列表依序舉例：

Règle／規則

表十七 指示形容詞

種類		中文
ce	＋陽性單數名詞 (ce café, ce garçon, ce livre,...)	這……
cet	＋陽性單數母音起首或啞音 h 起首的名詞 (cet appartement, cet arbre, cet avion, cet aéroport, cet homme, cet hôtel, cet hôpital, cet immeuble, cet ordinateur...)	這……
cette	＋陰性單數名詞 (cette fille, cette entreprise, cette voiture...)	這……
ces	＋陰陽性複數名詞 (ces garçons, ces hommes, ces filles, ces livres, ces cafés, ces hôtels , ces voitures...)	這些……

表十八 指示代名詞

種類	中文
celui / celui-ci, celui-là（陽性單數）	這個 / 這個，那個
celle / celle-ci, celle-là（陰性單數）	這個 / 這個，那個
ceux / ceux-ci, ceux-là（陽性複數）	這些 / 這些，那些
celles / celles-ci, celles-là（陰性複數）	這些 / 這些，那些
ce, ceci, cela, ça（中性代名詞） ★注意 **ce, cela** 永遠置於句首 **ceci, ça** 可置於句首與句尾	這

Construction ／句型

- 主詞 + 動詞 + 指示形容詞 + 名詞 ...
- 主詞 + ne + 動詞 + pas + 指示形容詞 + 名詞 ...
- 指示形容詞 + 名詞 + 動詞 ...
- 主詞 + 動詞 + 指示代名詞 ...
- 主詞 + ne + 動詞 + pas + 指示代名詞 ...
- 指示代名詞 + 動詞 ...
- Ce, Cela (Ça) + 動詞 ...
- 主詞 + 動詞 + ceci (ça)

Exemples ／例句

◎指示形容詞

① **Ce** gâteau est délicieux, veux-tu en goûter un peu ?

② Tu vois **cet** oiseau sur la branche ; il est très joli.

③ Nous achetons souvent des livres en français dans **cette** librairie.

④ **Ces** avions sont fabriqués en France.

◎指示代名詞

① Voici deux menus : **celui-ci** est à 10 euros ; **celui-là** est à 20 euros.
(= ce menu-ci, ce menu-là)

② Je n’aime pas **cette** chanson de Gainsbourg ; je préfère **celle** de Garou.

③ Voici des étudiants : **ceux-ci** viennent de France, **ceux-là** viennent d’Espagne.

④ **Ce** ne sont pas les lunettes de Paul, **ce** sont **celles** d’Eric.

⑤ **Cela (Ça)** m’intéresse de découvrir les îles polynésiennes[7].

⑥ Tu aimes le café italien ? – Oui, j’aime **ça**.（不能用 ce, cela）

7.Territoires français d’Outre-mer situés dans le Pacifique.

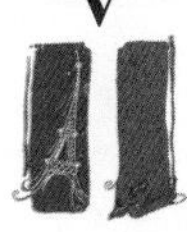

Dialogue／對話

05

Anaïs et Hugo partagent un appartement ensemble. Anaïs entre dans la chambre de Hugo en furie...

Anaïs : *(en colère)* ***Cette*** fois-ci, c'est la dernière fois, Hugo ! Je ne veux plus trouver le salon dans ***cet*** état !

Hugo : Écoute Anaïs, j'ai juste oublié ***ce*** morceau de pizza sur la table du salon pendant un ou deux jours, C'est pas la fin du monde! *(Anaïs emmène Hugo dans le salon...)*

Anaïs : Non mais, Hugo, regarde un peu autour de toi. Tu n'as pas l'impression que ***ces*** vêtements par terre, ***ces*** livres sur le canapé et ***ces*** verres qui traînent depuis une semaine sous la table, c'est un peu beaucoup ?

Hugo : Attends un peu, ce livre-là, c'est le tien et ***celui-ci*** aussi. Quant à ***ces*** verres, ***ce*** sont ***ceux*** de tes amis qui sont passés à la maison la dernière fois ! Tu abuses un peu quand même !

Anaïs : ***Cela*** fait trop longtemps que je te demande de ranger tout ***ça*** ! C'est pas la mer à boire[8] !

Hugo : ***Ce*** ne sont pas mes affaires !

Anaïs : Ne joue pas à l'enfant, Hugo ! Et dépêche-toi de ranger ***ce*** salon ! *(elle part dans sa chambre en claquant la porte.)*

Hugo : Non mais, pour qui elle se prend, ***celle-là***[9]?

Exercice／練習

Choisissez les adjectifs (pronoms) démonstratifs qui conviennent :

❶ Alors, comment tu trouves ces pulls ? Lequel je prends ?

→ ...... te va très bien !

❷ Lequel est ton livre ?

→ C'est ...... , sur la table !

---

8. Expression : *C'est pas la mer à boire.* : Ce n'est pas aussi grave, l'expression “ce n'est pas la fin du monde!” peut être utilisée ici aussi.

9. Expression : *Pour qui il / elle se prend ?* Expression utilisée lorsqu'une personne est exaspérée par l'attitude autoritaire d'une autre.

❸ Quels verres dois-je mettre sur la table ce soir ?

→ ...... -là, ils sont vraiment jolis.

❹ Tu viens ce soir, n'est-ce pas ?

→ Désolé, ... fois-ci, je ne pourrai pas.

❺ Qui est ta professeur de français ?

→ ...... qui est habillée en violet.

❻ Quels sont tes plats préférés ?

→ ...... qui sont les moins épicés !

❼ Regarde ces meubles, qu'est-ce que tu en penses ?

→ Je préfère ...... -là, ils sont plus modernes et moins chers !

❽ Dis-moi un peu à qui sont ces affaires ?

→ ...... , c'est mon livre et ...... , c'est à toi !

❾ Alors, tu as fait ton choix ? Tu prends quel menu ?

→ ...... à 15 euros ! Il y a un dessert.

❿ Ce café est vraiment bon ! Où l'as-tu trouvé ?

→ ...... n'est pas le mien, c'est ...... de Victor, il sait toujours où acheter le meilleur café.

Simulation ／演練

❶ Ramassez les affaires de quelques-uns de vos camarades dans la classe et posez des questions pour savoir à qui ils appartiennent.

❷ Présentez votre objet préféré en expliquant pourquoi et ce qu'il représente pour vous.

❸ Présentez les marchés traditionnels près de chez vous, et dites lequel vous préférez et pourquoi.

Fenêtres sur la France
法 國 之 窗

La Polynésie française

La Polynésie française

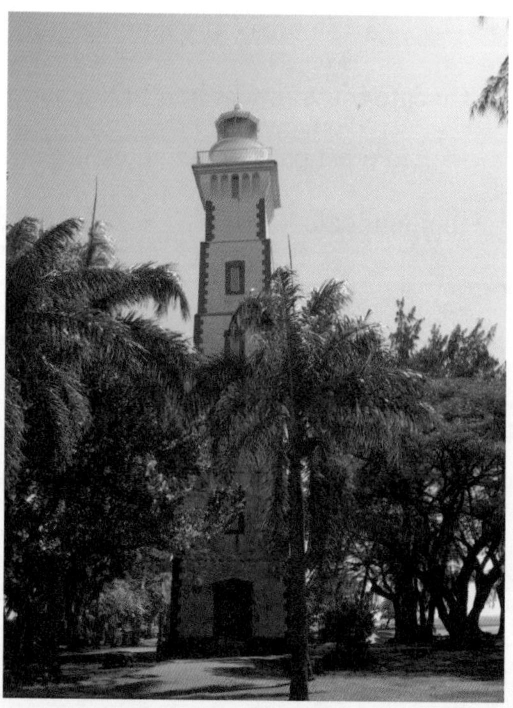
Un phare à Tahiti, Polynésie française

Chapitre VI
第六章
Les adjectifs et pronoms possessifs
所有格形容詞與代名詞

Idée générale ／概念

每個人在世上都有自己的親人、朋友，也各自擁有自己的東西。如何介紹自己的親朋好友？如何表達個人所擁有的東西？在法文裡可以用所有格形容詞或所有格代名詞表達之。

所有格形容詞用於修飾所擁有的名詞，例如： mon père (我的父親), sa mère (他 (她) 的母親), vos livres (你們的書), leurs clés (他 (她) 們的鑰匙) 。如果要避免重複前面提過的名詞，就要用所有格代名詞，例如： le mien (我的), la sienne (他 (她) 的), les vôtres (你們的), les leurs (他 (她) 們的) 。以下列表依序舉例：

Règle／規則

表十九　所有格形容詞

種類				中文
陽性單數	陰性單數	陽性複數	陰性複數	
mon	ma	mes	mes	我的…
ton	ta	tes	tes	你的… / 妳的
son	sa	ses	ses	他的… / 她的…
notre	notre	nos	nos + nom (s)	我們的…
votre	votre	vos	vos	你們的… / 妳們的…
leur	leur	leurs	leurs	他們的…/ 她們的…

表二十　所有格代名詞

種類				中文
陽性單數	陰性單數	陽性複數	陰性複數	
le mien	la mienne	les miens	les miennes	我的
le tien	la tienne	les tiens	les tiennes	你的 / 妳的
le sien	la sienne	les siens	les siennes	他的 / 她的
le nôtre	la nôtre	les nôtres	les nôtres	我們的
le vôtre	la vôtre	les vôtres	les vôtres	你們的 / 妳們的
le leur	la leur	les leurs	les leurs	他們的 / 她們的

Construction／句型

- 主詞 + 動詞 + <u>所有格形容詞</u> + 名詞…
- 主詞 + ne + 動詞 + pas + <u>所有格形容詞</u> + 名詞…
- <u>所有格形容詞</u> + 名詞 + 動詞…
- 主詞 + 動詞 + <u>所有格代名詞</u>
- 主詞 + ne + 動詞 + pas + <u>所有格代名詞</u>
- <u>所有格代名詞</u> + 動詞…

Exemples／例句

① **Mon** sac n'est pas pratique, je préfère **le tien**.
(= ton sac)

② Pourrais-tu lui prêter **ton** portable ? **le sien** est tombé en panne.
(= son portable)

③ Voici **ton** dictionnaire, mais où est **le mien** ?
(= mon dictionnaire)

④ **Mon parfum**, c'est « J'adore » de Dior. Et Jacqueline, quel est **le sien** ?
(= son parfum)

⑤ Range tes affaires pendant que je range **les miennes**.
(= mes affaires)

⑥ As-tu tes papiers d'identité ? Moi, je ne trouve plus **les miens**.
(= mes papiers)

⑦ **Leur** voiture coûte aussi cher que **la vôtre**.
(= votre voiture)

⑧ **Nos** exercices sont plus difficiles que **les leurs**.
(= leurs exercices)

⑨ **Leurs** enfants sont à l'université, mais **les nôtres** sont encore au lycée.
(= nos enfants)

⑩ Comment vont **vos** parents ? - Ils vont bien, merci, et **les vôtres** ?
(= vos parents)

Dialogue ／對話

06

Anaïs et Hugo sont en couple, ils ont emménagé il y a quelques mois. Cependant, vivre ensemble n'est pas toujours facile...

Anaïs : Hugo, j'ai encore retrouvé ***tes*** affaires partout dans le salon. Viens avec moi, il faut vraiment qu'on fasse le tri !

Hugo : Oh non...pas encore !

Anaïs : Allez !

(*Dans le salon...*)

Anaïs : Première chose, tu vas ranger ***tes*** vêtements, je ne veux plus les voir sur le canapé !

Hugo : Attends une seconde. Dis donc, ce sont ***les tiens***, pas ***les miens*** !

Anaïs : Ah oui ? (*embarrassée*) ah oui...Ce n'est pas grave, tu vas me donner un coup de main[10]! Ensuite nous avons une pile de livres qui traîne par terre depuis trop longtemps ! Hugo, fais quelque chose !

Hugo : Oui, avec plaisir... voyons voir, ce sont des livres de médecine ! Depuis quand est-ce que j'étudie la médecine ?

Anaïs : (*embarrassée*) Ah oui, ça doit être ***les miens***....

Hugo : Écoute, je veux bien t'aider à ranger ***tes*** affaires, mais ne me mets pas tout sur le dos[11] !

Anaïs : Excuse-moi, je crois que je me suis laissé emporter un peu vite[12]...

Hugo : Tu sais, maintenant qu'on vit ensemble, ***tes*** affaires sont ***les miennes*** et réciproquement !

Anaïs : Ouf, ça me rassure que tu me dises ça ! … Bon et bien, je te laisse t'occuper du salon, je vais chez le coiffeur en attendant ! (*Elle claque la porte en sortant...*)

Hugo : (*étonné*) Ça alors...

---

10. Expression : *Donner un coup de main* = Aider qqn à faire qqch.
11. Expression : *Mettre qqch sur le dos de qqn* = Rendre qqn coupable de qqch.
12. Expression : *Se laisser emporter* = Perdre sa modération, perdre la raison au profit des sentiments.
13. Les abréviations suivantes seront utilisées tout au long de l'ouvrage : qqn = quelqu'un ; qqch = quelque chose

Exercice ／練習

Choisissez les adjectifs (pronoms) possessifs qui conviennent :

❶ Voici les cahiers des étudiants de français.

→ Voici ....

❷ Tu as pris tes clefs ou les miennes ?

→ J'ai pris ...... , pourquoi ? Tu as oublié ...... ?

❸ C'est l'assiette de Victor.

→ C'est ....

❹ Est-ce que c'est la valise de M. Lemel ?

→ Oui, c'est ...... valise. Et toi, où est ...... ?

❺ Tu connais ce café ?

→ Oui, c'est le café préféré de Mélanie, elle y passe tous ...... week-ends.

❻ C'est notre professeur.

→ C'est ...... Et vous ? Qui est ...... ?

❼ Le Malade imaginaire, c'est ...... pièce de théâtre préférée de Molière !

→ Et toi, quelle est ...... ?

❽ Tu veux mes lunettes?

→ Non, j'ai apporté ....

❾ J'ai quatre pièces dans ma maison, et toi ?

→ Moi ? ...... en a cinq.

❿ Voici des biscuits que j'ai faits pour toi !

→ Non merci, je préfère ....

Simulation ／演練

❶ Des amis français viennent vous rendre visite à Taïwan, vous leur présentez votre famille et votre vie quotidienne : l'université, vos études, vos sorties le week-end, vos endroits préférés.

❷ Vous faites une comparaison entre le style de vie des étudiants à Taïwan et celui des étudiants français. (faire au minimum 5 points de comparaison : horaires, examens, logement, frais scolaires...)

❸ À deux, faites la présentation de votre famille (âge, profession, passe-temps) sur le mode suivant : étudiant A : *Ma sœur a 22 ans. Étudiant B : La mienne a 25 ans*.

La place Des Vosges à Paris

Parc de Suresnes

Parc de Saint-Cloud

Chapitre VII
第七章
Les adjectifs et pronoms indéfinis
不定形容詞與代名詞

Idée générale／概念

本章討論的是如何使用不定形容詞與不定代名詞表達不明確的人、事情、東西與地點。不定形容詞修飾名詞，而不定代名詞則是代替前面提過的名詞。例如：我有兩個法國朋友。(J'ai deux amis français.) 與我有幾個法國朋友。(J'ai quelques amis français.) 有什麼區別？第一句的「兩個」，有明確的數量，但是第二句的「幾個」則不知其數量。

茲以表二十一、二十二、二十三分別列出不明確的人、事情或東西、地點之種類與用法，並依序舉例：

Règle ／規則

表二十一　不定形容詞與代名詞（不明確的人）

不定形容詞	不定代名詞
	❶ On 人們 / 有人 / 我們 ★注意：永遠當陽性單數主詞
	❷ Quelqu'un 某人、有人 ★注意：接單數動詞
	❸ Personne ne.../ ...ne...personne 沒有人 ★注意：接單數動詞
❶ Quelques 幾個	❹ Quelques-uns / Quelques-unes 一些人 ...en...quelques-uns / ...en...quelques-unes
❷ Plusieurs 好幾個 （比 Quelques 多）	❺ Plusieurs 好幾個人 ...en...plusieurs
❸ Certains / Certaines 某些、有些	❻ Certains / Certaines 某些人、有些人 ...en...certains / ...en...certaines
❹ Aucun / Aucune　沒有一個 ★注意：Aucun (e) ne... ... ne ... aucun (e)...	❼ Aucun...ne / Aucune...ne 沒有一個人 ...en...aucun / ...en...aucune
❺ Chaque 每個	❽ Chacun / Chacune 每個人
❻ Un autre / Une autre（單數） 另外一個 ★注意：D'autres（複數）其他的	❾ ...en...un autre / ...en... une autre 另外一個人 ...en...d'autres 其他的人
❼ Le même, la même, les mêmes 相同的	❿ Le même, la même, les mêmes 相同的人
	⓫ L'un (e)...l'autre...　一個人…另一個人… Les un (e)s...les autres... 一些人…另一些人… ★注意：avoir peur de, parler de, s'occuper de qqn...de + les autres → **des autres**
	⓬ N'importe qui 不論是誰

不定形容詞	不定代名詞
❽ N'importe quel (s) 任何的 N'importe quelle (s) 任何的	⓭ N'importe lequel / laquelle　不論哪一位 N'importe lesquels / lesquelles 不論哪些人
❾ Certain(e)s...d'autres... 某些…另外一些…	
❿ Certain(e)s...d'autres...les autres... 某些…另外一些…其他所有的 ...	
⓫ La plupart de... 大部份的…	
⓬ Tout, toute, tous, toutes 全部的 ★注意：tous〔x〕不發音 ★注意：tout, toute, tous, toutes + 定冠詞、所有格形容詞 、 指事形容詞 + 名詞	⓮ Tout, tous, toutes 全部的人 ★注意：tous〔s〕必須發音

Construction ／句型

- 主詞 + 動詞 + 不定形容詞 + 名詞…
- 不定形容詞 + 名詞 + 動詞…
- 主詞 + en + 動詞 + 不定代名詞
- 不定代名詞 + 動詞…

Exemples ／例句

◎ 不定形容詞

① J'ai **quelques** amis français, et toi ? – Moi aussi, j'en ai quelques-uns.
② Il y a **plusieurs** étudiants qui pratiquent l'équitation.
③ **Certains** Taïwanais ne mangent pas de bœuf.
• **Certaines** personnes n'aiment pas nager parce qu'elles ont peur de l'eau.
④ Il n'y aura **aucun** spectateur à ce concert en plein air à cause du typhon.
• **Aucune** fille n'apprécie l'attitude de ce garçon.

⑤ Dans cette entreprise, **chaque** employé a son badge.
⑥ Je voudrais discuter avec **une autre** candidate.
- Je voudrais discuter avec **d'autres** candidates.

⑦ C'est toujours **la même** personne qui répond à mes questions.
- Isabelle et Julie sont tombées amoureuses du **même** garçon.

⑧ **N'importe quel** étudiant peut suivre ce cours.
- **N'importe quelle** candidate doit passer l'épreuve orale.
- Vous pouvez sélectionner **n'importe quels** enfants, ils sont très doués en mathématiques.
- Pour ton mariage, tu as l'embarras du choix, tu peux choisir **n'importe quelle** coiffeuse.

⑨ **Certains** Taïwanais adorent boire du vin rouge, **d'autres** préfèrent la bière.
- Le café en France, **certains** l'aiment serré, c'est l'expresso, **d'autres** à l'américaine, c'est l'allongé.

⑩ Dans l'autocar, **certains** touristes regardent le paysage, **d'autres** bavardent, **les autres** dorment.
⑪ **La plupart des** étudiants vont sur Facebook tous les jours.
⑫ Est-ce que tu connais **tous** les camarades de ta classe ?
- **Toutes** les filles qui participent à ce concours de beauté viennent du monde entier.

◎ 不定代名詞

① **On** est bien chez soi.
② Il y a **quelqu'un** ? → Non, il **n'**y a **personne**.
③ **Personne n'**est parfait.
- Je **ne** téléphone à **personne**.

④ J'ai envoyé des cartes d'invitation à mes amis, **quelques-uns** m'ont répondu. (= ..., il y **en** a **quelques-uns** qui m'ont répondu.)
⑤ Dans ce voyage organisé, les touristes sont composés de femmes, **plusieurs** sont retraitées. (= ..., il y **en** a **plusieurs** qui sont retraitées.)
⑥ Les jeunes Taïwanais aiment les tatouages, **certains** ont les bras ou les jambes tatoués.
(= ..., il y **en** a **certains** qui ont les bras ou les jambes tatoués.)

⑦ Il n'y a aucun étudiant qui connaît cet auteur français, **aucun n'**a envie de lire ses romans.

(= ..., il n'y **en** a **aucun** qui a envie de lire ses romans.)

⑧ **Chacun** a ses goûts et a ses habitudes.

⑨ Parmi ces comédiens, il y **en** a **certains** qui portent un béret, et **d'autres** une casquette.

- Je n'aime pas ces couleurs, pourrais-tu m'**en** proposer **d'autres** ?

⑩ Quels sont les gagnants de cette année ?

→ Ce sont **les mêmes** que l'an dernier.

⑪ Ces deux-là ne sont jamais d'accord, quand **l'un** dit blanc, **l'autre** dit noir !

- Voici deux petites filles : **l'une** adore la danse, **l'autre** le dessin.
- Voilà deux groupes de chanteurs : **les uns** chantent en français, **les autres** en anglais.
- Parmi ces esthéticiennes, **les unes** ont fait leurs études au Japon, **les autres** en Europe.
- Pour la fête de demain soir, je m'occupe de mes collègues, toi, tu t'occupes **des autres**.

⑫ **N'importe qui** peut résoudre ce problème.

⑬ À quelle employée puis-je demander un renseignement ?

→ À **n'importe laquelle**.

- À quels coureurs devons-nous passer les bouteilles d'eau ?

→ À **n'importe lesquels**.

⑭ Nous invitons **tout** le monde à passer à table.

- Nous sommes **tous** Taïwanais.
- Elles habitent **toutes** à Taïpei.

表二十二　不定形容詞與代名詞（不明確的事或物）

不定形容詞	不定代名詞
	❶ Quelque chose 某物、某事 ★注意：接單數動詞
	❷ Rien ne... / ...ne...rien 沒什麼事、沒什麼東西 ★注意：接單數動詞
❶ Quelques 幾個	❸ Quelques-uns / Quelques-unes 一些東西 ...en...quelques-uns / ...en...quelques-unes
❷ Plusieurs 好幾個 （比 Quelques 多）	❹ Plusieurs 好幾個東西 ...en...plusieurs
❸ Certains / Certaines 某些、有些	❺ Certains / Certaines 某些東西、有些東西 ...en...certains / ...en...certaines
❹ Aucun / Aucune 沒有一個 ★注意：Aucun (e) ne... ... ne ... aucun (e)	❻ Aucun...ne / Aucune...ne 沒有一個東西 ...en...aucun / ...en...aucune
❺ Chaque 每個	❼ Chacun / Chacune 每個東西
❻ Un autre / Une autre（單數） 另外一個 ★注意：D'autres（複數）其他的	❽ ...en...un autre / ...en... une autre 另外一個東西 ...en... d'autres 其他的東西
❼ Le même, la même, les mêmes 相同的	❾ Le même, la même, les mêmes 相同的東西（事情）
	❿ L'un(e)...l'autre... 一個東西 ... 另一個東西 ... Les un(e)s...les autres... 一些東西 ... 另一些東西 ... ★注意：avoir peur de, parler de, s'occuper de qqch... de + les autres → **des autres**
	⓫ N'importe quoi 不論甚麼東西或事情
❽ N'importe quel(s) 任何的 N'importe quelle(s) 任何的	⓬ N'importe lequel / laquelle 不論什麼東西或事情 N'importe lesquels / lesquelles 不論什麼東西或事情

不定形容詞	不定代名詞
⑨ Certain(e)s... d'autres... 某些 ... 另外一些 ...	
⑩ Certain(e)s... d'autres... les autres... 某些 ... 另外一些 ... 其他所有的 ...	
⑪ La plupart de... 大部份的 ...	
⑫ Tout, toute, tous, toutes 全部的 ★注意：tous〔x〕不發音 ★注意：tout, toute, tous, toutes + 定冠詞、所有格形容詞、 指事形容詞 + 名詞	⑬ Tout, tous, toutes 全部的 東西 ★注意：tous〔s〕必須發音

Construction ／句型

- 主詞 + 動詞 + 不定形容詞 + 名詞…
- 不定形容詞 + 名詞 + 動詞…
- 主詞 + en + 動詞 + 不定代名詞
- 不定代名詞 + 動詞…

Exemples ／例句

◎ 不定形容詞

① Nous prenons **quelques** mandarines pour faire une salade de fruits.

② Jacques a acheté **plusieurs** cadeaux de Noël pour ses amis.

③ Elle ne joue que **certaines** pièces de théâtre de Molière[14].

14. Molière (1622-1673), né et mort à Paris, il est contemporain de Louis XIV et est connu comme célèbre dramaturge et comédien. Quelques pièces célèbres de Molière : *Le médecin malgré lui* , *L'avare* , *Les fourberies de Scapin et Le malade imaginaire*.

④ Comme il n'a **aucun** diplôme, ce n'est pas facile de trouver un travail.

• Je n'ai **aucune** nouvelle de Samuel depuis deux semaines.

⑤ **Chaque** situation est différente, il est donc difficile de dire qui a raison.

⑥ Veux-tu **un autre** café ?

• Je vais prendre **une autre** jupe car celle-ci est trop étroite.

• Elle pourra choisir **d'autres** modèles de chaussures si ceux-ci ne lui plaisent pas.

⑦ Pour le cours de grammaire, nous aurons **le même** livre de grammaire. On se verra demain à **la même** heure, ok ?

⑧ Comme il n'y a plus de place dans ce cinéma, on va ailleurs voir **n'importe quel** film, qu'en penses-tu ?

• Il est tellement désespéré qu'il suivrait **n'importe quels** conseils !

⑨⑩ Dans cette boutique, **certains** vêtements viennent de France, **d'autres** d'Italie, **les autres** du Japon.

⑪ **La plupart des** bibelots de ce magasin sont fabriqués à Taïwan.

⑫ Il faut finir **tout** ce rapport ce soir.

• C'est toi qui dois faire **toute** la vaisselle.

• **Tous** les pandas de ce zoo viennent de Chine.

• D'habitude, elle prépare **toutes** ses affaires avant de se coucher.

◎ 不定代名詞

① Voulez-vous boire (manger) **quelque chose** ?

② Ce matin, je **n'**ai **rien** bu (mangé).

③④ Nous avons pris quelques (plusieurs) photos, malheureusement, il y **en** a **quelques-unes (plusieurs)** qui sont floues.

⑤ Parmi ces boissons, il y **en** a **certaines** qui sont trop sucrées.

⑥ **Aucune** de ces réponses **n'**est correcte. Réfléchissez de nouveau !

⑦Voici deux vases de Chine, **chacun** avec des motifs différents.

⑧ Cette idée n'est pas originale, pourrais-tu m'**en** donner **une autre** ?

• Je n'aime pas ces couleurs, pourrais-tu m'**en** proposer **d'autres** ?

⑨ Quand nous étions petites, ma soeur et moi portions **les mêmes** vêtements.
⑩ Il y a deux menus : **l'un** est à 12 euros, **l'autre** 20 euros.
⑪ Quand il a faim, il mange **n'importe quoi**.
⑫ Pour aller à la tour Eiffel, on peut prendre n'importe quel bus ?
→ Oui, **n'importe lequel**.
⑬ Il faut manger un peu de **tout**, c'est bon pour la santé.

- Dis donc, **tout** est cher dans ce magasin !
- Dans ce musée, les meubles sont **tous** du 18ème siècle.
- Il collectionne beaucoup de BD, elles sont **toutes** belges.

表二十三 不定形容詞與代名詞（不明確的地方）

不定形容詞	不定代名詞
❶ Quelques 幾個	❶ Quelques-uns / Quelques-unes 一些地方 ...en...quelques-uns / ...en...quelques-unes
❷ Plusieurs 好幾個 （比 Quelques 多）	❷ Plusieurs 好幾個地方 ...en...plusieurs
❸ Certains / Certaines 某些、有些	❸ Certains / Certaines 某些地方、有些地方 ...en...certains / ...en...certaines
❹ Aucun / Aucune 沒有一個 ★注意：Aucun (e) ne... ... ne... aucun (e)...	❹ Aucun...ne / Aucune...ne 沒有一個地方 ...en...aucun / ...en...aucune
❺ Chaque 每個	❺ Chacun / Chacune 每個地方
❻ Un autre / Une autre（單數） 另外一個 ★注意：D'autres（複數）其他的	❻ ....en...un autre / ...en... une autre 另外一個地方 en...d'autres 其他的地方
❼ Le même, la même, les mêmes 相同的	❼ Le même, la même, les mêmes 相同的地方
	❽ L'un (e)...l'autre... 一個地方 ... 另一個地方 ... L'un (e)s...les autres... 一些地方 ... 另一些地方 ...

不定形容詞	不定代名詞
	❾ N'importe où 不論何處
❽ N'importe quel(s) 任何的 N'importe quelle(s) 任何的	❿ N'importe lequel / laquelle 不論什麼地方 N'importe lesquels / lesquelles 不論什麼地方
❾ Certain(e)s...d'autres... 某些 ... 另外一些 ...	
❿ Certain(e)s... d'autres... les autres... 某些 ... 另外一些 ... 其他所有的 ...	
⓫ La plupart de... 大部份的 ...	
⓬ Tout, toute, tous, toutes 全部的 ★注意：tous〔x〕不發音 ★注意：tout, toute, tous, toutes ＋定冠詞、所有格形容詞、 指事形容詞＋名詞	⓫ tous, toutes 全部的地方 ★注意：tous〔s〕必須發音
	⓬ Quelque part 在某地 ⓭ Autre part 在別處 ⓮ Nulle part 沒有一處 (ne...nulle part)

Construction／句型

- 主詞 + 動詞 + <u>不定形容詞</u> + 名詞…
- <u>不定形容詞</u> + 名詞 + 動詞…
- 主詞 + en + 動詞 + <u>不定代名詞</u>
- <u>不定代名詞</u> + 動詞…

Exemples／例句

◎ 不定形容詞

① Cet été, je vais faire le tour de Taïwan avec des amis, et je leur ferai visiter **quelques** endroits touristiques célèbres.

② À Taïpei, je connais **plusieurs** pâtisseries françaises où on peut acheter des macarrons.

③ **Certains** cafés proposent un coin aux fumeurs.

④ **Aucun** hôtel n'accepte d'animal domestique.

⑤ **Chaque** station balnéaire a des maîtres nageurs en cas de problème.

⑥ Connais-tu **un autre** café plus tranquille, celui-ci est trop bruyant.

⑦ On se verra demain au **même** endroit, d'accord ?

⑧ Où je peux mettre ces sachets de pommes de terre ?
→ Sur **n'importe quelle** étagère.

⑨ À Paris, **certaines** épiceries sont ouvertes le samedi, **d'autres** sont même ouvertes le dimanche.

⑩ À Taïwan, pendant le Nouvel An chinois, **certains** restaurants sont ouverts, **d'autres** sont fermés, et **les autres** dépendent de leurs emplois du temps.

⑪ **La plupart des** plantations de thé se trouvent dans les montagnes.

⑫ Il est important d'éteindre la lumière de **tout** le gymnase avant de partir.

- Demain, il faut nettoyer **toute** la piscine avec un produit spécial.
- En France, les timbres se vendent dans **tous** les tabacs.
- **Toutes** les stations d'essence sont fermées à cause de la grève.

◎ 不定代名詞

① Comment sont ces restaurants ? → **Quelques-uns** sont excellents, d'autres sont médiocres.

② À Taïpei, est-ce qu'il y a des animaleries ? → Oui, il y **en** a **plusieurs**.

③ Au supermarché, certains rayons vendent des produits exotiques, il y **en** a **certains** qui ont des produits africains.

④ Y a-t-il un jardin botanique en ville ?
→ Non, il n'y **en** a **aucun**.

⑤ Chaque maison de haute couture propose deux collections de mode par an, **chacune** a ses mannequins pour présenter son défilé.

- Il y a 22 régions en France, **chacune** a ses spécialités culinaires.

⑥ Cette librairie ne vend que des livres pour enfants, **en** voici **une autre** qui expose des livres pour tout âge.

⑦ Nous habitons dans **le même** quartier.

- Elle achète toujours son pain à **la même** boulangerie.

⑧ Voici deux pays asiatiques, **l'un** exporte du riz, **l'autre** des fruits.

⑨ Où envisagez-vous de passer vos vacances ?
→ **N'importe où**, je n'en ai aucune idée.

⑩ En général, dans quel supermarché fais-tu tes courses ?
→ Dans **n'importe lequel**, ça m'est égal.

⑪ Les restaurants de ce quartier sont **tous** très chers.

- Regardez toutes ces maisons là-bas. Elles sont **toutes** alsaciennes.
- Les bibliothèques dans Taïpei sont **toutes** ouvertes le dimanche.

⑫ Je vous ai déjà rencontré **quelque part**, mais je ne me souviens plus de l'endroit.

- Je ne trouve pas mes lunettes, tu les as vues **quelque part** ?

⑬ Avant, la famille Carron passait souvent leurs vacances à la mer, mais cette année, elle va **autre part**.

⑭ Pour ces vacances d'hiver, ils vont faire du ski dans les Alpes, et moi, je vais rester à la maison, je ne vais **nulle part**.

Dialogue／對話 07

À la cantine de l'entreprise, deux collègues sont assis à la même table. L'un est en train de lire le journal...

Julien : Tu as entendu parler de la journée du sport au Québec[15]?

Mathieu : Au Québec ? Non, qu'est-ce que c'est ?

Julien : C'est une journée pendant laquelle des activités sportives sont organisées dans la ville et auxquelles ***n'importe qui*** peut participer.

Mathieu : Tu sais, moi le sport...quand je pense que ***certains*** en font ***tous*** les dimanches ou même ***plusieurs*** fois par semaine, quelle perte de temps ! C'est vraiment pas mon truc ![16]

Julien : Ouais, j'avais remarqué ! Mais ça serait bien de commencer un peu ***tous*** les jours, pas ***chaque*** jour mais au moins ***plusieurs*** fois par mois pour commencer !

Mathieu : Tu fais peut-être partie des personnes qui pensent que le sport est important pour rester en bonne santé, mais ***certains*** pensent que la santé passe par « bien manger », et je fais partie de ceux-là !

Julien : J'en fais partie aussi, comme tu le sais.

Mathieu : Bon, en ***tout*** cas, ça serait peut-être intéressant d'organiser sur le campus ***quelques*** activités, ***la plupart des*** étudiants ne font ni sport ni attention à ce qu'ils mangent.

Julien : Il y en a ***certains*** qui font attention, ***d'autres*** n'ont vraiment pas envie de se compliquer la vie. La vie d'un étudiant n'est pourtant pas vraiment compliquée...Moi, je pensais à des concours du genre marathon, je vois souvent des étudiants faire du sport sur le stade dans la soirée. ***Certains*** en font même ***tous*** les jours!

Mathieu : Bonne idée! On pourrait même ouvrir ces concours à des personnes extérieures !

---

15. Province francophone du Canada.
16. Expression : *C'est vraiment pas mon truc* ! = ce n'est pas quelque chose que j'aime faire. Il est possible d'utiliser l'expression de façon affirmative ..., *c'est mon truc !* = J'aime ... (activité ou objet). Exemple : La cuisine, c'est mon truc ! = J'aime faire la cuisine, c'est une passion.

Julien : Dans un premier temps, c'est mieux de ne pas laisser ***n'importe qui*** participer, allons voir les étudiants du département de français, je suis sûr que ***la plupart*** seront motivés !

Exercice ／練習

Complétez ou répondez aux questions avec le mot qui convient : *un autre, quelques, n'importe où, n'importe quand, plusieurs (deux fois), n'importe qui, d'autres, n'importe lequel, certains, quelques-uns.*

❶ Aujourd'hui, c'est fermé, revenez ...... jour !

❷ Tous ces objets sont en vente, ... sont en bon état, ... nécessitent une restauration.

❸ Quelles sont tes résolutions pour cette année ?

→ J'ai décidé d'aller ...... fois par semaine à la salle de sport !

❹ Je peux vous poser ...... questions ? Ce sera rapide.

❺ Où est-ce que je peux poser mon manteau ? ....

❻ Quand est-ce que je peux venir ? ....

❼ Qui peut t'aider ? ....

❽ Tu vas souvent au cinéma ? → Oui, ... fois par semaine !

❾ Je peux te prêter quel livre pour ton devoir ? ....

❿ Tu as des amis en France ? → Oui, j'en ai ....

Simulation ／演練

❶ Est-ce qu'il existe dans votre pays des sites Internet ou des magazines qui donnent des conseils d'alimentation ? Quels conseils donnent-ils en général ? Qu'en pensez-vous ?

❷ Selon le ministère de la santé en France, bien manger c'est respecter les neuf conseils suivants :

- Manger au moins cinq fruits et légumes par jour.
- De la viande, du poisson ou des oeufs, une à deux fois par jour.
- Des féculents à chaque repas.
- Trois produits laitiers par jour.
- De l'eau à volonté.
- Limiter sa consommation de sucre.
- Limiter sa consommation de matière grasse.
- Limiter sa consommation de sel.
- Faire au moins l'équivalent de 30 minutes de marche rapide par jour.

Dans votre vie quotidienne, respectez-vous ces neuf conseils ? Lesquels respectez-vous ? Lesquels ne pouvez-vous pas respecter ? Pourquoi ?

❸ Faites la liste de vos activités durant la semaine et comparez-la avec celle de vos camarades. Présentez la semaine typique d'un de vos camarades.

Fenêtres sur la France
法　國　之　窗

Chamonix, célèbre station de ski

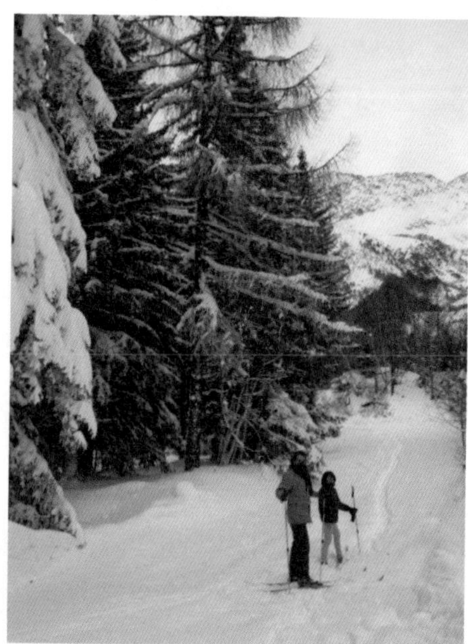
Une piste de ski de fond

Les enfants se préparent pour prendre le remonte-pente

Chapitre VIII

第八章

Les pronoms personnels

人稱代名詞

Idée générale ／概念

法文的人稱代名詞可當主詞或受詞，本章敘述人稱代名詞當受詞，此用法跟動詞結構息息相關，例如：

- aimer qqn : J'aime Paul. → Je ***l'***aime.
- regarder qqch : Damien regarde les tableaux. → Il ***les*** regarde.
- téléphoner à qqn : Elsa téléphone à ses parents. → Elsa ***leur*** téléphone.
- penser à qqn : Yann pense souvent à sa petite amie. → Il pense souvent à ***elle***.
- parler de qqch : Nous parlons quelquefois de nos dernières vacances.
  → Nous ***en*** parlons quelquefois.

該選擇哪個代名詞？如果不熟背動詞結構就無法將人稱代名詞運用自如。

為了不重複名詞，人稱代名詞就可取代前面提過的名詞，包括人、事情、東西、地點。因此，有直接與間接受詞補語代名詞 (pronoms compléments d'objet direct et indirect) 以及間接受詞補語代名詞或地方補語代名詞 (pronoms compléments d'objet indirect ou compléments de lieu)。

至於重讀音代名詞 (pronoms toniques) 只能代替人。

除了上述代替陰陽性的人稱代名詞外，還有三種中性人稱代名詞 (pronoms neutres) 之用法。

人稱代名詞應該置於動詞之前或之後？一般而言，它一定要被置於相關的動詞之前。不過還是有例外的情況，例如：

- 在命令語式肯定句時，人稱代名詞置於動詞之後。
- 重讀音代名詞必須置於介系詞之後。

在句中最多能有幾個人稱代名詞呢？答案是兩個。

我們先來瞭解人稱代名詞的種類，然後再看它們在各種語式中的位置：

Règle／規則

表二十四　人稱代名詞的種類

❶ 直接受詞補語代名詞 **(pronoms compléments d'objet direct) (COD)**	**me (m'), te (t'), nous, vous**（代替人） **le (l'), la (l'), les, en**（代替人、物） ★注意 le (l'), la (l'), les 代替定冠詞、所有格形容詞、指事形容詞＋名詞 ★注意 en 代替不定冠詞、部分冠詞、數量片語＋名詞
❷ 間接受詞補語代名詞 **(pronoms compléments d'objet indirect) (COI)**	**me (m'), te (t'), nous, vous, lui, leur**（只能代替人）
❸ 重讀音代名詞 **(pronoms toniques)**	**moi, toi, lui, elle, nous, vous, eux, elles**（只能代替人） ★注意 介系詞 (à, avec, de, chez, pour…) + pronoms toniques
❹ 間接受詞補語代名詞 或地方補語代名詞 **(pronoms compléments d'objet indirect ou compléments de lieu)**	**en, y** ★注意 en 代替 - 介系詞 de＋名詞 - 介系詞 de＋地方補語 ★注意 y 代替 - 介系詞 à＋名詞 - 介系詞 à, dans, sur, sous, etc.+ 地方補語
❺ 中性人稱代名詞 **(pronoms neutres)**	**en, y, le** ★注意 en, y, le 代替一個字或一組字

Construction／句型

- 主詞 + 直接或間接受詞補語代名詞 / 地方補語代名詞 / 中性人稱代名 + 動詞 (現在時)…
- 主詞 + ne + 直接或間接受詞補語代名詞 / 地方補語代名詞 / 中性人稱代名 + 動詞 (現在時) + pas …
- 主詞 + 直接或間接受詞補語代名詞 / 地方補語代名詞 / 中性人稱代名 + 助動詞 + 過去分詞 …
- 主詞 + ne + 直接或間接受詞補語代名詞 / 地方補語代名詞 / 中性人稱代名 + 助動詞 + pas+ 過去分詞 …
- 主詞 + 動詞 (現在時) + 介系詞 + 重讀音代名詞…
- 主詞 + ne + 動詞 (現在時) + pas + 介系詞 + 重讀音代名詞…
- 主詞 + 助動詞 + 過去分詞 + 介系詞 + 重讀音代名詞…
- 主詞 + ne + 助動詞 + pas + 過去分詞 + 介系詞 + 重讀音代名詞…

Exemples／例句

❶ 直接受詞補語代名詞 (pronoms compléments d'objet direct) ——

① Est-ce que tu **me** comprends ?
→ Oui, je **te** comprends parfaitement. *(comprendre qqn)*

② Pourriez-vous **nous** accompagner à la gare ?
→ Oui, je **vous** accompagne. *(accompagner qqn)*

③ Ce roman, je **l'**ai déjà acheté. *(acheter qqch)*

④ David a perdu ses clés il y a une semaine, mais il ne **les** a pas encore retrouvées. *(retrouver qqch)*[17]

⑤ Y a-t-il encore des visiteurs dans la salle ?
→ Oui, il y **en** a encore trois.

⑥ Achète du champagne pour Noël !
→ Achètes[18]-**en** ! *(acheter qqch)*

---

17. …il ne **les** a pas encore **retrouvées**. : 過去分詞必須與直接受詞補語代名詞配合。
(les：直接受詞補語代名詞；retrouvées：過去分詞)

18. 祈使式現在時第二人稱之第一組動詞變化的動詞結尾原本沒有 -s-，但是在肯定句如果與代名詞 en 連用時就得再加上 -s-，以達發音之和諧。

⑦ Bois-tu du thé après le dîner ?

→ Non, je n'**en** bois pas. *(boire qqch)*

❷ 間接受詞補語代名詞 (pronoms compléments d'objet indirect)

① Il **m'**offre toujours un bouquet de fleurs pour mon anniversaire. *(offrir qqch à qqn)*

② Elle ne **nous** a pas donné l'adresse du théâtre. *(donner qqch à qqn)*[19]

③ Nous **te** montrons un endroit magnifique pour pique-niquer. *(montrer qqch à qqn)*

④ Je **vous** apporterai un petit souvenir si je vais au Canada. *(apporter qqch à qqn)*

⑤ À quelle heure as-tu téléphoné à Nicolas ?

→ Je **lui** ai téléphoné vers 20 heures. *(téléphoner à qqn)*

⑥ Nous **leur** proposons un travail intéressant pendant les vacances. *(proposer qqch à qqn)*

❸ 重讀音代名詞 (pronoms toniques)

① Cet enfant se moque souvent de **moi**. *(se moquer de qqn)*

② Elle a toujours peur de **nous**. *(avoir peur de qqn)*

③ Je ne me souviens plus de **toi**. *(se souvenir de qqn)*

④ Comme mon père travaille à l'étranger depuis un an, je pense souvent à **lui**. *(penser à qqn)*

⑤ Il y a deux vieilles dames dans la chambre 32. L'infirmière s'occupe bien d'**elles**. *(s'occuper de qqn)*

⑥ Ces étudiants sont dissipés. Il faut faire attention à **eux**. *(faire attention à qqn)*

其他的例句請參考附錄 p.293–294。

19. Elle ne **nous** (間接受詞補語代名詞) a pas **donné** (過去分詞) l'adresse du théâtre. : 過去分詞不必與間接受詞補語代名詞配合。

❹ 間接受詞補語代名詞或地方補語代名詞 (pronoms compléments d'objet indirect ou compléments de lieu) ——

① Ma soeur joue du piano depuis plus de trente ans.
→ Elle **en** joue depuis plus de trente ans. *(jouer de)*

② Es-tu contente de ton nouveau travail ?
→ Non, je n'**en** suis pas contente. *(être content de qqch)*

③ D'où venez-vous ?
→ Je viens de la bibliothèque. - Et elle ?
→ Elle **en** vient aussi ! *(venir de + un lieu)*

④ Ils ont assisté à une conférence sur la peinture impressionniste.
→ Ils **y** ont assisté. *(assister à qqch)*

⑤ Regarde dans ces jumelles et dis-moi si tu y vois quelque chose.
→ Non, je n'**y** vois rien ! *(voir qqch dans)*

⑥ Va au cinéma avec tes amis ce soir !
→ Vas[20]**-y** avec eux ce soir ! *(aller à + un lieu)*

⑦ Êtes-vous déjà allés en France ?
→ Non, nous n'**y** sommes pas encore allés. *(aller à + un lieu)*

表二十五 人稱代名詞的位置（適用於直陳式、虛擬式、條件式）

主詞	直接與間接受詞補語代名詞或地方補語代名詞					動詞
	❶	❷	❸	❹	❺	
Sujet	me (m') te (t') nous vous se	le (l') la (l') les	lui leur	y	en	+ Verbe
	★注意：同時可使用兩個代名詞：1&2、1&4、1&5 / 2&3、2&4 / 3&5 ★注意：不能同時使用兩個代名詞：1&3 / 3&4 ★注意： y 與 en 不能同時出現在一個句字，但除了 il y en a… Exemple : Y a-t-il un restaurant français près d'ici ? → Oui, il y en a un.					

20. Aller 在新使式現在時第二人稱動詞變化的結尾原本沒有 -s-，但是在肯定句如果與代名詞 y 連用時就得再加上 -s-，以達發音之和諧。

Construction／句型

· 主詞 + 直接與間接受詞補語代名詞 / 地方補語代名詞 + 動詞 (現在時)…
· 主詞 + ne + 直接與間接受詞補語代名詞 / 地方補語代名詞 + 動詞 (現在時) + pas …
· 主詞 + 直接與間接受詞補語代名詞 / 地方補語代名詞 + 助動詞 + 過去分詞 …
· 主詞 + ne + 直接與間接受詞補語代名詞 / 地方補語代名詞 + 助動詞 + pas + 過去分詞 …

Exemples／例句

① Est-ce que tu t'intéresses beaucoup à la langue française ?
→ Oui, je **m'y** intéresse beaucoup. *(s'intéresser à qqch)*

② Pourrais-tu me prêter ce roman ?
→ Oui, je **te le** prête. *(prêter qqch à qqn)*

③ Quand est-ce que tu vas nous montrer tes photos ?
→ Je **vous les** montrerai demain. *(montrer qqch à qqn)*

④ J'ai acheté cette bague à ma fiancée.
→ Je **la lui** ai achetée. *(acheter qqch à qqn)*

⑤ Est-ce que vous emmenez les enfants au cinéma ce soir ?
→ Oui, je **les y** emmène. (*emmener qqn à + un lieu)*

⑥ Quand offre-t-on un cadeau à un ami ?
→ On **lui en** offre pour son anniversaire. *(offrir qqch à qqn)*

⑦ Envoies-tu des mails à tes parents ?
→ Non, je ne **leur en** envoie jamais. *(envoyer qqch à qqn)*

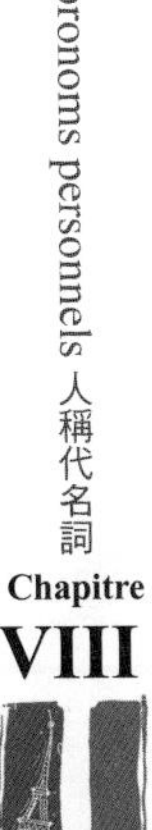

表二十六 人稱代名詞的位置（適用於命令語式）

動詞	直接受詞補語代名詞
Verbe +	moi, toi, le (l'), la (l'), les, nous, vous, en ★注意：肯定句時 me (m') → moi　te (t') → toi 否定句時 moi → me (m')　toi → te (t')
	★注意：肯定句時，代名詞置於動詞之後，要加上連詞符號《-》。 否定句時，代名詞置於動詞之前。

Construction ／句型

· 動詞 + 直接受詞補語代名詞 !

· Ne + 直接受詞補語代名詞 + 動詞 + pas !

Exemples ／例句

① Regarde-**moi** ! / Ne **me** regarde pas ! *(regarder qqn)*

② Réveille-**toi** ! / Ne **te** réveille pas ! *(se réveiller)*

③ Assieds-**toi** ! / Ne **t'**assieds pas ! *(s'asseoir)*

④ Écoutez-**le** ! / Ne **l'**écoutez pas ! *(écouter qqn)*

⑤ Aide-**la** ! / Ne **l'**aide pas ! *(aider qqn)*

⑥ Invitons-**les** ! / Ne **les** invitons pas ! *(inviter qqn)*

⑦ Attendez-**nous** ! / Ne **nous** attendez pas ! *(attendre qqn)*

⑧ Promenons-**nous** ! Ne **nous** promenons pas ! *(se promener)*

⑨ Taisez-**vous** ! / Ne **vous** taisez pas ! *(se taire)*

⑩ Reposez-**vous** bien ! / Ne **vous** reposez pas ! *(se reposer)*

⑪ Voici des fruits, prends-**en** un peu ! / N'**en** prends pas *(prendre qqch)*

表二十七 人稱代名詞的位置（適用於命令語式）

動詞	間接受詞補語代名詞
Verbe +	moi, toi, lui, leur, nous, vous ★注意：肯定句時 me (m') → moi　te (t') → toi 否定句時 moi → me (m')　toi → te (t') ★注意：肯定句時，代名詞置於動詞之後，要加上連詞符號《-》。 否定句時，代名詞置於動詞之前。

Construction ／句型

・動詞 + 間接受詞補語代名詞 !
・Ne + 間接受詞補語代名詞 + 動詞 + pas !

Exemples ／例句

① Téléphone-**moi** ce soir ! / Ne **me** téléphone pas ce soir !
(téléphoner à qqn)

② Posez-**moi** une question ! / Ne **me** posez pas de question !
(poser une question à qqn)

③ Parle-**lui** ! / Ne **lui** parle pas ! *(parler à qqn)*

④ Explique-**lui** la situation ! / Ne **lui** explique pas la situation !
(expliquer qqch à qqn)

⑤ Demandez-**leur** de l'argent ! / Ne **leur** demandez pas d'argent !
(demander qqch à qqn)

⑥ Dites-**nous** la vérité! / Ne **nous** dites pas la vérité ! *(dire qqch à qqn)*

⑦ Proposez-**nous** une sortie ! Ne **nous** proposez pas de sortie !
(proposer qqch à qqn)

表二十八　人稱代名詞的位置（適用於命令語式）

動詞	直接與間接受詞補語代名詞
Verbe +	le / la / les + moi / toi / lui / nous / vous / leur
	★注意：肯定句時，代名詞置於動詞之後，要加上連詞符號《-》。 否定句時，代名詞置於動詞之前。

Construction ／句型

・動詞 + 直接與間接受詞補語代名詞！

・Ne + 直接與間接受詞補語代 + 動詞 +pas !

Exemples ／例句

① Passez-moi le pain, s'il vous plaît !

→ Passez-**le-moi**! *(passer qqch à qqn)*

② Montrez-leur le raccourci !

→ Montrez-**le-leur** ! *(montrer qqch à qqn)*

③ Annonce-nous la nouvelle !

→ Annonce-**la-nous** ! *(annoncer qqch à qqn)*

④ Raconte-leur l'histoire !

→ Raconte-**la-leur** ! *(raconter qqch à qqn)*

⑤ Achetez-lui ces fleurs !

→ Achetez-**les-lui** ! *(acheter qqch à qqn)*

⑥ Rends-lui ses lunettes !

→ Rends-**les-lui** ! *(rendre qqch à qqn)*

⑦ Ne lui donnez pas ce médicament !

→ Ne **le lui** donnez pas ! *(donner qqch à qqn)*

⑧ Ne posons pas la question au journaliste !

→ Ne **la lui** posons pas ! *(poser une question à qqn)*

⑨ Ne rapporte pas ces souvenirs à tes enfants!

→ Ne **les leur** rapporte pas. *(rapporter qqch à qqn)*

表二十九　人稱代名詞的位置（適用於命令語式）

動詞	直接與間接受詞補語代名詞
Verbe +	m' t' lui　　+　　en nous vous leur

Construction ／句型

· 動詞 + 直接與間接受詞補語代名詞 !

· Ne + 直接與間接受詞補語代名詞 + 動詞 + pas !

Exemples ／例句

① Veux-tu un peu de chocolat ?

→ Oui, donne-**m'en** un peu. *(donner qqch à qqn)*

② Occupe-toi de ce voyage !

→ Occupe-**t'en** ! *(s'occuper de qqch)*

③ Si tu as des conseils, donne-**lui-en** ! *(donner qqch à qqn)*

④ Ne nous parle pas de ce film !

→ Ne **nous en** parle pas ! *(parler de qqch à qqn)*

⑤ Servez-vous du jus d'orange !

→ Servez-**vous-en** ! *(se servir de qqch)*

⑥ Offre-leur du vin !

→ Offre-**leur-en** ! *(offrir qqch à qqn)*

表三十　人稱代名詞的位置（適用於不定式）

主詞	動詞（第一個動詞）	直接與間接受詞補語代名詞或地方補語代名詞					動詞（第二個動詞：不定式動詞）
		❶	❷	❸	❹	❺	
Sujet	Verbe +	me (m') te (t') nous vous se	le (l') la (l') les	lui leur	y	en	+ Verbe à l'infinitif
		★注意：代名詞在句中之順序請考表二十五					

Construction／句型

・主詞 + 動詞 (第一個動詞) + 直接與 (或) 間接受詞補語代名詞 / 地方補語代名詞 + 動詞 (第二個動詞 : 不定式動詞)

・主詞 + ne + 動詞 (第一個動詞) + pas + 直接與 (或) 間接受詞補語代名詞 / 地方補語代名詞 + 動詞 (第二個動詞 : 不定式動詞)

Exemples／例句

① Savez-vous jouer au Scrabble ?

→ Oui, je sais **y** jouer. *(jouer à)*

② Est-ce qu'elle commence à penser à son avenir ?

→ Non, elle n'a pas encore commencé à **y** penser. *(penser à qqch)*

③ Veux-tu reprendre un peu de fromage ?

→ Non, merci, je ne veux pas **en** reprendre. *(reprendre qqch)*

④ Avez-vous obtenu vos passeports ?

→ Oui, nous venons de **les** obtenir. *(obtenir qqch)*

⑤ Aimez-vous aller au cinéma seuls ?

→ Non, nous n'aimons pas **y** aller seuls. *(aller à + un lieu)*

⑥ As-tu l'intention de faire le tour du monde ?

→ Oui, j'ai l'intention de **le** faire. *(faire qqch)*

⑦ Est-ce que nous devons emporter notre parapluie ?

→ Oui, vous devez **l'**emporter. *(emporter qqch)*

⑧ Quand vas-tu me rendre l'argent que je t'ai prêté ?

→ Je vais **te le** rendre demain. *(rendre qqch à qqn)*

⑨ Vos parents sont-ils bien arrivés ?

→ Oui, je vais **vous les** présenter demain. *(présenter qqn à qqn)*

⑩ Vas-tu t'inscrire à ce stage d'informatique ?

→ Non, je ne vais pas **m'y** inscrire. *(s'inscrire à)*

⑪ Vous êtes toujours d'accord pour le théâtre de demain soir ?

→ Oui, on va **s'y** retrouver à 19h ! *(se retrouver quelque part)*

⑫ Et cette affaire, où en est-on[21]?

→ Nous allons **nous en** occuper très prochainement. *(s'occuper de qqch)*

⑬ As-tu envoyé les cartes de voeux à Cédric et à sa femme ?

→ Pas encore, mais je vais **les leur** envoyer par mail demain ! *(envoyer qqch à qqn)*

⑭ Je peux écrire une lettre à M. Brillant.

→ Je peux **lui en** écrire une. *(écrire qqch à qqn)*

21. Expression orale qui, littéralement, signifie: *à quelle étape sommes-nous dans l'avancement de l'affaire ?*

表三十一　人稱代名詞的位置（適用於不定式）

主詞	直接與間接受詞補語代名詞 或地方補語代名詞					動詞 （第一個動詞）	動詞 （第二個動詞： 不定式動詞）
	❶	❷	❸	❹	❺		
Sujet	me (m') te (t') nous vous se	le (l') la (l') les	lui leur	y	en	- faire, laisser - voir, regarder, écouter, entendre, sentir （感官動詞）	+ Verbe à l'infinitif

Construction ／句型

· 主詞 + 直接與（或）間接受詞補語代名詞 + 動詞（第一個動詞）+ 動詞（第二個動詞：不定式動詞）

· 主詞 + ne + 直接與（或）間接受詞補語代名詞 + 動詞（第一個動詞）+ pas + 動詞（第二個動詞：不定式動詞）

· 主詞 + 直接與（或）間接受詞補語代名詞 + 助動詞 + 過去分詞 + 動詞（第二個動詞：不定式動詞）

· 主詞 + ne + 直接與（或）間接受詞補語代名詞 + 助動詞 + pas + 過去分詞 + 動詞（第二個動詞：不定式動詞）

Exemples ／例句

① Le chef de chantier fait travailler les ouvriers.

→ Il **les** fait travailler. *(faire travailler qqn)*

② Le directeur laisse-t-il entrer les trois candidats ?

→ Non, il ne **les** laisse pas entrer. *(laisser entrer qqn)*

③ As-tu vu mon chien passer ?

→ Oui, je **l'**ai vu passer il y a quelques minutes. *(voir qqn passer)*

④ Ils regardent les enfants jouer dans le jardin.

→ Ils **les** regardent jouer dans le jardin. *(regarder qqn faire qqch)*

⑤ As-tu entendu (écouté) chanter cette chanteuse ?

→ Oui, je **l'**ai entendu (écouté) chanter. *(entendre, écouter chanter qqn)*

⑥ Avez-vous senti bouger la table ?

→ Non, je ne **l'**ai pas senti bouger. *(sentir bouger qqch)*

⑦ Le professeur fait écouter le dialogue aux étudiants.

→ Il **le leur** fait écouter. *(faire écouter qqch à qqn)*

⑧ Nous faisons visiter l'université à nos amis.

→ Nous **la leur** faisons visiter. (faire visiter qqch à qqn)

⑨ Est-ce qu'on t'a laissé entrer au tribunal ?

→ Non, on ne **m'y** a pas laissé entrer. *(laisser entrer qqn quelque part)*

⑩ Est-ce qu'on peut caresser les dauphins dans leur bassin ?

→ Oui, ils **s'y** laissent caresser plus facilement qu'en mer. *(se laisser caresser)*

表三十二　中性代名詞的位置

主詞	中性代名詞	用法[22]	動詞
Sujet	❶ en	代替一組字。(Il remplace un groupe de mots.)	+ Verbe
		代替由介系詞 de 引出的形容詞或動詞補語從屬子句。(Il remplace une proposition complément d'un verbe ou d'un adjectif suivis de la préposition "de".)	
	❷y	代替一組字。(Il remplace un groupe de mots.)	
		代替由介系詞 à 引出的形容詞或動詞補語從屬子句。(Il remplace une proposition complément d'un verbe ou d'un adjectif suivis de la préposition "à".)	
	❸le	代替一個形容詞、過去分詞或名詞。	
		代替直接受詞補語的子句。(Il remplace une proposition complément d'objet direct)	
		代替不定式的結構 : de + infinitif (exemples : demander, dire, permettre, promettre, conseiller, proposer... à qqn de + infinitif)	

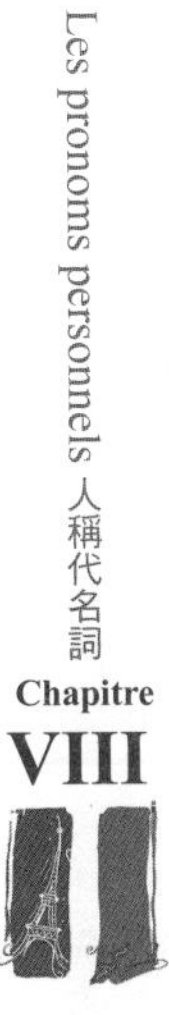

22. *Nouvelle grammaire du français*, Y. Delatour, D. Jennepin, M. Léon-Dufour et B. Teyssier, Hachette, 2004, p.82.

Construction／句型

- 主詞 + 中性代名詞 + 動詞
- 主詞 + ne + 中性代名詞 + 動詞 + pas
- 主詞 + 中性代名詞 + 助動詞 + 過去分詞
- 主詞 + ne + 中性代名詞 + 助動詞 + pas + 過去分詞
- 主詞 + 動詞 + 中性代名詞 + 動詞
- 主詞 + ne + 動詞 + pas + 中性代名詞 + 動詞
- 主詞 + 助動詞 + 過去分詞 + 中性代名詞 + 動詞
- 主詞 + ne + 助動詞 + pas + 過去分詞 + 中性代名詞 + 動詞

Exemples／例句

❶ En

① Elle a toujours rêvé d'aller habiter à l'étranger.

→ Elle **en** a toujours rêvé. *(en = d'aller habiter à l'étranger)*

② Il est chargé d'informer ses collègues des réunions prévues par l'entreprise.

→ Il **en** est chargé.

(en = d'informer ses collègues des réunions prévues par l'entreprise)

③ Je me moque de ce qu'elle a dit.

→ Je m'**en** moque. *(en = de ce qu'elle a dit)*

④ Nous sommes surpris qu'ils aient accompli cette mission à la date prévue.

→ Nous **en** sommes surpris.

(en = qu'ils aient accompli cette mission à la date prévue.)

⑤ Je suis sûr que vous avez compris cette leçon.

→ J'**en** suis sûr. *(en = que vous avez compris cette leçon.)*

❷ Y

① Pensez à acheter des cadeaux de Noël à vos parents.

→ Pensez-**y** ! *(y = à acheter des cadeaux de Noël)*

② Il a eu un accident de voiture, et il a dû renoncer à faire autant de sport.

→ Il a dû **y** renoncer. *(y = à faire autant de sport)*

③ Elles ont réussi à être admises dans une grande école de commerce.

→ Elles **y** ont réussi.

(y = à être admises dans une grande école de commerce)

④ Elle a gagné le premier prix au concours de beauté, elle ne s'**y** attendait pas. *(y = à ce qu'elle gagne le premier prix)*

❸ Le

① Mon frère est bon en anglais mais il **l'**est moins en informatique. *(l'= bon)*

② M. Bocuse a été sélectionné meilleur cuisinier pendant 10 ans, mais, il ne **l'**est plus car il a pris sa retraite. *(l'= meilleur)*

③ M. Cotier va se marier avec sa secrétaire, es-tu au courant ?

→ Oui, je **le** savais. *(le = qu'il allait se marier)*

④ Je pense que c'est une bonne idée, qu'en penses-tu ?

→ Oui, je **le** pense aussi. *(le = que c'est une bonne idée)*

⑤ Quand partirez-vous en France ? Dites-**le**-nous !

(le = quand vous partirez)

⑥ Avez-vous dit aux filles d'arriver à l'heure ?

→ Oui, je **le** leur ai dit. *(le = d'arriver à l'heure)*

⑦ Nous vous promettons d'arrêter de fumer.

→ Nous vous **le** promettons. *(le = d'arrêter de fumer)*

Dialogue ／對話 08

Dans un café près du Jardin du Luxembourg à Paris...

Mélanie : Tu sais que c'est l'anniversaire de Mathieu jeudi prochain !

Julien : Ah oui ? Alors, qu'as-tu prévu de ***lui*** offrir ?

Mélanie : Et bien, plutôt que de ***lui*** offrir quelque chose, je pensais plutôt ***lui*** organiser une soirée d'anniversaire qu'il ne serait pas prêt d'oublier !

Julien : Ah oui ? Ça peut-être une bonne idée. Après tout, je ne savais vraiment pas quoi ***lui*** offrir cette année !

Mélanie : Alors, je voulais ***en*** parler un peu avec ***toi*** pour savoir ce que tu ***en*** penses… je pensais ***l'***emmener dans ce restaurant taïwanais traditionnel en bas de chez ***moi***.

Julien: Ha oui, on ***y*** est allés une fois ensemble, non ?

Mélanie : Oui, c'est celui-là. Donc, on ***y*** va tous avant ***lui***, et on ***l'***attend. ***Moi***, je ***lui*** fais croire que c'est un banal dîner dans ce resto[23] et en fait il va tous ***nous y*** retrouver ! Imagine sa surprise !

Julien : Oui, je ***l'***imagine bien ! Tu as lancé les invitations ? Combien de personnes ***y*** ont répondu ?

Mélanie : Eh bien, pour l'instant, il n'y a que ***toi***…

Exercice／練習

Répondez aux questions suivantes :

❶ Vous m'apportez de la bière, s'il vous plaît ?

→ Oui, je ...... tout de suite.

❷ Tu me prêtes ta voiture pour ce soir ?

→ Oui, je ....

❸ Vous ferez un rapport de votre travail demain !

→ Oui, je ....

❹ Tu es déjà allé au Festival d'Avignon ?

→ Non, je ....

❺ Après toutes ces années à apprendre à parler français, où en es-tu ?

→ Et bien, finalement j'...... *(parvenir à)*

❻ Il t'enverra une carte postale de Grèce ?

→ Oui, il ....

23. « resto » utilisé surtout à l'oral, est l'abréviation du mot « restaurant ».

❼ On vous donne les résultats de l'examen demain ?

→ Oui, on ....

❽ Est-ce qu'elle se rend compte qu'elle a laissé sa clé sur la porte ?

→ Non, elle ....

❾ Je pense que c'est un bon film, n'est-ce pas ?

→ Oui, je ....

❿ Est-ce que tu as déjà entendu parler de cette histoire ?

→ Non, je ....

Simulation ／演練

❶ C'est l'anniversaire de votre meilleur (e) ami (e) la semaine prochaine, il / elle est très difficile, vous demandez conseils à vos ami(e)s pour savoir quoi lui offrir.

❷ Votre ami a eu une promotion, vous organisez avec vos collègues une surprise. (Organisez en groupe ce que vous allez faire pour votre ami.)

❸ Votre enfant est très difficile, demandez conseils à vos amis pour le faire étudier et se coucher plus tôt.

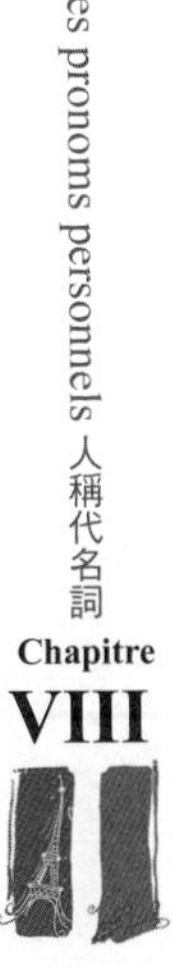

Fenêtres sur la France
法　國　之　窗

Exposition de photos sur les grilles du Jardin du Luxembourg

Le jardin du Luxembourg

Le jardin du Luxembourg

Chapitre IX
第九章
Les constructions verbales
動詞結構

Idée générale ／概念

「動詞」在法語句型中扮演甚麼角色呢？它是句子的核心，如同人類的心臟一樣，占一個舉足輕重的地位。

有些動詞不需藉由介系詞就能單獨使用，但是，有些就一定要配合。最常用的兩個介系詞是 à 與 de。如何選擇適當的介系詞，是否有規則可尋？其實是沒有的，只有靠學習者多背與常練習就能熟能生巧。

有些動詞之後可接一個或兩個受詞，可能是直接也可能是間接。如何辨別？當然還是要考驗學習者的記憶力了。

動詞種類繁多，以下依序舉例列出較常使用的：

表三十三　動詞結構

種類	與介系詞之配合
❶ aimer, détester, devoir, espérer, falloir, pouvoir, savoir, vouloir... + verbe à l'infinitif	- 不必接介系詞
❷ - apprendre à, chercher à, commencer à, continuer à, hésiter à, réussir à, s'habituer à, se mettre à ... + verbe à l'infinitif - aider qqn à, autoriser qqn à, encourager qqn à, forcer qqn à, inviter qqn à, obliger qqn à ... + verbe à l'infinitif - annoncer qqch à qqn, apporter qqch à qqn, conseiller qqch à qqn, envoyer qqch à qqn, expliquer qqch à qqn, prêter qqch à qqn, proposer qqch à qqn, raconter qqch à qqn, rendre qqch à qqn...	- 接介系詞 à
❸- avoir envie de, avoir besoin de, accepter de, choisir de, décider de, envisager de, essayer de, éviter de, finir de, oublier de, regretter de, s'arrêter de, se charger de... + verbe à l'infinitif - charger qqn de, convaincre qqn de, empêcher qqn de, féliciter qqn de, persuader qqn de, remercier qqn de... + verbe à l'infinitif - informer qqn de qqch, prévenir qqn de qqch, remercier qqn de qqch...	- 接介系詞 de
❹ conseiller à qqn de, défendre à qqn de, demander à qqn de, interdire à qqn de, ordonner à qqn de, pardonner à qqn de, permettre à qqn de, proposer à qqn de, recommander à qqn de, reprocher à qqn de, suggérer à qqn de... + verbe à l'infinitif	- 接介系詞 à 與 de

Construction／句型

- 主詞 + 動詞 + verbe à l'infinitif
- 主詞 + 動詞 + à + verbe à l'infinitif...
- 主詞 + 動詞 + qqn (COD) + à + verbe à l'infinitif...
- 主詞 + 動詞 + qqch (COD) + à + qqn (COI) ...
- 主詞 + 動詞 + de + verbe à l'infinitif...
- 主詞 + 動詞 + qqn (COD) + de + verbe à l'infinitif...
- 主詞 + 動詞 + qqn (COD) + de + qqch...
- 主詞 + 動詞 + à + qqn (COI) + de + verbe à l'infinitif...

Exemples／例句

❶ aimer, falloir, savoir + verbe à l'infinitif

① J'**aime** travailler en écoutant de la musique.
② Il **faut** arriver à l'heure pour l'examen de demain.
③ Elle ne **sait** pas nager.

❷ chercher à, commencer à, s'habituer à + verbe à l'infinitif

① Nous **cherchons à** trouver une solution.
② En général, mon frère **commence à** travailler à 9 heures.
③ Il est en France depuis 6 mois, il **s'habitue à** y vivre.

aider qqn à, encourager qqn à, inviter qqn à + verbe à l'infinitif

① Lise **a aidé** sa collègue **à** chercher un logement près de l'entreprise.
② Ses parents **encouragent** Frédérique **à** continuer ses études au Canada.
③ Luc va **inviter** tous ses camarades **à** fêter son anniversaire.

conseiller qqch à qqn, envoyer qqch à qqn, proposer qqch à qqn

① Nous vous **conseillons** le menu à 30 euros.
② Chaque jour, ma soeur **envoie** plusieurs e-mails **à** ses amis.
③ Je te **propose** une balade en forêt.

❸ avoir envie de, décider de, envisager de + verbe à l'infinitif

① Nous sommes fatigués, nous n'**avons** pas **envie de** travailler.
② Mon grand-père **a décidé d'**arrêter de fumer il y a un mois.
③ Lucie et sa soeur **envisageront de** faire le tour du monde dans deux ans.

empêcher qqn de, féliciter qqn de, remercier qqn de + verbe à l'infinitif

① Ma mère **empêche** mon petit frère **de** sortir tard le soir.
② Notre professeur **félicite** Céline et Agnès **d'**avoir remporté les deux meilleurs prix.
③ Je **remercie** Monsieur Legros **de** venir à notre réunion / **d'**être venu à notre réunion. *(être venu : infinitif passé)*

informer qqn de qqch, prévenir qqn de qqch, remercier qqn de qqch

① Nous allons **informer** nos amis **de** notre arrivée pour le réveillon.
② Si vous avez un empêchement, vous **préviendrez** le responsable **de** votre absence.
③ Je **remercie** Madame Brune **de** son invitaiton.

❹ conseiller à qqn de, permettre à qqn de, proposer à qqn de + verbe à l'infinitif

① Elle **conseille à** Valentine **de** ne pas faire de l'auto-stop seule.
② Ce stage linguistique **permettra aux** étudiants **d'**améliorer leur niveau de français.
③ Nathalie **propose à** Olivier **de** voyager en Italie l'année prochaine.

Dialogue /對話 09

Cédric et Elsa sont dans un café...

Cédric : Dis-moi, j'***aimerais*** bien ***commencer à*** apprende le suédois...toi qui parles déjà 4 langues, tu aurais des conseils ?

Elsa : Le suédois ? Quelle drôle d'idée ! Tu es sûr que tu ne ***veux*** pas apprendre une langue plus répandue ?

Cédric : Tu sais, je suis vraiment passionné par la Scandinavie...j'***ai décidé d'***apprende le suédois parce que cette langue est comme une clef pour tous les pays de cette région...

Elsa : Je vois. La première chose à faire est de chercher le plus d'informations possible sur la langue. Je ***te conseille de*** chercher activement sur Internet tout ce qui pourra ***t'aider à*** mieux comprendre la langue et la culture.

Cédric : Oui, je m'intéresse surtout à la culture !

Elsa : Tant mieux parce qu'apprendre une langue c'est aussi apprendre sa culture. Il ne ***faut*** pas ***hésiter à demander*** à un Suédois ***de t'aider*** !...et surtout, tu ***dois*** parler un maximum ! Donc il ***faut essayer de*** trouver le plus d'occasions possible de pratiquer cette langue.

Cédric : Super, j'***ai*** vraiment ***envie de*** commencer tout de suite !

Elsa : Attends, pas tout de suite, c'est mieux de connaître un peu la langue avant de ***commencer à*** la pratiquer avec quelqu'un du pays... ça ***évite d'***être frustré au départ.

Cédric : Ah, vraiment je ***te remercie*** pour tous tes conseils, ça m'a donné vraiment du courage !

Elsa : De rien, ça me fait plaisir d'***encourager mes amis à*** tenter de nouvelles aventures. Une langue étrangère, ce n'est pas seulement apprendre des mots, c'est aussi se découvrir soi-même ! Tu verras, c'est passionnant !

Cédric : Merci, je vais m'y mettre tout de suite !

Elsa : Ah, au fait, voici le numéro d'un ami suédois, je ***t'invite à*** prendre contact avec lui si tu as des questions.

Cédric : Super, merci mille fois !

Exercice／練習

Choisissez parmi les verbes suivants et les conjuguer comme il convient : *inviter, proposer, informer, aimer, envoyer, remercier (deux fois), encourager, empêcher, hésiter.*

❶ Pour apprendre à parler une langue étrangère, il est important de ne pas ...... à la pratiquer le plus possible.

❷ ...... un ami à réaliser son rêve, c'est lui donner de la motivation.

❸ Mon ami ...... voyager, ce qui lui donne l'occasion de pratiquer les langues étrangères.

❹ Je vous ...... d'être venus à la réunion cet après-midi pour discuter de cette question, je suis sûr que nous trouverons une solution !

❺ Je lui ai demandé conseil, et il a ...... à ma soeur de partir en Suède et d'y rester un an.

❻ Les horaires d'été sont arrivés, il faut ...... tout le monde de ce changement !

❼ Demain il fera beau, donc, si tu veux, je t' ...... à aller au parc de Sceaux faire un pique-nique. Qu'en penses-tu ?

❽ Lorsqu'on te rend un service, la moindre des choses, c'est de ...... la personne de ce qu'elle a fait pour toi !

❾ Pour Noël, je ne pourrai pas être avec vous, mais j'ai pensé ...... à ma grand-mère un châle, c'est une bonne idée, non ?

❿ Mon fils a touché à la cigarette une fois, je l'ai privé d'argent de poche pendant deux semaines pour l' ...... de recommencer.

Simulation ／演練

Voici trois situations dans lesquelles vous pouvez utiliser les verbes entre parenthèses. Essayez de construire un dialogue qui utilise tous ces verbes.

❶ Votre enfant revient de l'école avec de mauvais résultats, vous lui donnez quelques conseils et encouragement pour le prochain semestre. *(proposer, conseiller, hésiter, encourager, inviter, décider, avoir envie, devoir, s'habituer)*

❷ Votre ami (e) vient vous demander conseil, il / elle souhaite arrêter de fumer, vous essayez de trouver une solution et vous l'encouragez. *(encourager, remercier, inviter, proposer, hésiter, avoir envie, décider, éviter, persuader, empêcher, essayer)*

❸ Vous allez être diplômé (e) à la fin de l'année, on vous demande de faire un discours pour encourager les lycéens à apprendre le français à l'université. Préparez votre discours en utilisant au minimum cinq constructions verbales parmi les suivants : *encourager, avoir envie, décider, proposer, inviter, conseiller, s'habituer, aider, essayer.*

Fenêtres sur la France
法　國　之　窗

Un café

Une terrasse de café

Un expresso

Chapitre X
第十章
Les verbes pronominaux
代動詞

Idée générale ／概念

Les verbes pronominaux 的動詞跟一般的動詞不一樣之處在於它多了一個 se 字。請比較這幾個動詞：aimer (愛) / s'aimer (相愛) ; téléphoner à qqn（打電話給某人）/ se téléphoner（互通電話）; voir (看到) / se voir（相見）; manger（吃）/ se manger（被吃）; / faire (做) / se faire (被做) ; vendre (賣) / se vendre (被賣)。

Formation des verbes ／動詞變化

首先觀察代動詞在簡單式與複合式之動詞變化 (如下)，其次再了解代動詞的種類 (表三十四)，並依序舉例代動詞的四種用法。其他的字請參考附錄 p.295–297。

se reposer 的動詞變化

<table>
<tr><th>現在時 (présent)</th><th>複合過去時 (passé composé)</th></tr>
<tr><td>Je me repose
Tu te reposes
Il se repose
Elle se repose
Nous nous reposons
Vous vous reposez
Ils se reposent
Elles se reposent
On se repose</td><td>Je me suis reposé(é)
Tu t’ es reposé(é)
Il s’ est reposé
Elle s’ est reposée
Nous nous sommes reposé(e)s
Vous vous êtes reposé(e)s
Ils se sont reposés
Elles se sont reposées
On s’ est reposé(e)s</td></tr>
<tr><td>★注意：
代詞與主詞配合 (固定不變)
Je (主詞) me (代詞)
Tu te
Il se
Elle se
Nous nous
Vous vous
Ils se
Elles se
On se</td><td>★注意：
代詞與助動詞配合 (固定不變)
me (代詞) suis (助動詞)
t’ es
s’ est
s’ est
nous sommes
vous êtes
se sont
se sont
s’ est

★注意：
過去分詞一定要與代詞配合 (固定不變)
me (代詞) suis reposé(é) (過去分詞)
t’ es reposé(é)
s’ est reposé
s’ est reposée
nous sommes reposé(e)s
vous êtes reposé(e)s
se sont reposés
se sont reposées
s’ est reposé(e)s</td></tr>
</table>

Règle／規則

表三十四　代動詞

種類	代動詞
❶ 自反 (verbes pronominaux de sens réfléchi)	(1) se laver, se coucher, s'endormir, se réveiller, se lever, s'habiller, se maquiller, se promener, etc. ★注意： 過去分詞一定要與 se 配合。 Elle **s'**est **lavée** à 8 heures. 代詞　過去分詞 À quelle heure ils **se** sont **couchés** hier soir ? 代詞　過去分詞 (2) se laver les mains (les cheveux), se brosser les dents, se couper les doigts, se brûler la langue, se blesser le genou, etc. ★注意： 如果動詞後有直接受詞補語，過去分詞就不必與 se 配合。 Elle **s'**est **lavé** les cheveux. 代詞　過去分詞　直接受詞補語 Ils ne **se** sont pas **brossé** les dents avant de se coucher. 代詞　過去分詞　直接受詞補語
❷ 互反 (verbes pronominaux de sens réciproque) 主詞一定是複數	(1) s'aimer, se rencontrer, se voir, se comprendre, se regarder, etc. ★注意： 如果 se 為直接受詞補語，過去分詞一定要配合。 Ils **se** sont **aimés** il y a 20 ans. 直接受詞補語　過去分詞 Elles **se** sont **rencontrées** dans le quartier latin. 直接受詞補語　過去分詞 (2) se téléphoner, s'écrire, se parler, se dire bonjour (bonsoir), se donner rendez-vous, etc. ★注意： 如果 se 為間接受詞補語，過去分詞不必配合。 Elles **se** sont **téléphoné**. 間接受詞補語　過去分詞 Cela fait longtemps qu'ils ne **se** sont pas **écrit**. 間接受詞補語　過去分詞

❸ 必反 (verbes uniquement pronominaux)	s'en aller, s'évanouir, s'absenter, se moquer, se souvenir, s'envoler, etc. ★注意： 這類動詞用於複合時態時 (temps composé)，過去分詞一定要與代詞配合。 Nous **<u>nous</u>** en sommes **<u>allés</u>** sans lui dire au revoir. （nous ↑ 代詞；allés ↑ 過去分詞）
	Elles **<u>se</u>** sont **<u>évanouies</u>** en restant trop longtemps au soleil. （se ↑ 代詞；évanouies ↑ 過去分詞）
❹ 代動詞有被動的意思 (verbes pronominaux de sens passif)	se dire, se parler, se vendre, se manger, se boire, se faire, se porter, etc. ★ 注意： 這類動詞用於複合時態時 (temps composé)，過去分詞一定要與代詞配合。 Cette expression ne **<u>se dit</u>** plus maintenant. Ces tableaux **<u>se</u>** sont **<u>vendus</u>** 10 millions de dollars. （se ↑ 代詞；vendus ↑ 過去分詞）

Construction ／句型

- 主詞 + <u>代動詞</u> (現在時) ...
- 主詞 + ne + <u>代動詞</u> (現在時) + pas ...
- 主詞 + <u>代動詞</u> (複合過去時) …
- 主詞 + ne + <u>代詞與助動詞</u> + pas + 過去分詞…

Exemples ／例句

❶ 自反 (verbes pronominaux de sens réfléchi)

① Je **me promène** toujours après le dîner.

② Ce matin, Claire **s'est levée** de bonne heure.

③ Il est important de **se laver les mains** avant de passer à table.

④ La semaine dernière, elle **s'est blessé le genou** gauche en faisant du ski.

❷ 互反 (verbes pronominaux de sens réciproque)

① Pauline et Pierre ne **se sont** plus **aimés** depuis le jour de leur dispute.

② Ils **se sont rencontrés**, ils **se sont vus** pendant un an et ils **se sont** bien **compris**.

③ Juliette et son amie **se sont téléphoné** pendant une heure.

④ Elles **se sont écrit** de 2003 à 2013, mais elles ne **se sont** jamais **vues**.

❸ 必反 (verbes uniquement pronominaux)

① Je suis désolée, je dois **m'en aller**.

② La directrice **s'est absentée** pendant une semaine.

③ Mes deux soeurs **se sont** bien **souvenues** de leur enfance.

④ Ne **vous moquez** pas **de** moi, j'apprends cette langue depuis très peu de temps.

❹ 代動詞有被動的意思 (verbes pronominaux de sens passif)

① Ces livres **se vendent** bien.

② Le « c » à la fin des mots « estomac, tabac, banc » ne **se prononce** pas.

③ L'anglais **se parle** dans beaucoup de pays.

④ Autrefois, le costume **se portait** tous les dimanches pour les hommes.

Dialogue／對話 10

Loïc arrive au bureau avec quelques minutes de retard et un visage fatigué, sa collègue Nicole lui fait remarquer...

Nicole : Bonjour, comment vas-tu ce matin ? Tu n'as pas l'air en forme....

Loïc : Bof...je ***me suis levé*** du pied gauche[24] ce matin...

Nicole : Ah bon ? Qu'est-ce qui t'arrive?

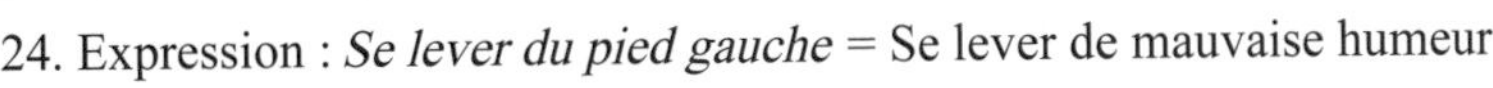

24. Expression : *Se lever du pied gauche* = Se lever de mauvaise humeur

Loïc : Habituellement, je ***me réveille*** à 6h30, j'écoute un peu la radio dans mon lit puis je ***me lève*** tranquillement à 7h, mais aujourd'hui un bruit de marteau piqueur dans la rue m'a réveillé à 6h30, ça n'a pas arrêté de résonner pendant une heure…j'en ai encore mal à la tête...

Nicole : Ça va passer, ne ***t'inquiète*** pas.

Loïc : Mais ce n'est pas tout ! Je ***me suis habillé*** pour aller promener le chien et là, une fois dehors, impossible de trouver mes clés pour rentrer chez moi…elles avaient disparu ! Alors je suis resté dans la rue en attendant que quelqu'un ouvre la porte de l'immeuble…

Nicole : Avec ce froid ? !

Loïc : Ah, ne m'en parle pas ! J'ai cru mourir de froid !

Nicole : Aïe ! Dur, dur, dès le matin !

Loïc : Oui….le chien est parti ***se promener*** tout seul, et moi je suis resté devant la porte de l'immeuble, en chaussons…. jusqu'à ce qu'un voisin ouvre la porte…j'ai vraiment cru que je serais absent ce matin au bureau …

Nicole : Ah ah, tu peux aller en pyjama et en chaussons au bureau, personne ne ***s'***en ***apercevra*** !

Loïc : Tu ***te moques de*** moi comme d'habitude !....

Nicole : Oh, on ne peut pas ***rigoler*** quand tu es de cette humeur, vraiment !

Exercice ／練習

Complétez avec les verbes de la liste suivante en les mettant à la forme qui convient : *se rappeler, s'évanouir, se vendre, s'absenter, s'écrire, se réveiller, se parler, se promener, se manger, se disputer, se lever, se voir.*

❶ Le matin, je ...... à 6h30 puis je ...... à 7h00, j'ai toujours besoin d'une demi-heure pour être vraiment bien réveillé.

❷ Tu sais, mon chien est très indépendant, il ...... tout seul ! Il n'a pas besoin de laisse !

❸ Mon père et moi, nous ...... très souvent quand j'étais enfant. Les choses ont tellement changé, maintenant il ne faut pas 5 minutes pour que nous ....

❹ Les sushis sont une spécialité japonaise de poisson qui ...... froid.

❺ Il y a 2 semaines, nous sommes allés dans ce restaurant, tu ...... ? Et bien, aujourd'hui il a fermé ses portes.

❻ Oh là ! Je ne me sens pas très bien, j'ai la tête qui tourne, je crois que je vais ....

❼ À Noël, c'est le chocolat et les jouets qui ...... le mieux dans les magasins !

❽ Elle et sa meilleure amie, c'est incroyable. Elles ...... chaque jour à l'école et en plus de cela, elles ...... tous les soirs et restent pendant des heures au téléphone.

❾ J'ai complètement oublié comment écrire ce mot, tu peux me dire comment il ...... ?

❿ Si ma fille est encore malade demain, je devrai peut-être ...... du bureau et rester avec elle à la maison.

Simulation／演練

❶ Le train-train quotidien. Quelles sont vos habitudes ? Racontez votre vie quotidienne, du matin jusqu'au soir en faisant attention à utiliser les verbes réfléchis quand ils sont nécessaires. (Au minium, 8 actions.)

❷ Êtes-vous une personne indépendante ? Faites la liste des activités que vous faites seul(e), et que vous aimez faire seul(e) habituellement.

❸ En groupe : Devinette.
Décrivez un objet, un plat, un lieu en utilisant les verbes réfléchis. Les autres doivent deviner.
Exemple : *c'est quelque chose qui se mange, et qui se trouve en général dans un restaurant japonais : sushi* (fais deviner les objets et lieux suivants : un téléphone portable, un hamburger, une lettre, la tour 101, la FNAC, une salle de concert, etc.)

Fenêtres sur la France
法　國　之　窗

Paris sous la neige

Paris sous la neige

Paris sous la neige

Chapitre XI
第十一章
L'impératif
命令語式或祈使式

Idée générale／概念

在法文裡，不論是禁止對方做某事、下命令、要求對方、甚至祝福對方都能以命令語式或祈使式的語式表達之。

Formation des verbes／動詞變化

首先先瞭解命令語式或祈使式的動詞變化 (請與直陳式 (indicatif) 比較之)，再看用法，以下列表依序舉例。此語式的四個不規則動詞變化與例句，請參考附錄 p.298。

manger 的動詞變化

直陳式肯定		直陳式否定			
Je	mange	Je	ne	mange	pas
Tu	manges	Tu	ne	manges	pas
Il	mange	Il	ne	mange	pas
Elle	mange	Elle	ne	mange	pas
Nous	mangeons	Nous	ne	mangeons	pas
Vous	mangez	Vous	ne	mangez	pas
Ils	mangent	Ils	ne	mangent	pas
Elles	mangent	Elles	ne	mangent	pas

se reposer 的動詞變化

直陳式肯定			直陳式否定				
Je	me	repose	Je	ne	me	repose	pas
Tu	te	reposes	Tu	ne	te	reposes	pas
Il	se	repose	Il	ne	se	repose	pas
Elle	se	repose	Elle	ne	se	repose	pas
Nous	nous	reposons	Nous	ne	nous	reposons	pas
Vous	vous	reposez	Vous	ne	vous	reposez	pas
Ils	se	reposent	Ils	ne	se	reposent	pas
Elles	se	reposent	Elles	ne	se	reposent	pas

命令語式肯定	命令語式否定
Mange ! **Mangeons !** **Mangez !**	**Ne mange pas !** **Ne mangeons pas !** **Ne mangez pas !**

★ 注意：
- 命令語式或祈使式沒有主詞。
- 命令語式只有三個動詞變化。句尾須加驚嘆號。
- 在命令語式中，*er* 結尾的第一組動詞之第二人稱變化必須將 *s* 去掉。

命令語式肯定	命令語式否定
Repose-toi ! **Reposons-nous !** **Reposez-vous !**	**Ne te repose pas !** **Ne nous reposons pas !** **Ne vous reposez pas !**

★ 注意：
- 命令語式或祈使式沒有主詞。
- 命令語式只有三個動詞變化。句尾須加驚嘆號。
- 代動詞之代詞在直陳式與命令語式肯定句之位置是不同的。
- 命令語式肯定句中代動詞之第二人稱變成否定時，*toi* 改成 *te*，其它則不變。

Règle／規則

表三十五　命令語式或祈使式之種類

❶ 禁止（une défense）
❷ 命令（un ordre）
❸ 要求 (une demande)
❹ 勸言 (un conseil)
❺ 祝福　(un souhait)

Construction／句型

・動詞！
・Ne + 動詞 + pas !

Exemples／例句

❶ 禁止 (une défense)

① Ne **marchez** pas sur la pelouse ! *(marcher)*
② Ne **fumez** pas ici ! *(fumer)*
③ Ne **téléphonez** pas en cours ! *(téléphoner)*

❷ 命令 (un ordre)

① **Mange !** *(manger)*
② **Tais-toi !** *(se taire)*
③ **Va-t-en !** *(s'en aller)*

❸ 要求 (une demande)

① **Entrez**, s'il vous plaît ! *(entrer)*

② **Reposons-nous** un peu ! *(se reposer)*

③ **Prête-moi** cent euros, s'il te plaît ! *(prêter)*

❹ 勸言 (un conseil)

① **Veuillez** à vous appliquer à l'écrit, c'est important ! *(vouloir)*

② N'**aie** pas peur ! *(avoir)*

③ **Sachez** que c'est un peu difficile, essayez de nouveau ! *(savoir)*

❺ 祝福 (un souhait)

① **Soyez** heureux ! *(être)*

② **Passez** de bonnes vacances ! *(passer)*

③ **Amusez-vous** bien ! *(s'amuser)*

Dialogue／對話 11

Mélanie arrive pour la première fois à Taïwan, son ami Joël la rejoint à l'aéroport.

Joël : Mélanie, bienvenue à Taïwan ! Tu as fait bon voyage ?

Mélanie : Joël ! Comme je suis contente de te voir ! Oui, tout s'est très bien passé. Mais après 14 heures d'avion j'ai vraiment envie de fumer une cigarette, ***attends***-moi ici...

(elle commence à allumer une cigarette.)

Joël : ***Attends***, ne ***fume*** pas ici c'est interdit ! Tu peux avoir une amende !

Mélanie : Vraiment ?! Alors, ***dis***-moi où je peux fumer.

Joël : ***Va*** là-bas, c'est un coin fumeur, je t'attends ici.

Mélanie : Ok, merci Joël, je reviens tout de suite !

(quelques minutes plus tard...)

Mélanie : Ha, ça va mieux, merci de m'avoir attendue. On y va ?

Joël : Oui, prenons le métro ! Maintenant il vient jusqu'à l'aéroport tu sais !

Mélanie : Ha vraiment ? Ça doit être bien plus rapide ! Allons-y ! *(Dans le métro...)*

Mélanie : Joël, tu as faim ? ***Regarde***, j'ai apporté des petits gâteaux français, tu en veux ?

(Elle commence à manger...)

Joël : Mélanie, ***arrête*** ! C'est interdit de manger ou boire dans le métro à Taïwan !

Mélanie : Ha bon ? désolée....***Dis***-moi Joël, il y a encore beaucoup de choses interdites comme ça à Taïwan ?

Joël : Heu...non, pas tant que ça...

(en sortant du métro à la station de Taïpei...)

Mélanie : Joël, je vais acheter du thé dans le magasin en face, ***attends***-moi ici, je reviens !

(Elle traverse sans attendre le signal pour les piétons...)

Joël : Mélanie, ne ***traverse*** pas maintenant ! C'est encore rouge !

Mélanie : Mais Joël, ***regarde*** ! Il n'y pas de voiture ! Il n'y aucune raison d'attendre !

Joël : Heu, si, si ! La prudence !

Exercice／練習

Mettez les verbes qui conviennent à l'impératif : *mettre, ajouter, mélanger, laisser, saupoudrer, étaler, déposer, oublier, malaxer, couper.*

- Tu sais comment faire une tarte aux pommes ?

- Oui, tu sais, ce n'est pas sorcier[25].

- Ha oui ? Tu pourrais me donner la recette ?

- Bien sûr, voici les ingrédients : de la farine, de l'huile, des pommes, du sucre ou du miel, de la cannelle en poudre et c'est tout !

Pour faire la pâte, (1) ...... la farine avec de l'eau et un peu d'huile, (2) ...... aussi un peu de sel (3) ...... bien puis (4) ...... la pâte reposer pendant 30 minutes. Ensuite, (5) ...... des pommes en fines tranches, (6) ...... la pâte sur un moule à

25. Expression : *Ce n'est pas sorcier.* : Ce n'est pas difficile, ce n'est pas si dur.

tarte et (7) ...... les pommes à partir du centre en cercle (8) ...... un peu de cannelle en poudre, un peu de sucre et (9) ...... -la au four pendant 20 à 30 minutes.

- C'est tout ?

- Oui. C'est tout. N'(10) ...... pas de surveiller l'heure, ça brûle facilement !

Simulation ／演練

❶ Vous accueillez votre ami(e) français(e) à Taïwan, vous lui expliquez les différentes règles de vie à suivre dans la vie quotidienne taïwanaise.

❷ Présentez une recette simple mais spéciale de votre pays ou de votre région. (Quels sont les ingrédients ? Où les acheter ? Comment réaliser ce plat ou ce dessert ?)

❸ Vous rencontrez votre ami(e) qui apprend le français, il / elle ne sait pas comment progresser, vous lui donnez des conseils ! (au moins 5 conseils)

Fenêtres sur la France
法 國 之 窗

Elisabeth fait cuire des pigeons

Julien fait sauter des légumes à la poêle

Anaïs prépare un dessert.

Chapitre XII

第十二章

Le passé composé, l'imparfait et le plus-que-parfait

複合過去時、過去未完成時與愈過去時

Idée générale／概念

由於中文的動詞是個不變的字，如果要表達過去或未來所發生之事則要加時間副詞。反觀法文動詞之用法就不一樣，因為事件發生的時間就由動詞呈現之，所以法文的時態用法對初學者而言是相當複雜的。因此要深入了解時態之用法需要長時間的學習、練習與實用。試舉一字 pleuvoir（下雨），因在不同時間發生下雨之事，所以動詞的時態也就有變化：

Il pleut.	(présent)	現在下雨。
Il est en train de pleuvoir.	(présent continu)	正在下雨。
Il a plu.	(passé composé)	下過雨了。
Il vient de pleuvoir.	(passé récent)	剛剛下過雨。
Il avait plu.	(plus-que-parfait)	那時下過雨了。
Il va pleuvoir.	(futur proche)	快要下雨了。
Il pleuvra.	(futur simple)	將要下雨。
Il pleuvrait.	(conditionnel présent)	可能會下雨。

以下這個箭頭幫助學習者了解法文時態在現在、過去與未來所處的位置。

Passé　　Présent　　Futur

Formation des verbes ／動詞變化

首先認識過去時態的動詞變化，複合過去時 (passé composé) 與愈過去時 (plus-que-parfait) 之變化都要與助動詞 (auxiliaire) 配合，而過去未完成時 (imparfait) 就不需要。如何選擇助動詞 “avoir” 或 “être” 呢？請牢記以下四個規則：

① 一般的動詞都與助動詞 avoir 配合，例如：parler, manger, boire, dormir, comprendre, lire, etc.。

② 共有十四個移位動詞與助動詞 être 配合，例如：aller, venir, partir, entrer, sortir, monter, descendre, passer, retourner, naître, mourir, tomber, arriver, rester。

③ 在以上十四個移位動詞中有六個動詞 (entrer, sortir, monter, descendre, passer, retourner) 是既可用助動詞 être 也可用 avoir。如何分辨？請看以下的例句：

1. Il a monté sa valise. (他把他的行李拿上去了。動詞之後有直接受詞補語)

   直接受詞補語（sa valise）

2. Il est monté dans sa chambre.

   (他上樓去他的房間了。 動詞之後無直接受詞補語)

3. Elle a passé un bon week-end.

   直接受詞補語（un bon week-end）

   (她度過了一個美好的週末。 動詞之後有直接受詞補語)

4. Elle est passée te voir ce matin.

(她今天早上來看過你了。 動詞之後無直接受詞補語)

④ 代動詞也與助動詞 être 配合，例如：se lever, se reposer, se coucher, etc.。

parler / aller / se lever 過去未完成時的動詞變化

過去時態	主詞 + 動詞	助動詞	過去分詞
過去未完成時 (imparfait)	Je parlais Tu parlais Il parlait Elle parlait Nous parlions Vous parliez Ils parlaient Elles parlaient	X	X
	J' allais Tu allais Il allait Elle allait Nous allions Vous alliez Ils allaient Elles allaient		
	主詞 + 代詞 + 動詞		
	Je me levais Tu te levais Il se levait Elle se levait Nous nous levions Vous vous leviez Ils se levaient Elles se levaient		

parler / aller / se lever 複合過去時的動詞變化

過去時態	主詞 + 助動詞			過去分詞
複合過去時 (passé composé)	J'		ai	parlé
	Tu		as	parlé
	Il		a	parlé
	Elle		a	parlé
	Nous		avons	parlé
	Vous		avez	parlé
	Ils		ont	parlé
	Elles		ont	parlé
	Je		suis	allé(e)
	Tu		es	allé(e)
	Il		est	allé
	Elle		est	allée
	Nous		sommes	allé(e)(s)
	Vous		êtes	allé(e)(s)
	Ils		sont	allés
	Elles		sont	allées
	主詞	+ 代詞	+ 助動詞	過去分詞
	Je	me	suis	levé(e)
	Tu	t'	es	levé(e)
	Il	s'	est	levé
	Elle	s'	est	levée
	Nous	nous	sommes	levé(e)(s)
	Vous	vous	êtes	levé(e)(s)
	Ils	se	sont	levés
	Elles	se	sont	levées

parler / aller / se lever 愈過去時的動詞變化

過去時態	主詞 +		助動詞	過去分詞
愈過去時 (plus-que-parfait)	J’		avais	parlé
	Tu		avais	parlé
	Il		avait	parlé
	Elle		avait	parlé
	Nous		avions	parlé
	Vous		aviez	parlé
	Ils		avaient	parlé
	Elles		avaient	parlé
	J’		étais	allé(e)
	Tu		étais	allé(e)
	Il		était	allé
	Elle		était	allée
	Nous		étions	allé(e)(s)
	Vous		étiez	allé(e)(s)
	Ils		étaient	allés
	Elles		étaient	allées
	主詞 +	代詞 +	助動詞	過去分詞
	Je	m’	étais	levé(e)
	Tu	t’	étais	levé(e)
	Il	s’	était	levé
	Elle	s’	était	levée
	Nous	nous	étions	levé(e)(s)
	Vous	vous	étiez	levé(e)(s)
	Ils	s’	étaient	levés
	Elles	s’	étaient	levées

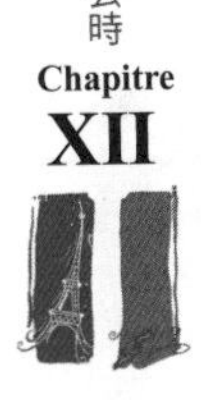

Règle／規則

過去時態之種類與用法如表三十六，並依序舉例。

表三十六　過去時態之種類與用法

種類	用法	圖示
複合過去時 (passé composé) ★強調事件完成。	❶ 在過去明確的時間裡所發生的事件，事情發生的起點與結束皆很清楚。複合過去時比現在時早發生且完成的事件。 ❷ 在過去一件正在進行的事情中發生了另外一件事（外來事件發生的狀況打斷目前正在進行的事）。 ❸ 在過去限定的期間裡所發生的事件（事情發生經過多少時間？）。句中關鍵字：pendant longtemps, pendant, jusqu'à, de…à, etc. ❹ 過去發生一連串不同的事件（一件接一件的發生）。句中關鍵字：D'abord, puis, ensuite, enfin, etc. ❺ 相同的事件重複發生（可能連續或間斷）。句中關鍵字：une (deux...plusieurs) fois, etc. ❻ 改變原來的習慣。句中關鍵字：mais, un jour, etc.	下圖

圖示：

❶
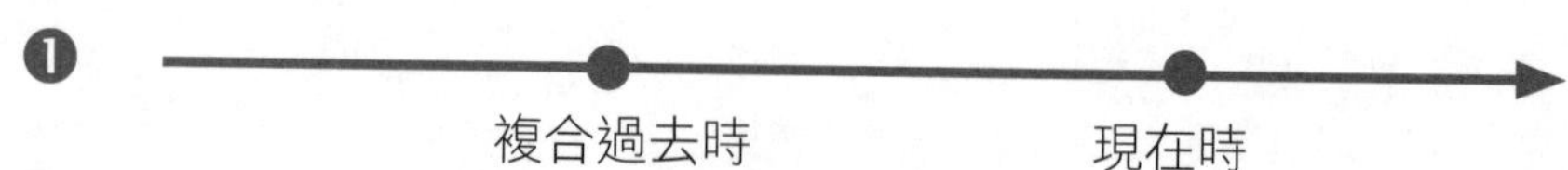

❷

❸
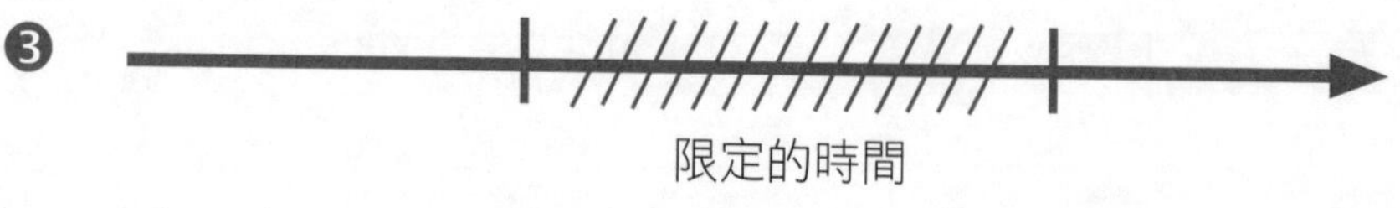

❹
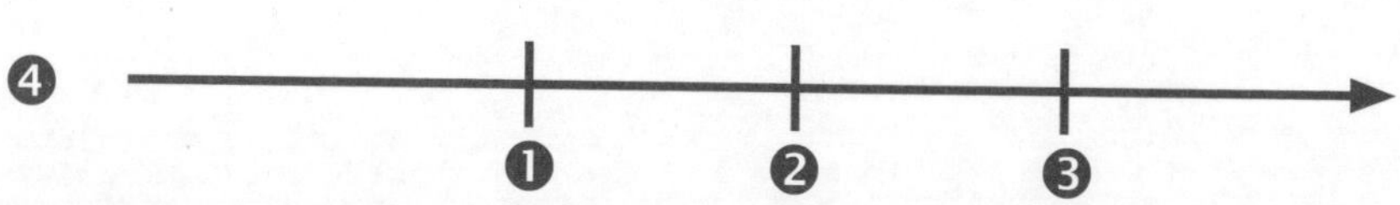

種類	用法
過去未完成時 (imparfait) ★強調事件正在進行與狀況。	❶ 事件發生的時間不明確。換句話說，不知事件何時開始也不知何時結束。 ❷ 描寫人的容貌、神態、衣著、心情的喜怒哀樂等等。 ❸ 描寫東西的外觀、顏色、狀況等等。 ❹ 描寫景色。 ❺ 描寫事情當時的狀況。 ❻ 描寫過去兩個同時進行的事件。句中關鍵字：pendant que... ❼ 在過去一件正在進行的事情中發生了另外一件事（強調正在進行）。 ❽ 提及過去的習慣。句中關鍵字：chaque fois que… ❾ 以下這三種情況在過去時間裡發生時，一定要用過去未完成時，而且也只有這種用法： - 現在正在進行時 (présent continu) : être en train de + verbe à l'infinitif - 近未來時 (futur proche) : aller + verbe à l'infinitif - 剛剛過去時 (passé récent) : venir de + verbe à l'infinitif 將 être, aller, venir 這三個動詞改成過去未完成時。
愈過去時 (plus-que-parfait) ★強調事件完成。	比複合過去時與過去未完成時更早發生，也更早完成的事件。 見下圖

圖示：

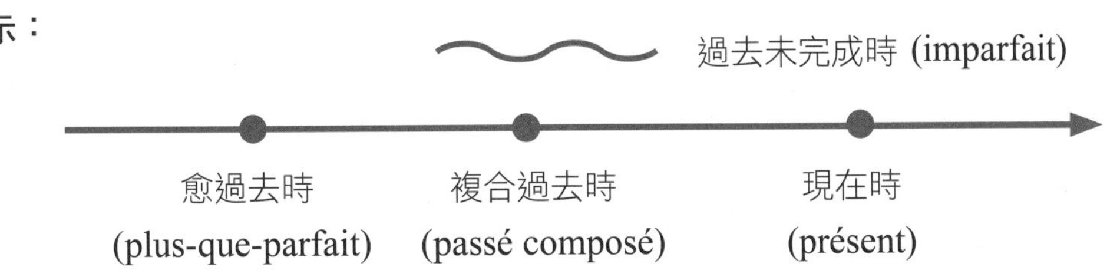

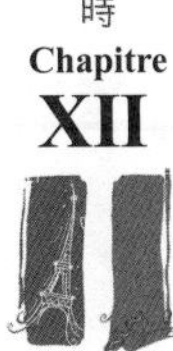

Construction／句型

- 主詞＋過去未完成時動詞
- 主詞 ne＋過去未完成時動詞＋pas
- 主詞＋複合過去時動詞、愈過去時動詞（助動詞＋過去分詞）
- 主詞＋ne＋複合過去時動詞、愈過去時動詞（助動詞）＋pas＋過去分詞

Exemples／例句

◎ 複合過去時 (passé composé)

❶ 在過去明確的時間裡所發生的事件，事情發生的起點與結束皆很清楚。

① Hier, je **suis allée** au cinéma avec des amis.
② Ce matin, elle **s'est levée** à 9 heures.
③ On **a terminé** notre soirée vers minuit.
④ Ce festival de danse **a commencé** il y a une semaine.
⑤ Il **a perdu** sa carte d'étudiant et il ne peut pas emprunter des livres à la bibliothèque.

❷ 在過去限定的期間裡所發生的事件（事情發生經過多少時間？）。
句中關鍵字：pendant longtemps, pendant, jusqu'à, de…à, etc.

① Son père **a travaillé** à EDF(Électricité de France) pendant longtemps.
② Ils **ont bavardé** jusqu'à une heure du matin.
③ Nous **avons regardé** la télévision de 20h à 22h.
④ Je **me suis connecté** sur Facebook pendant 3 heures.

❸ 過去發生一連串不同的事件（一件接一件的發生）。
句中關鍵字：D'abord, puis, ensuite, enfin, etc.

① Mme Labée **est rentrée** à 18 heures ; d'abord, elle **s'est reposée** un peu, puis elle **a préparé** le dîner, elle **a lavé** ses enfants et enfin elle **a dîné** avec son mari à 20 heures.

② Hier soir, elle **a** envoyé trois mails à ses amis, ensuite, elle **a discuté** sur MSN avec sa sœur, enfin elle **a téléphoné** à son copain.

❹ 在過去一件正在進行的事情中發生了另外一件事（外來事件發生的狀況打斷目前正在進行的事）。

① Nous dormions quand le tremblement de terre **s'est produit**, j'**ai sursauté**, j'**ai couru** rapidement vers la sortie, j'**ai ouvert** la porte et j'**ai descendu** quatre à quatre l'escalier.

② Hier après-midi, nous nous promenions en forêt, les oiseaux chantaient dans les branches, c'était agréable ; tout à coup, nous **avons entendu** un cri perçant, nous **avons eu** peur.

③ Mon portable **a sonné** quand le professeur expliquait des exercices.

④ Le téléphoné **a sonné** pendant que j'étais sous la douche.

❺ 相同的事件重複發生（可能連續或間斷）。
句中關鍵字：une (deux...plusieurs) fois, etc.

① Ce film, je l'**ai vu** trois fois.

② Nous **avons visité** la France plusieurs fois.

❻ 改變原來的習慣。句中關鍵字：mais, un jour, etc.

① Le soir, en général, il aime rester chez lui. Mais, hier soir, comme il **a eu** un repas d'affaires, il **a dû** dîner au restaurant.

② Quand M. Legrand était jeune, il ne fumait pas. Un jour, on lui **a passé** un cigare dont il aimait l'odeur, depuis ce jour-là il **a commencé** à fumer.

◎ 過去未完成時 (imparfait)

❶ 事件發生的時間不明確。換句話說，不知事件何時開始也不知何時結束。

① Avant, il n'y **avait** pas le métro à Taïwan, les Taïwanais **prenaient** le bus pour aller travailler.

② Dans ma jeunesse, je ne **buvais** pas du tout de lait.

❷ 描寫人的容貌、神態、衣著、心情的喜怒哀樂等等。

① Hier, pour aller au mariage de sa copine, Valentine **portait** une robe rouge avec une ceinture noire, elle **avait** un grand chapeau blanc, elle **était** ravissante et heureuse.

① Hier soir, elle est rentrée tard, elle **marchait** seule, elle ne **voyait** personne dans la rue, elle **avait** très peur....

❸ 描寫東西的外觀、顏色、狀況等等。

① J'ai trouvé un vieux vase au marché aux puces, il **datait** du 18ème siècle. Dessus, il y **avait** de jolis enfants qui **jouaient** au ballon...

❹ 描寫景色。

① La semaine dernière, nous sommes allés au parc de Yang-Ming-Shang en voiture, il **pleuvait**, il **faisait** un peu frais, il y **avait** du brouillard, nous ne **voyions** pas très bien la route, nous **roulions** lentement...

❺ 描寫事情當時的狀況。

① Le mois dernier, mon frère a passé son permis de conduire, il m'a dit qu'il y **avait** beaucoup d'inscrits, que l'épreuve du code de la route **était** un peu difficile et qu'il **craignait** de ne pas réussir du premier coup... mais non ! Il l'a eu !

❻ 描寫過去兩個同時進行的事件。句中關鍵字：pendant que..

① Hier soir, pendant que je **faisais** mes devoirs, ma sœur **jouait** du piano.

❼ 在過去一件正在進行的事情中發生了另外一件事（強 調正在進行）。

① Lorsque je suis sorti de la maison, il **pleuvait**.
② Quand le tremblement de terre s'est produit, nous **dormions**.
③ Les étudiants **écrivaient** encore sur leur feuille d'examen quand la cloche a sonné.
④ Mon voisin a sonné pendant que nous **dînions**.

❽ 提及過去的習慣。句中關鍵字：chaque fois que…

① Quand j'**étais** à l'université, j'**allais** souvent à la bibliothèque pour préparer mes examens.
② Avant, tous les matins, elle **prenait** son petit déjeuner à 8 heures.
③ Avant, chaque fois qu'elle **venait** à Taïpei, elle **passait** nous voir.

❾ 以下這三種情況在過去時間裡發生時，一定要用過去未完成時，而且也只有這種用法：

- 現在正在進行時 (présent continu) : être en train de + verbe à infinitif
- 近未來時 (futur proche) : aller + verbe à infinitif
- 剛剛過去時 (passé récent) : venir de + verbe à infinitif

將 être、aller、venir 這三個動詞改成過去未完成時。

① Quand je suis arrivée à la gare, le train **était** en train de partir.
（火車正在離開）
② Quand je suis arrivée à la gare, le train **allai**t partir.
（火車將要離開）
③ Quand je suis arrivée à la gare, le train **venait** de partir.
（火車剛剛離開了）

◎ 愈過去時 (plus-que-parfait)

❶ 比複合過去時與過去未完成時更早發生，也更早完成的事件。

① Quand je **suis arrivée** à la gare, le train **était parti**.
（第二個發生的事件）（第一個發生的事件）
（當我抵達火車站時，火車早就離開了。）（我沒搭上。）

② Elle **a acheté** le roman français que son professeur lui **avait conseillé**.
（第二個發生的事件）（第一個發生的事件）
（她買了老師建議的那本法文小說。）

① Je suis allée au salon international du livre que tu m'**avais recommandé.** C'était noir de monde[26], y compris le salon où de nombreux livres français étaient exposés. J'ai rencontré beaucoup d'écrivains à qui j'ai demandé de dédicacer les livres que j'**avais achetés**. J'ai également assisté à plusieurs conférences qui étaient extrêmement intéressantes.

Dialogue ／對話 12

À Taïnan, dans un café, deux amis français discutent de leurs expériences à Taïwan...

Julien : Alors, raconte-moi un peu comment tu ***es arrivé*** à Taïwan ?!

Mathieu : En fait, j'***avais*** déjà ***étudié*** le chinois pendant deux ans avant d'avoir la possibilité de venir en programme d'échange à Taïwan.

Julien : Donc tu ***es venu*** ici dès ta licence ?

Mathieu : Oui. J'***avais entendu*** parler de ce programme, je ***me suis inscrit*** dès la deuxième année pour être sûr d'être pris l'année suivante. En licence[27], je ***suis*** donc ***parti*** pour Taïwan.

---

26. Expression : *Noir de monde* = Il y a beaucoup de monde, une foule importante.
27. La licence dans le système éducatif français correspond à la troisième année d'université, aujourd'hui appelée "L3" pour licence 3, L1 et L2 correspondant respectivement aux première et deuxième année.

Julien : Et alors, raconte un peu ! Comment tu ***as vécu*** ton arrivée ?!

Mathieu : Je ***pensais*** que mon chinois ***allait*** me servir, mais finalement je n'***étais*** vraiment pas ***habitué*** à la rapidité des gens qui ***parlaient*** ni à l'accent !

Julien : Il t'***a fallu*** combien de temps pour finalement comprendre une conversation ?

Mathieu : Au moins trois mois. Même si j'***avais pratiqué*** énormément en France avec des amis chinois ou taïwanais, j'***étais*** loin de pouvoir tenir une conversation ! Donc, quand je ***suis arrivé*** à Taïwan, j'***ai parlé*** en chinois le plus possible. Les gens ***étaient*** très compréhensifs, heureusement.

Julien : Oui, c'est sûr. Les gens à Taïwan sont vraiment très patients.

Mathieu : Je crois que c'est la curiosité des gens pour les étrangers qui m'***a*** le plus ***aidé*** finalement...

Julien : Je suis tout à fait d'accord. J'**ai** aussi **appris** le chinois grâce à cela : la curiosité. Ça pousse à communiquer et donc à utiliser la langue pour apprendre des choses. C'est le meilleur moyen d'apprendre ! Moi, je n'***avais*** pas ***fait*** d'études du chinois avant d'arriver à Taïwan, donc j'***ai fait*** de mon mieux pour apprendre sur le tas[28] en espérant pouvoir me débrouiller par la suite !

Mathieu : Se débrouiller, ça aussi c'est un bon moyen pour apprendre !

Julien : Tu m'étonnes[29] !

---

28. Expression : *Apprendre sur le tas* = Apprendre directement en contexte sans passer par des études ou par une formation spécifique.
Exemple : Tu savais cuisiner avant de commencer à travailler dans ce restaurant ? - Non, j'ai tout appris sur le tas ! => J'ai tout appris en travaillant dans ce restaurant.
29. Registre familier, *tu m'étonnes.* = je suis vraiment d'accord avec toi.

Exercice／練習

Complétez avec les verbes conjugués aux temps qui conviennent :

1. Ce matin-là, il y ...... (avoir) beaucoup de voitures sur l'autoroute. 2. Une première voiture ...... (glisser) sur la route, à cause de la pluie, puis les autres derrière elle ...... (se heurter). 3. Comme je ...... (passer) à côté, j' ...... (voir) toute la scène. 4. Racontez-moi ce qui ...... (se passer) hier soir. 5. Autrefois, je ...... (fumer), mais je ...... (arrêter) depuis deux ans. 6. J' ...... (avoir) cinq ans, quand j' ...... (faire) du vélo la première fois. 7. Mon anniversaire ? c' ...... (être) hier ! 8. Il y a deux jours, Chloé ...... (passer) voir ma sœur qui ...... (danser) sur cette musique, hier, elle la ...... (chanter) encore. 9. Toi aussi, Marion, tu ...... (aller déjà) à Québec avant de venir à Paris ? 10. En fait, j' ...... (apprendre déjà) le mandarin avant d'arriver à Taïwan.

Simulation／演練

❶ Vous êtes journaliste et vous interrogez le témoin d'un accident qui est arrivé ce matin devant l'université.

❷ Vous passez un entretien d'embauche, vous racontez votre parcours scolaire et vos expériences professionnelles. (imaginez au moins trois expériences professionnelles en utilisant les articulateurs suivants : *tout d'abord, ensuite, enfin*)

❸ Utilisez l'amorce de phrase suivante et donnez trois exemples d'activité ou de projet que vous avez déjà achevés : *Avant de commencer à apprendre le français, ...*

Fenêtres sur la France
法 國 之 窗

La Sorbonne

Des étudiants faisant la queue pour entrer à la bibliothèque afin de préparer leur examen – Près du Panthéon à Paris

La Sorbonne

Chapitre XIII

第十三章

Le futur proche, le futur simple et le futur antérieur

近未來時、簡單未來時與未來完成時

Idée générale／概念

如何用法文表達未來發生的事件，應該如何說？請先觀察以下三個句子：

① Le ciel est gris, il **va pleuvoir**. (天空灰暗快要下雨了。)

② Demain, il **pleuvra** dans le sud de Taïwan.（明天臺灣南部將會下雨。）

③ Quand tu arriveras, j'**aurai** déjà **dîné**.（你來時我就已經吃過晚飯。）

法文表達未來的事件共有三種時態。茲以下列圖示來表達這三種未來時發生的先後關係，讓學習者更容易瞭解如何使用之：

Présent　Futur proche　Futur antérieur　Futur simple

Formation des verbes ／動詞變化

首先先認識以下三種未來時態的動詞變化 :

- 近未來時 (futur proche) 的動詞變化 : *aller + verbe à infinitif* (不定式動詞)。aller 在此作為半助動詞 (semi-auxiliaire)。
- 簡單未來時 (futur simple) 的動詞變化 : 原形動詞之後加 *-ai,- as,-a, -ons, -ez, -ont*。
- 未來完成時 (futur antérieur) 的動詞變化 : 結合助動詞 (avoir 或 être) 與過去分詞 (participe passé)，請看下頁的表 :

parler / aller / se lever 近未來時的動詞變化

未來時態	主詞 + 半助動詞 + 不定式動詞				助動詞	過去分詞
近未來 (futur proche)	Je	vais	parler		X	X
	Tu	vas	parler			
	Il	va	parler			
	Elle	va	parler			
	Nous	allons	parler			
	Vous	allez	parler			
	Ils	vont	parler			
	Elles	vont	parler			
	Je	vais	aller			
	Tu	vas	aller			
	Il	va	aller			
	Elle	va	aller			
	Nous	allons	aller			
	Vous	allez	aller			
	Ils	vont	aller			
	Elles	vont	aller			
	主詞 + 半助動詞 + 代詞 + 不定式動詞					
	Je	vais	me	lever		
	Tu	vas	te	lever		
	Il	va	se	lever		
	Elle	va	se	lever		
	Nous	allons	nous	lever		
	Vous	allez	vous	lever		
	Ils	vont	se	lever		
	Elles	vont	se	lever		

parler / aller / se lever　簡單未來時的動詞變化

未來時態	主詞　+ 動詞			助動詞	過去分詞
簡單未來時 (futur simple)	Je	parlerai		X	X
	Tu	parleras			
	Il	parlera			
	Elle	parlera			
	Nous	parlerons			
	Vous	parlerez			
	Ils	parleront			
	Elles	parleront			
	J'	irai			
	Tu	iras			
	Il	ira			
	Elle	ira			
	Nous	irons			
	Vous	irez			
	Ils	iront			
	Elles	iront			
	主詞	+ 代詞	+ 動詞		
	Je	me	lèverai		
	Tu	te	lèveras		
	Il	se	lèvera		
	Elle	se	lèvera		
	Nous	nous	lèverons		
	Vous	vous	lèverez		
	Ils	se	lèveront		
	Elles	se	lèveront		

parler / aller / se lever 未來完成時的動詞變化

未來時態	主詞 + 助動詞			過去分詞
未來完成時 (futur antérieur)	J'	aurai		parlé
	Tu	auras		parlé
	Il	aura		parlé
	Elle	aura		parlé
	Nous	aurons		parlé
	Vous	aurez		parlé
	Ils	auront		parlé
	Elles	auront		parlé
	Je	serai		allé(e)
	Tu	seras		allé(e)
	Il	sera		allé
	Elle	sera		allée
	Nous	serons		allé(e)(s)
	Vous	serez		allé(e)(s)
	Ils	seront		allés
	Elles	seront		allées
	主詞 +	代詞	+ 助動詞	過去分詞
	Je	me	serai	levé(e)
	Tu	te	seras	levé(e)
	Il	se	sera	levé
	Elle	se	sera	levée
	Nous	nous	serons	levé(e)(s)
	Vous	vous	serez	levé(e)(s)
	Ils	se	seront	levés
	Elles	se	seront	levées

Règle／規則

未來時態之種類與用法如表三十七，並依序舉例。

表三十七 未來時態之種類與用法

種類	用法
近未來時 (futur proche)	❶ 立刻、馬上發生的事情。 ❷ 即將要做的事情 (例如：晚上去看電影、下週去陽明山賞花等等)。 ❸ 未來計畫實現的可能性很大 (例如：暑假去法國旅遊、計畫明年結婚等等)。
簡單未來時 (futur simple) ★強調將要去做一件事情。	❶ 規劃未來，但不知是否能達成願望？ ❷ 預測未來（可與時間連接詞連用）。 ❸ 報導氣象（與時間連接詞連用）。 ❹ 跟對方承諾。 ❺ 有命令語式的意思，但口氣較緩和。
未來完成時 (futur antérieur) ★ 強調在未來要完成的事情。	❶ 未來發生的兩件事中，先做完第一件，再做第二件。前者用未來完成時，後者用簡單未來時。附屬子句都有一個表達時間的連接詞：quand, lorsque, dès que, etc. ❷ 在限定的時間裡將事情做完。句中會出現表達時間的用語。

Construction／句型

- 主詞 + aller + verbe à l'infinitif...
- 主詞 + 簡單未來時動詞 ...
- 主詞 + 未來完成時動詞 (助動詞 + 過去分詞)...
- 主詞 + ne + aller + pas + verbe à l'infinitif...
- 主詞 + ne + 簡單未來時動詞 + pas...
- 主詞 + ne + 未來完成時動詞 (助動詞) + pas + 過去分詞 ...

Exemples／例句

◎ 近未來時 (futur proche)

❶ Dépêchons-nous, le film **va commencer** !（立刻、馬上發生的事）

❷ Le mois prochain, je **vais aller** au parc de Ying-Ming-Shang pour voir des fleurs.（即將要做的事）

❸ Julie et moi, nous **allons nous marier** dans 6 mois.（未來計畫實現的可能性很大）

◎ 簡單未來時 (futur simple)

❶ Quand j'**aurai** beaucoup d'argent, je **ferai** le tour du monde.（規劃未來）

· Quand elle **sera** à la retraite, elle **apprendra** à peindre.（規劃未來）

❷ Si on ne respecte pas la nature, notre Terre **sera** de plus en plus polluée.（預測未來）

· Dans 20 ans, il y **aura** beaucoup plus de voitures dans Taïpei.（預測未來）

❸ Demain, il **fera** doux dans tout Taïwan, mais dans deux jours, le temps **se gâtera** et la température **baissera** de 3 ou 4 degrés.（報導氣象）

❹ Je te promets que je ne **recommencerai** plus jamais.（跟對方承諾）

· Pardonne-moi, ce **sera** la dernière fois, je te le jure.（跟對方承諾）

· Je t'**aimerai** toujours.（跟對方承諾）

❺ Est-ce que tu **pourras** la rappeler pour confirmer le rendez-vous de demain ?（口氣較緩和）

◎ 未來完成時 (futur antérieur)

❶ Quand elle **aura obtenu** sa licence, elle continuera son master en France.
（第一件事）（第二件事）

・Dès que je **serai arrivée** à Taïpei, je te téléphonerai.
（第一件事）（第二件事）

・Nous **aurons** déjà **mangé** quand nous **arriverons**.
（第一件事）（第二件事）

❷ J'**aurai terminé** ce travail dans 20 minutes.（在限定的時間將做完某事）

・Nous **aurons fini** de préparer ce plat dans une demi-heure.（在限定的時間將做完某事）

Dialogue ／對話 13

Johanne et Zoé se rencontrent sur le campus, c'est le dernier jour de cours avant les vacances d'été...

Johanne : Zoé ! *(Elle lui fait signe de la main...)*.

Zoé : *S'approchant*, Johanne ! Comment vas-tu ?

Johanne : Super, c'est le dernier jour de cours aujourd'hui, je suis super contente !

Zoé : Tu m'étonnes ! Alors, tu as des projets pour cet été ?

Johanne : Eh bien, tout d'abord je ***vais me reposer*** un peu ! Et ensuite je ***chercherai*** un petit boulot[30] pour l'été.

Zoé : Où est-ce que tu veux travailler ?

Johanne : J'aimerais bien bosser[31] dans le Sud ! Vers Marseille.

Zoé : Super ! Tu as de quoi[32] te loger là-bas ?

Johanne : Non, je pense que je ***vais chercher*** une co-location[33] pour l'été. Ça se fait beaucoup en ce moment !

---

30. *Boulot* : mot du registre familier qui signifie *travail*.
31. *Bosser* : verbe familier, utilisé surtout à l'oral et qui signifie *travailler*.
32. *De quoi : avoir de* quoi + verbe = avoir le *nécessaire pour* + verbe
33. Co-location: le préfixe "co" signifiant "ensemble", il s'agit ici d'une location d'appartement ou de maison à plusieurs personnes. Cela permet de payer un loyer moins important et de bénéficier d'une plus grande surface pour vivre. Les étudiants vivent souvent en co-location dans les grandes villes en France, les foyers pour étudiants étant peu répandus.

Zoé : J'ai un ami à Marseille, je ***pourrai*** vous mettre en contact, si tu veux ?

Johanne : Oui, pourquoi pas ! Mais une fois que j'***aurai*** vraiment ***pris*** ma décision ! J'hésite encore entre Marseille et Avignon...

Zoé : Ah...moi aussi, entre les deux, mon cœur balance[34]... je ne sais toujours pas où partir pour les vacances cet été ! Tiens-moi au courant quand tu ***auras pris*** ta décision, on ***pourra*** peut-être se retrouver !

Johanne : Ah oui, ça serait génial !

Zoé : Bon, je dois y aller. On s'appelle !

Johanne : On s'appelle !

Exercice ／練習

Complétez avec les verbes conjugués aux temps qui conviennent :

❶ Est-ce que tu peux rappeler ton frère ? - Oui, je ...... immédiatement ! *(appeler)*

❷ Prépare vite tes affaires car nous ...... dans 5 minutes ! *(partir)*

❸ Tu penses voyager bientôt ? - Non, pas avant l'année prochaine. J' ...... en Grèce ! *(aller)*

❹ Tu peux me dire quand on pourra partir ? - Oui, quand j' ...... ce que je suis en train de faire ! *(finir)*

❺ Voici notre nouveau modèle d'ordinateur, il n'est pas encore en vente. Il est très léger et rapide, je suis sûr qu'il ...... très bien ! *(se vendre)*

❻ Quand est-ce que tu penses aller en France ? - Quand j' ...... l'université ! Je pense voyager pendant au moins 3 mois en Europe ! *(terminer)*

❼ Nous commencerons la réunion quand tout le monde ...... ! *(arriver)*

❽ Que fais-tu demain ? - Demain, je ...... à la piscine, tu veux venir ? *(nager)*

34. Expression : *Entre les deux, mon coeur balance*... signifie que l'un et l'autre des choix sont tout aussi séduisants. Il peut s'agir d'un endroit, d'un objet ou d'une personne.

❾ Nous ...... les partiels[35] dans 15 jours, je vous conseille donc de bien réviser vos cours jusque là ! *(avoir)*

❿ Quand elle ...... ses études en France, elle ...... aux États-Unis. *(finir, étudier)*

Simulation ／演練

❶ Avec votre camarade, faites aussi vos projets pour les prochaines vacances. Vous pouvez décider de partir ensemble visiter un endroit à Taïwan ou en France. Racontez votre itinéraire et vos projets.

❷ Vous présentez la météo pour les prochains jours, notamment le week-end. Parlez tout d'abord du temps puis des températures de plusieurs villes à Taïwan ou en France.

❸ Imaginez-vous dans 20 ans, qu'aurez-vous fait ou accompli ? Comment serez-vous ? Que ferez-vous ? Donnez une description de vous-mêmes, des choses que vous ferez et des choses que vous aurez déjà faites dans 20 ans !

---

35. *partiels* : terme utilisé pour parler des examens semestriels à l'université. Chaque semestre, il y a une série d'examens que l'on nomme "partiels" car les partiels de chaque semestre mis ensemble donnent une série de notes finales pour l'étudiant.

Fenêtres sur la France
法國之窗

Avignon, rue du centre ville.

Paris Plage

Une plage dans le Sud de la France

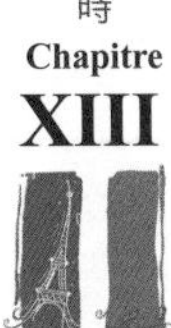

Chapitre XIV
第十四章
La voix active et la voix passive
主動與被動語式

Idée générale ／概念

如何表達法語的被動語式，請觀察以下四個句子：

① La souris est **attrapée par** le chat.
(老鼠被貓抓到了。)

② Le chinois **s'écrit** de gauche à droite ou de haut en bas.
(中文從左寫到右或從上寫到下。)

③ Ce petit garçon **s'est laissé battre par** ses camarades.
(這個小男生任由他的同學們打。)

④ Hier, elle **s'est fait couper** les cheveux.
(法文字面翻譯：昨天她被剪頭髮。中文翻譯：昨天她去剪頭髮。)

是否每個法文句子都能改成被動語式？答案是否定的。如何判斷呢？首先，先看法文動詞的種類：代動詞 (verbes pronominaux)、非人稱的動詞 (verbes impersonnels) 、直接及物動詞 (verbes transitifs directs)、間接及物動詞 (verbes transitifs indirects) 與不及物動詞 (verbes intransitifs)。茲以圖表示 [36] 這五種動詞的種類以了解法語主動與被動語式之用法：

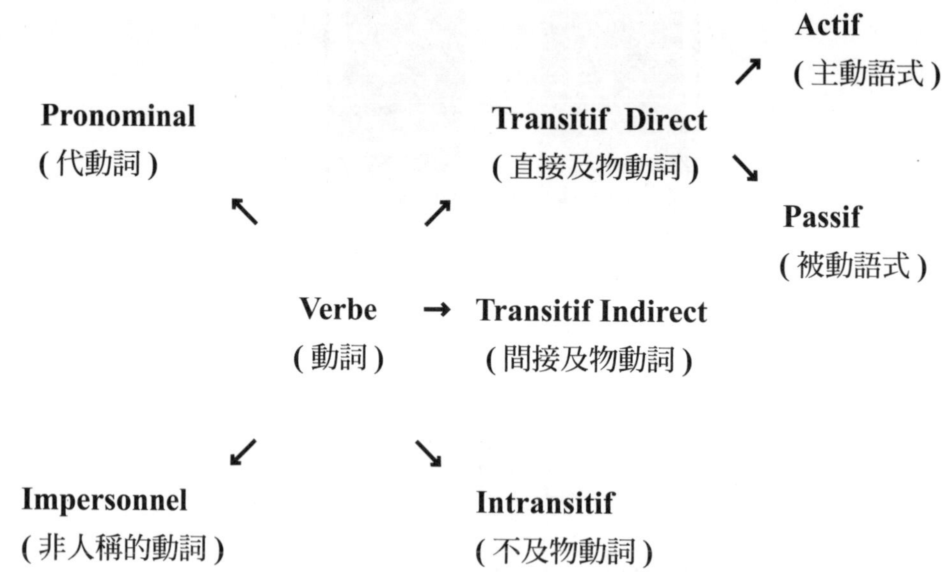

從上圖動詞的種類，我們了解只有直接及物動詞後面接直接受詞補語才能改成被動語式，其他的動詞都不行。茲以五個例句解釋之：

① Ma soeur se lève toujours de bonne heure.
(se lever : verbe pronominal)

② Il pleut depuis trois jours.
(pleuvoir : verbe impersonnel)

③ Le policier **a arrêté** trois cambrioleurs.
(arrêter* : verbe transitif direct *)

④ Cette dame âgée parle très souvent de sa jeunesse.
(parler : verbe transitif indirect)

⑤ Elle nage bien.
(nager : verbe intransitif)

36. *L'expression française écrite et orale*, Christian Abbadie, Bernadette Chovelon, Marie-Hélène Morsel, 中央圖書出版社 , 1986, (p.19)

Formations des verbes à la voix passive／被動語式動詞形式 (être + participe passé)

表三十八　被動語式在各時態之動詞形式

	主動語式	被動語式
Présent 現在時	Les ouvriers **construisent** les routes.	Les routes **sont construites** par les ouvriers.
Passé composé 複合過去時	Les ouvriers **ont construit** les routes.	Les routes **ont été construites** par les ouvriers.
Imparfait 過去未完成時	Les ouvriers **construisaient** les routes.	Les routes **étaient construites** par les ouvriers.
Plus-que-parfait 愈過去時	Les ouvriers **avaient construit** les routes.	Les routes **avaient été construites** par les ouvriers.
Passé récent 剛剛過去時	Les ouvriers **viennent de construire** les routes.	Les routes **viennent d'être construites** par les ouvriers.
Futur proche 近未來	Les ouvriers **vont construire** les routes.	Les routes **vont être construites** par les ouvriers.
Futur simple 簡單未來時	Les ouvriers **construiront** les routes.	Les routes **seront construites** par les ouvriers.
Futur antérieur 未來完成時	Les ouvriers **auront construit** les routes.	Les routes **auront été construites** par les ouvriers.
Conditionnel présent 現在條件時	Les ouvriers **construiraient** les routes.	Les routes **seraient construites** par les ouvriers.
Conditionnel passé 過去條件時	Les ouvriers **auraient construit** les routes.	Les routes **auraient été construites** par les ouvriers.
Infinitif présent 現在不定時	Les ouvriers **doivent construire** les routes.	Les routes **doivent être construites** par les ouvriers.

Règle／規則

除了直接及物動詞可以改成被動語式外，還有甚麼情況可以用被動語式呈現呢？

表三十九　主動語式改成被動語式之種類

主動語式	被動語式
❶	
Son amant **a assassiné** cette femme. (Son amant: Sujet; a assassiné: verbe transitif; cette femme: COD)	Cette femme **a été assassinée** **par** son amant. (Cette femme: sujet; son amant: complément d'agent[37]) **Sujet + être + participe passé + par + c. d'agent** ★注意： - 主詞與受詞對調位置。 - 過去分詞隨主詞陰陽性與單複數配合。 - 加入介系詞 par + 施動者補語。
❷	
On **a construit** un pont pour accéder à l'aéroport. (On: Sujet; a construit: verbe transitif; un pont: COD)	Un pont **a été construit** pour accéder à l'aéroport. (Un pont: Sujet) **Sujet + être + participe passé** ★注意： - 主詞與受詞對調位置。 - 過去分詞隨主詞陰陽性與單複數配合。 - 如果主動語式的主詞是 On，在被動語式就會被省略。

37. Complément d'agent : 施動者補語 = c.d'agent

主動語式	被動語式
❸ On **décore** ce gâteau Sujet verbe transitif COD de roses. Tous les étudiants aiment Sujet verbe transitif ce professeur. COD	Ce gâteau **est décoré de** roses. Sujet Ce professeur **est aimé de** tous les étudiants. Sujet **Sujet + être + participe passé + de + c. d'agent** 施動者補語裡的介系詞大部分都是用 « par », 但是在以下兩種情況之下用介系詞 « de » ★注意 描寫性的動詞，施動者補語是無生命的。例如：être accompagné, composé, couvert, décoré, entouré, fait, garni, orné, planté, précédé, rempli etc. ★注意 情感動詞。例如：être admiré, adoré, aimé, apprécié, craint, estimé, haï, méprisé, redouté, respecté etc.
❹ On **boit** ce thé chaud. Sujet verbe transitif COD On ne **dit** plus ce mot. Sujet verbe transitif COD	Ce thé **se boit** chaud. Sujet Ce mot ne **se dit** plus. Sujet **Sujet + verbes pronominaux** ★注意 代動詞具有被動語式的意思：這種句型很常見，不過句中的主詞是無生命的，同時沒有施動者補語。

主動語式	被動語式
	❺ J'**ai fait repeindre la chambre d'enfants**. (我請人粉刷小孩的房間。) Il vient de **faire réparer sa voiture par un garagiste compétent**. (他的車子剛剛被一位有能力的修車師修好了。) ★注意
	Faire + verbe à l'infinitif + COD（要求別人做 ...） **Faire + verbe à l'infinitif + COD + par + c. d'agent**（要求別人做 ...） 句中的主詞是有生命的，施動者補語可出現也可以不必出現。
	❻ Elle va **se faire opérer** la semaine prochaine. (她將於下週開刀。) Elle **s'est fait couper** les cheveux. (她剪了頭髮。) Ce chien **s'est fait écraser par un camion**. （這隻狗被一部卡車輾過去：狗不小心才會發生這種意外事件。） ★注意 **Se faire + verbe à l'infinitif** (被 ...) **Se faire +verbe à l'infinitif + COD** (被 ...) **Se faire + verbe à l'infinitif + par + c. d'agent** (被 ...) 句中的主詞是有生命的，施動者補語可出現也可以不必出現。

主動語式	被動語式
	❼ Ils **se sont laissé battre** sans se défendre. (他們讓人打了也沒有還手。) Ce chien **s'est laissé écraser par un camion**. (這隻狗讓一部卡車輾過去：狗並不是不小心，而是故意讓這種事件發生。)(請比較第六個例句) ★注意 **Se laisser + verbe à l'infinitif**(讓、任由 ...) **Se laisser + verbe à l'infinitif + par + c. d'agent**(讓、任由 ...) 句中的主詞是有生命的，施動者補語可出現也可以不必出現。 Se laisser 強調主詞的被動性。

Construction ／句型

- Sujet + être + participe passé + par + c. d'agent
- Sujet + être + participe passé
- Sujet + être + participe passé + de + c. d'agent
- Sujet + verbes pronominaux
- Sujet + faire + verbe à l'infinitif + COD /
  Sujet + faire + verbe à l'infinitif + COD. + par + c. d'agent
- Sujet + se faire + verbe à l'infinitif /
  Sujet + se faire + verbe à l'infinitif + COD /
  Sujet + se faire + verbe à l'infinitif+ par + c. d'agent
- Sujet + se laisser + verbe à l'infinitif /
  Sujet + se laisser + verbe à l'infinitif + par + c. d'agent

Exemples ／例句

❶ Sujet + être + participe passé + par + c. d'agent

① Le loup a mangé le petit Chaperon rouge.
(verbe : *a mangé* au passé composé)
→ Le petit Chaperon rouge **a été mangé par** le loup.

② La secrétaire avait envoyé cette lettre de démission il y a un mois.
(verbe : *avait envoyé* au plus-que-parfait)
→ Cette lettre de démission **avait été envoyée par** la secrétaire il y a un mois.

③ Cette entreprise vient d'embaucher 200 jeunes diplômés.
(verbe : *vient de* au passé récent)
→ 200 jeunes diplômés viennent d'**être embauchés par** cette entreprise.

④ Les membres de jury vont sélectionner 10 candidats pour la finale de ce concours. (verbe : *vont sélectionner* au futur proche)
→ 10 candidats vont **être sélectionnés par** les membres de jury pour la finale de ce concours.

⑤ Tous les étudiants feront un exposé la semaine prochaine.
(verbe : *feront* au futur simple)
→ Un exposé **sera fait par** tous les étudiants la semaine prochaine.

⑥ Les femmes de ménage auront rangé toutes les chambres dans une heure.
(verbe : *auront rangé* au futur antérieur)
→ Toutes les chambres **auront été rangées par** les femmes de ménage dans une heure.

⑦ Ce bandit aurait emporté un million euros.
(verbe : *aurait emporté* au conditionnel passé)
→ Un million euros **auraient été emportés par** ce bandit.

❷ Sujet + être + participe passé

① On va transformer ce quartier en centre commercial.
→ Ce quartier **va être transformé** en centre commercial.

② On a organisé des vide-greniers samedi dernier.
→ Des vide-greniers **ont été organisés** samedi dernier.

❸ Sujet + être + participe passé + de + c. d'agent

① Le sol **est couvert de** feuilles mortes.

② Le sapin de Noël **est décoré de** guirlandes et **de** chaussettes **remplies de** cadeaux.

③ Ce plat chaud **est garni de** haricots verts.

④ Ces députés **sont aimés de** leurs concitoyens.

⑤ Dans ce restaurant, le plat du jour est toujours **accompagné de** légumes succulents.

⑥ Les personnes âgées **sont respectées des** plus jeunes.

⑦ Cet artiste **est estimé de** tous.

⑧ La salle de spectacle **est remplie de** fans venant des quatre coins du monde.

⑨ Dans cette région, le loup **est redouté des** fermiers.

❹ Sujet + verbes pronominaux

① Cette bière **se boit** fraîche. *(se boire)*

② Cette phrase ne **se dit** plus maintenant. *(se dire)*

③ Comment ça **s'écrit** ? *(s'écrire)*

④ Comment ça **se prononce** ? *(se prononcer)*

⑤ Se faire la bise, cela ne **se fait** pas à Taïwan. *(se faire)*

❺ Sujet + faire + verbe à l'infinitif + COD
Sujet + faire + verbe à l'infinitif + COD + par + c. d'agent ——

① Pourrais-tu **faire entrer les trois derniers candidats** car le directeur va les recevoir tout de suite ?

② Il **a fait venir le technicien** pour réparer l'ordinateur.

③ Nous **avons fait changer la serrure de la porte d'entrée**.

④ Elle va **faire faire une robe de mariage par un tailleur célèbre**.

❻ Sujet + se faire + verbe à l'infinitif
Sujet + se faire + verbe à l'infinitif + COD
Sujet + se faire + verbe à l'infinitif + par + c. d'agent ——

① Nous **nous sommes fait avoir** !（我們被欺騙了。）

② Beaucoup de Taïwanais aiment **se faire teindre les cheveux**.

③ Cette petite fille **s'est fait tirer les cheveux par ses camarades** à l'école.

④ Ces voleurs **se sont fait attraper par la police**.

⑤ Pour son mariage, elle **s'est fait maquiller par une esthéticienne célèbre**.

❼ Sujet + se laisser + verbe à l'infinitif
Sujet + se laisser + verbe à l'infinitif + par + c. d'agent ——

① N'ayant plus de provisions, les soldats **se sont laissé mourir** sur le champs de bataille.

② Il ne faut pas **se laisser mener par le bout du nez**.[38]

③ Cette pauvre femme **s'est laissé injurier par son mari**.

④ Ce cheval est épuisé, il **se laisse fouetter par son maître**.

38. Expression : *Se faire mener par le bout du nez.* = Se laisser manipuler par quelqu'un d'autre.

Dialogue／對話 14

Sur le campus de l'université...

Joël : Je vais partir en France l'année prochaine pour un an, ça y est, c'est décidé !

Didier : Félicitations Joël, c'est une très bonne initiative. Pour apprendre une langue, il faut vraiment s'immerger dans la culture.

Joël : Oui, j'espère que je pourrai me faire des amis pour ça ! Je ne sais pas si on sympathise de la même façon en France qu'à Taïwan.

Didier : Oui, je suis sûr que tu sauras ***te faire accepter***. En France, ça marche surtout par un groupe d'amis. Une fois que tu ***as été accepté*** par le groupe, tout ***se fait*** naturellement.

Joël : Ah oui ? Et comment fait-on pour ***se faire accepter*** dans un groupe ?

Didier : Il faut montrer patte blanche ![39]

Joël : Montrer quoi ?

Didier : Montrer patte blanche. Ça veut dire, montrer que tu peux faire partie du groupe.

Joël : Mais comment peut-on montrer qu'on peut faire partie d'un groupe si on n'en fait pas encore partie?!

Didier : Excellente question...je n'y avais pas pensé. En fait, il faut surtour montrer que tu aimes les mêmes choses que le groupe, qu'ils n'ont pas à s'inquiéter, que vous avez les mêmes passions, les mêmes activités...

Joël : Je vois, il faut que j'enquête sur le groupe avant de pouvoir ***être accepté*** !

Didier : Non, tu n'es pas obligé d'en arriver là, mais tu peux, petit à petit, essayer de mieux les connaître, partager du temps avec eux, essayer de participer aux mêmes activités et tout s'enchaînera naturellement.

Joël : Et comment je saurai si j'***ai été accepté*** par le groupe ?

Didier : Quand tu recevras une invitation pour une fête ! Ce sera vraiment la preuve que tu ***as été accepté*** et que tu fais partie du groupe !

Joël : Génial, merci de tes conseils.

Didier : Mais de rien, à ton service !

39. Expression : *Montrer patte blanche* = Faire ses preuves pour être accepté par un groupe ou pouvoir entrer dans un endroit réservé à certaines personnes. Plus généralement, *se faire accepter*.

Exercice／練習

Voix passive ou voix active ?

❶ Ces événements ...... (produire) durant l'été, l'année dernière.

❷ Plusieurs personnes ...... (être témoin(s) de) de l'événement.

❸ Il s'agissait, selon un article du journal, d'un objet lumineux qui ...... (voir) vers 22h une nuit du mois de juillet.

❹ L'objet ...... (observer) par un premier groupe de personnes habitant dans le village de Chambolle-Musigny en Bourgogne.

❺ Puis, un second objet ...... (apparaître) peu de temps après la première observation.

❻ Tous ces objets volants ...... (repérer) par le radar de la base militaire de la ville voisine.

❼ Des photos et des vidéos ...... (prendre) montrant les objets se déplacer à faible hauteur, sans bruit et avec des lumières éclatantes.

❽ Des explications ...... (fournir) par les autorités à la population.

❾ La plupart des gens ...... (ne pas convaincre) par ces explications.

❿ Les témoins sont catégoriques : d'après eux, ces objets ...... (ne pas fabriquer) sur notre planète.

Simulation ／演練

❶ Vous avez été témoin d'un vol dans le métro. Vous expliquez à la police ce que vous avez vu.

❷ Vous devez partir sur l'île Matsu[40] pendant une année, vous pouvez emporter un seul objet avec vous.
Qu'est-ce que ce serait ? Expliquez pourquoi en utilisant l'amorce de phrase suivante : « j'emporterais ...... parce qu'il / elle ...... »

❸ Présentez le personnage d'un livre que vous avez lu ainsi qu'un résumé bref de l'histoire en utilisant la forme active et passive.

40. Les îles Matsu sont un petit archipel de 19 îles et îlots dans le détroit de Taïwan, à moins de 20 km du continent au nord-ouest de l'île de Taïwan.

La table pour le repas de Noël

Le sapin de Noël

Un des plats typiques pour Noël – Les noix de Saint-Jacques et sa purée de persil

Chapitre XV
第十五章
Le subjonctif
虛擬式

Idée générale ／概念

在法文裡有六種語式 (mode)，二十個時態 (temps)。語式是指說話的口氣，時態是指事件發生在現在、過去與將來的時間。請看表四十以了解法語語式及時態之種類。

表四十 語式及時態

語式 (mode)	時態 (temps)
Indicatif	- présent - passé composé, imparfait, plus-que-parfait, passé simple, passé antérieur - futur simple, futur antérieur
Subjonctif	- présent - passé composé - imparfait - plus-que-parfait
Impératif	- présent - passé
Conditionnel	- présent - passé
Infinitif	- présent - passé
Participe	- présent - passé

Formation des verbes ／動詞變化

虛擬式 (subjonctif) 共有四種時態 (參考表四十)，但是目前與法國人溝通時 (不論是口語與書寫) 只能用 subjonctif présent 與 subjonctif passé composé。至於 imparfait 與 plus-que-parfait 只出現於法國文學作品中。因此在本章也只討論前兩種之用法。

虛擬式的現在時與過去時的動詞變化困難嗎？其實不是很難。如果對直陳式的現在時與過去未完成時的動詞詞根變化熟悉的話，對虛擬式的現在時的動詞變化就有幫助了，雖然如此，還是有十個不規則的虛擬式動詞變化，請參考附錄 p.313。至於虛擬式過去時的動詞變化要結合助動詞與過去分詞，如何選擇適當的助動詞呢？請參考第十二章 (p.128)。

parler / aller / se lever 虛擬式現在時的動詞變化

虛擬式時態	que + 主詞 + 動詞			助動詞	過去分詞
虛擬式現在時 (subjonctif présent) ★ 注意： 先將動詞變化成直陳式現在時的第三人稱複數 Ils parlent。 直陳式過去未完成時的第一與第二人稱複數 Nous parlions Vous parliez 因此虛擬式現在時的變化是： *-e, -es, -e, -ions, -iez, -ent* ★ 注意： 雖然 aller 是個例外字，但是字尾還是符合上面所提的： *-e, -es, -e, -ions, -iez, -ent*	que	je	parle	X	X
	que	tu	parles		
	qu'	il	parle		
	qu'	elle	parle		
	que	nous	parlions		
	que	vous	parliez		
	qu'	ils	parlent		
	qu'	elles	parlent		
	que	j'	aille		
	que	tu	ailles		
	qu'	il	aille		
	qu'	elle	aille		
	que	nous	allions		
	que	vous	alliez		
	qu'	ils	aillent		
	qu'	elles	aillent		

	que + 主詞 + 代詞 + 動詞					
	que	je	me	lève		
	que	tu	te	lèves		
	qu'	il	se	lève		
	qu'	elle	se	lève		
	que	nous	nous	levions		
	que	vous	vous	leviez		
	qu'	ils	se	lèvent		
	qu'	elles	se	lèvent		

parler / aller / se lever 虛擬式過去時的動詞變化

虛擬式時態	que + 主詞 + 助動詞			過去分詞
虛擬式過去時 (subjonctif passé)	que	j'	aie	parlé
	que	tu	aies	parlé
	qu'	il	ait	parlé
	qu'	elle	ait	parlé
	que	nous	ayons	parlé
	que	vous	ayez	parlé
	qu'	ils	aient	parlé
	qu'	elles	aient	parlé
	que	je	sois	allé(e)
	que	tu	sois	allé(e)
	qu'	il	soit	allé
	qu'	elle	soit	allée
	que	nous	soyons	allé(e)(s)
	que	vous	soyez	allé(e)(s)
	qu'	ils	soient	allés
	qu'	elles	soient	allées

que + 主詞	+ 代詞	+ 助動詞		過去分詞
que	je	me	sois	levé(e)
que	tu	te	sois	levé(e)
qu'	il	se	soit	levé
qu'	elle	se	soit	levée
que	nous	nous	soyons	levé(e)(s)
que	vous	vous	soyez	levé(e)(s)
qu'	ils	se	soient	levés
qu'	elles	se	soient	levées

Règle／規則

為甚麼用虛擬式？請先觀察以下這兩個句子：

- Je suis sûr qu'il viendra demain. (我確定他明天會來。)
- Je ne suis pas sûr qu'il vienne demain. (我不確定他明天會來。)

如果主要子句的動詞表達事情之不確定性、可能性、情感、心中的意願、勸言等等，附屬子句的動詞就要用虛擬式。這是不同於表達事實的直陳式。虛擬式時態之種類與用法如表四十一與四十二。

表四十一　虛擬式時態之種類與用法

種類	用法
❶ 虛擬式現在時 (subjonctif présent)	① 表達事件發生於現在。 ② 表達事件發生於未來。
❷ 虛擬式過去時 (subjonctif passé)	① 表達事件發生於過去，且事件也完成了。 ② 在限定的時間裡所完成的事件。在句中會有表達時間的補語。

如何使用虛擬式現在時與過去時呢？請看以下的例句：

❶ 虛擬式現在時 (用於現在正在進行之事 / 未來即將發生之事)
Je suis contente que vous soyez là.
(我很高興你們在這裡。) (此事發生於現在。)
Nous craignons qu'il pleuve demain.
(我們擔心明天下雨。) (此事將於未來才發生。)

❷ 虛擬式過去時 (發生在過去的事情 / 在限定的時間裡所完成的事件)
Je suis contente que vous soyez venus à mon anniversaire.
(我很高興你們來參加我的生日。) (此事發生於過去。)
Il faut que j'aie fini ce rapport dans un quart d'heure.
(我必須在 15 分鐘後完成這份報告。) (在限定的時間裡所完成的事件。)

表四十二 虛擬式之種類

	verbes	adjectifs	noms	constructions impersonnelles
❶ **sentiment** （情感上的喜、怒、哀、樂、愛、畏懼、憎恨、厭惡等）	aimer aimer mieux préférer adorer détester haïr craindre regretter s'inquiéter s'étonner ★ 注意：craindre, avoir peur 之後加 ne 並無否定之意。若要表達否定還是要加 pas.	Être content (e) mécontent (e) déçu (e) désolé (e) triste furieux (euse) fâché (e) heureux (euse) malheureux (euse) ravi (e) surpris (e) satisfait (e) étonné (e) touché (e) ennuyé (e)	Avoir honte peur	Ça m'étonne m'inquiète m'arrange m'énerve m'ennuie Ça me surprend m'ennuie me gêne me plaît me fait plaisir Il est dommage
❷ **Souhait** （希望）	souhaiter attendre ★注意：espérer 例外，與直陳式配合。			Il est souhaitable
❸ **Volonté** （意願）	vouloir désirer		Avoir besoin Avoir envie	
❹ Conseil （勸言）	proposer suggérer			Il vaut mieux

	verbes	adjectifs	noms	constructions impersonnelles
❺ **Obligation** （必須做的事）				Il faut Il est temps indispensable important nécessaire obligatoire urgent utile nécessaire
❻ **Possibilité, doute** （事情的可能或不確定性）	douter	Ne pas être sûr(e) certain(e) convaincu(e) persuadé(e)		Il est possible impossible douteux Il n'est pas possible Il arrive Il se peut Il semble Il n'est pas sûr certain, vrai, évident
❼ **Jugement** （對事情的看法）		Trouver bizarre normal étonnant regrettable	Avoir de la chance	Il suffit Il convient Il est dommage normal bizzare juste naturel étonnant surprenant regrettable préférable Ça m'arrange Ça vaut la peine

	verbes	adjectifs	noms	constructions impersonnelles
❽ Phrase négative ou interrogative 有些動詞 (penser, trouver, croire...) 本來都是用直陳式，但是如果它們是以否定或疑問句型出現時就得用虛擬式	Je ne pense pas... Je ne trouve pas... Je ne crois pas... Je n'ai pas l'impression que... Pensez-vous... Trouvez-vous... Croyez-vous... Ne pas garantir affirmer			
❾ Superlatif 與最高級連用		le plus beau la plus intéressante le moins cher la moins drôle les meilleurs...		

Construction／句型

· Sujet + verbe + que + sujet + verbe (subjonctif) +…
(主要子句 : proposition principale) (附屬子句 : proposition subordonnée)

★虛擬式用於附屬子句裡。主要子句與附屬子句的主詞是不同的。

Exemples／例句

❶ Sentiment（情感上的喜、怒、哀、樂、害怕）

① J'aimerais qu'il **vienne** dîner avec nous ce soir.
② Sa mère est contente que son fils **ait réussi** son examen.
③ Nous avons peur que le spectacle en plein air **soit annulé**.
④ Ça me plaît que tu m'**accompagnes** à la gare.
⑤ Il est dommage que tu ne **sois** pas **venu** à son anniversaire la semaine dernière.

❷ Souhait（希望）

① Nous souhaitons qu'il y **ait** plus de bourses pour étudier en France.
② Je souhaite que vous **fassiez** un beau voyage.
③ Ils ont attendu que tout le monde **parte** pour ouvrir les cadeaux.
④ Il est souhaitable que nous **puissions** rencontrer le directeur.

❸ Volonté（意願）

① Je voudrais qu'on **change** de sujet de conversation.
② Mes parents ne veulent pas que je **voyage** seule à l'étranger.
③ Il désire que ses enfants **travaillent** davantage.
④ J'ai besoin que vous m'**envoyiez** un devis pour comprendre les frais de cette installation.

❹ Conseil（勸言）

① Je propose qu'on **prenne** cette route pour aller plus vite.
② Il vaudrait mieux que tu **t'inscrives** le plus vite possible.
③ Elle suggère que vous ne **partiez** pas trop tard.

❺ Obligation (必須做的事)

① Il faut que je **m'en aille**.
② Il est indispensable que tu **fasses** du sport tous les jours.
③ Il est important que vos enfants **apprennent** une deuxième langue étrangère.

❻ Possibilité, doute (事情的可能或不確定性)

① Je doute qu'il y **ait** encore un bus à cette heure-ci.
② Elle n'est pas sûre que son copain **vienne** demain.
③ Êtes-vous certain que la piscine **soit ouverte** pendant les vacances d'été ?
④ Il est possible que nous **partions** à Paris pour un séjour linguistique.

❼ Jugement (對事情的看法)

① Nous trouvons normal que certains magasins **soient ouverts** le dimanche.
② Chacun va apporter un plat, il suffit que nous **achetions** trois bouteilles de vin.
③ Quel dommage que vous ne **soyez** pas **venus** à la soirée de Noël.
④ Ça m'arrange que tu me **téléphones** avant 20 heures.

❽ Phrase négative ou interrogative (否定或疑問句)

① Trouvez-vous que le français **soit** plus difficile que l'anglais ?
② Elise est un peu têtue, je ne crois pas qu'elle **change** d'avis.
③ Nous ne garantirons pas que les marchandises **soient livrées** à la date prévue.

⑨ Superlatif（與最高級連用）

① C'est <u>le plus</u> petit insecte qui **existe** dans le monde.

② C'est <u>le meilleur</u> film que nous **ayons vu**.

③ Ce sont <u>les meilleures</u> chansons qu'il **ait écrites**.

Dialogue ／對話 15

À la cafétéria de l'université, deux étudiants discutent ensemble...

Nicole : Ah...*(elle soupire)*, je suis toujours inquiète pour l'examen de fin de semestre. Je ne crois pas que je ***puisses*** le réussir cette fois-ci...

Jean : Qu'est-ce que tu veux dire par là ? Combien de temps as-tu passé à préparer cet examen ? Je t'ai vu étudier pendant des heures !

Nicole : Je sais bien mais je manque tellement de confiance en moi que j'ai peur de le rater !

Jean : Écoute, il est important que tu te ***concentres*** sur l'examen et pas sur toi-même. Tu connais le sujet sur le bout des doigts[41] ! Il n'y a aucune raison que tu ne ***puisses*** pas réussir.

Nicole : Merci d'essayer de me rassurer, Jean, mes parents aussi sont avec moi et ils ont vraiment envie que je ***réussisse*** cette année. J'espère que la chance leur donnera raison !

Jean : Qu'est-ce que tu racontes, ça n'a rien à voir avec[42] la chance ! Je serai étonné que tu ne ***réussisses*** pas !

Nicole : On verra. En tout cas, il faut que je ***finisse*** l'université cette année pour commencer à chercher du boulot, ça c'est sûr !

Jean : *Et moi donc*[43] ! Mais la vie étudiante est quand même très sympathique malgré le manque d'argent...

---

41. Expression : *Connaître sur le bout des doigts* = Savoir tout sur un sujet, une personne ou un lieu, connaître un sujet, une personne ou un lieu par coeur.

42. Expression orale : *Cela / ça n'a rien à voir avec* + complément ＝跟 complément 沒有關係的

43. Expression orale : *Et moi donc !* = Moi aussi ! mis en relief.

Nicole : Oui, tu as raison.

Jean : D'ailleurs profitons-en un peu ! Je t'invite au ciné ce soir, si tu es libre ?

Nicole : Avec plaisir ! Ça va faire du bien de s'aérer un peu la tête[44] !

Exercice ／練習

Mettez ces verbes à la forme qui convient dans les phrases suivantes : être (deux fois), venir, pleuvoir, pouvoir, faire, obtenir, savoir, vouloir, avoir. Ajoutez entre parenthèses la valeur de chacun : *Souhait, nécessité, possibilité, sentiment, conseil, obligation, doute, jugement, phrase négative*.

❶ J'aimerais que tu ...... heureux ! (......)

❷ Il faut qu'elle ...... plus tôt demain matin pour prendre le train avec nous ! (......)

❸ Il est possible qu'il ...... ce soir, donc prends ton parapluie. (......)

❹ Je regrette qu'il ne ...... pas venir ce soir, c'est vraiment un concert pour lui ! (......)

❺ Tu viens me chercher d'abord et on y va ensemble après ? - Non, il vaut mieux que nous ...... le contraire, tu viens me chercher et on y va ensemble, c'est juste à côté de chez moi ! (......)

❻ Le professeur souhaite que tous les étudiants ...... leur diplôme en fin d'année. (......)

❼ Il est important que tu ...... de quoi il s'agit ! (......)

❽ Pourrais-tu demander à tes parents de venir à la fête ? - Oui, je vais leur demander, mais je ne suis pas sûr qu'ils ...... (......)

❾ Nous avons beaucoup de chance que nos parents ...... là pour nous soutenir pendant ces moments difficiles. (......)

---

44. Expression : *S'aérer la tête également se changer les idées* = Faire une activité pour changer son humeur, se sentir mieux.

⑩ Personnellement, je ne pense pas qu'il ...... les compétences pour devenir le gérant de notre société. (......)

Simulation ／演練

❶ Exprimez vos doutes et vos inquiétudes concernant la fin de vos études et le début de votre vie professionnelle.

❷ Vous écrivez une lettre à vous-même dans le futur et vous vous donnez des conseils en utilisant l'amorce de phrase suivante : « Je souhaite que tu ... »

❸ Exprimez ce que vos parents attendent de vous et si vous êtes d'accord avec leurs attentes.

Fenêtres sur la France
法 國 之 窗

Un cinéma

L'Université la Sorbonne

Quartier étudiant de la Sorbonne

Chapitre XVI
第十六章
Le conditionnel
條件式

Idée générale／概念

從條件語式的字面上了解似乎它只能用於描述假設條件下所發生的事情，其實不然。它有三種用法：表達說話的語氣 (mode)、時間 (temps)、假設條件 (contionnel)。

首先了解條件語式的動詞變化，請與簡單未來時及未來完成時比較之，再看用法，並依序舉例。

Formation des verbes ／動詞變化

parler 簡單未來時與現在條件時

簡單未來時 (futur simple)		現在條件時 (conditionnel présent)	
Je	parler**ai**	Je	parler**ais**
Tu	parler**as**	Tu	parler**ais**
Il	parler**a**	Il	parler**ait**
Elle	parler**a**	Elle	parler**ait**
Nous	parler**ons**	Nous	parler**ions**
Vous	parler**ez**	Vous	parler**iez**
Ils	parler**ont**	Ils	parler**aient**
Elles	parler**ont**	Elles	parler**aient**
★ 注意：		★ 注意：	
不定式動詞 +	**- ai**	不定式動詞 +	**- ais**
	- as		**- ais**
	- a		**- ait**
	- ons		**- ions**
	- ez		**- iez**
	- ont		**- aient**

parler 未來完成時與過去條件時

未來完成時 (futur antérieur)			過去條件時 (contionnel passé)		
	助動詞	過去分詞		助動詞	過去分詞
J'	aur**ai**	parlé	J'	aur**ais**	parlé
Tu	aur**as**	parlé	Tu	aur**ais**	parlé
Il	aur**a**	parlé	Il	aur**ait**	parlé
Elle	aur**a**	parlé	Elle	aur**ait**	parlé
Nous	aur**ons**	parlé	Nous	aur**ions**	parlé
Vous	aur**ez**	parlé	Vous	aur**iez**	parlé
Ils	aur**ont**	parlé	Ils	aur**aient**	parlé
Elles	aur**ont**	parlé	Elles	aur**aient**	parlé

Règle ／規則

◎現在條件時 (Conditionnel présent)

表四十三　現在條件時之種類與用法

種類	用法	
現在條件時 (Conditionnel présent)	❶ 表達說話的語氣 (mode)	• 禮貌 (politesse)：可使用的動詞：vouloir, pouvoir… • 願望 (souhait, désir)：可使用的動詞：aimer, souhaiter… • 勸言 (conseil)：可使用的動詞：devoir, faire mieux de, valoir mieux… • 建議 (suggestion)：可使用的動詞：pouvoir… • 想像的事件 (fait imaginaire) • 沒被證實的訊息 (information non confirmée)
	❷ 表達時間 (temps)	• 過去中的未來時 (= futur simple dans le passé) （說話者在過去的時間裡曾提及在未來將做的事情）

Construction ／句型

· 主詞＋動詞 **(conditionnel présent)…**

Exemples ／例句

❶ 表達說話的口氣 (mode)

① Je **voudrais** parler à M. Lepetit, s'il vous plaît.（禮貌）
② **Pourrais**-tu me passer une feuille, s'il te plaît.（禮貌）
③ Nous **aimerions** gagner au loto pour acheter une grosse voiture.（願望）

④ Elles **souhaiteraient** faire le tour du monde. (願望)

⑤ Tu **devrais** moins fumer pour être en meilleure santé. (勸言)

⑥ Il **vaudrait mieux** manger moins et faire plus de sport pour maigrir. (勸言)

⑦ On **pourrait** aller au théâtre demain soir. (建議)

⑧ **Ça te dirait de** faire du ski dans les Alpes cet hiver ? (建議)

⑨ Les quatre enfants jouent ensemble : Toi, tu **serais** le prince, moi je **serais** la princesse, et vous, vous **seriez** le roi et la reine et nous **vivrions** heureux dans le château. (想像的事件)

⑩ D'après la météo, il y **aurait** un typhon qui **arriverait** dans trois jours. (沒被證實的訊息)

⑪ Le taux du chômage **diminuerait** dans les mois à venir. (沒被證實的訊息)

❷ 表達時間 (temps)

① Christophe m'a dit qu'il **arriverait** un peu en retard.

② Lise a confirmé qu'elle **rembourserait** ses parents dans une semaine.

③ Les étudiants ont promis à leur professeur qu'ils **travailleraient** davantage.

Dialogue ／對話 16

Au restaurant, deux amies se sont retrouvées pour déjeuner ensemble. Il est midi, le restaurant est complet.

Elisabeth : (*S'adressant au serveur*), S'il vous plaît, ***pourrions***-nous commander ?

Le serveur : Je suis à vous tout de suite ! (*Il part rapidement vers une autre table.*)

Liliane : Bon, je crois qu'il ne va pas prendre notre commande avant un certain temps...

Elisabeth : Ce n'est pas grave, on a tout notre temps. Je voulais te voir aujourd'hui pour te demander conseil.

Liliane : Dis-moi.

Elisabeth : C'est ma fille. Elle sort d'une adolescence difficile. Elle est en 1ère année à l'université mais elle rêve déjà de se lancer dans la vie active, même sans diplôme. Elle pense que l'université ne sert à rien...

Liliane : Je vois. Est-ce qu'elle sait ce qu'elle veut faire ?

Elisabeth : Elle veut être comédienne et travailler pour la télévision.

Liliane : Tu ***devrais*** peut-être lui donner un coup de pouce et essayer de lui trouver un stage. C'est bien d'avoir une expérience du terrain avant de se lancer dans quelque chose.

Elisabeth : Moi, j'ai plutôt peur qu'elle ne finisse pas ses études et se retrouve sans diplôme !

Liliane : Oui, je comprends bien. Mais le diplôme n'est pas une fin en soi ! Tu ***devrais*** plutôt l'encourager dans sa passion et lui proposer de suivre ses études en même temps. C'est important de développer ses passions à cet âge. Après, on n'a plus le temps...

Elisabeth : Je sais bien. J'***aimerais*** juste qu'elle n'arrête pas ses études à cause de ça.

Liliane : Hum.... Mais où est donc notre serveur ?!

Elisabeth : Je crois qu'il nous a vraiment oubliées !

Liliane : Ah ! Le voilà ! (*s'adressant au serveur*) S'il vous plaît ! On meurt de faim !

Elisabeth : Vous ***pourriez*** vous occuper de nous ?!

Le serveur : J'arrive, mesdames, j'arrive ! (*Dit-il en partant à l'autre bout de la salle*)

Exercice／練習

Choisissez le verbe qui convient parmi les suivants et conjuguez-les au conditionnel présent.Vouloir, pouvoir (trois fois), être (trois fois), aller, faire, falloir, aimer, quitter, devoir. Puis, mettez entre parenthèses à la fin de la phrase, la valeur du conditionnel : *Politesse, souhait, conseil, suggestion, fait imaginaire, information non confirmée.*

❶ On va jouer à un jeu, on dit que tu ...... le Chaperon rouge et que moi, je ...... le loup ! (......)

❷ Je ...... vous donner rendez-vous la semaine prochaine pour un entretien ...... -vous me dire si lundi à 14h vous convient ? (...... et ......)

❸ Demain il pleut !

- Tu es sûr ? J'ai entendu dire que le week-end ...... ensoleillé. (......)

❹ Demain, c'est le dernier jour d'examen, enfin !

- À ta place, j' ...... à la bibliothèque réviser une dernière fois. (......)

❺ (Au restaurant) Excusez-moi, vous ...... nous apporter l'addition ? (......)

❻ J'ai encore pris des kilos en trop pendant ce voyage, je ne sais vraiment plus quoi faire.

- Tu ...... peut-être te mettre à faire du sport régulièrement, si tu veux, on peut y aller ensemble, qu'en penses-tu ? (......)

❼ Docteur, je crois que je suis encore enrhumé.

- Je vois ça ! Il ...... vraiment commencer par arrêter de fumer, vous savez ! (......)

❽ Qu'est-ce qu'on fait ce week-end ?

- On ...... aller au concert à Bercy ? (......)

❾ J' ...... passer te voir la semaine prochaine à Aurillac. Mais je crois qu'il n'y pas de TVG au départ de Paris. Comment je ...... pour y aller, à ton avis ? (...... et ......)

❿ D'après ce que j'ai vu à la télévision, de plus en plus de Français ...... la France pendant l'hiver à cause du manque de soleil, c'est vrai ? (......)

- Hum, je pense que c'est un peu exagéré ...

Simulation ／演練

❶ "On annonce de grands changements à cause de la météo des prochains jours". Vous rapportez ces informations à un ami en utilisant entre autres les verbes suivants : *pleuvoir, souffler fort, arrêter la circulation des trains et métro, être très agitée (la mer)*

❷ Donnez 5 conseils à un ami qui cherche à rester en forme.

❸ Vous souhaitez voyager dans le Sud de la France. Vous êtes à la gare et vous vous renseignez sur les prix et les trains disponibles auprès de l'employé de la SNCF.

Règle／規則

◎過去條件語式時 (Conditionnel passé)

表四十四　過去條件時之種類與用法

種類	用法	
過去條件時 (Conditionnel passé)	❶ 表達說話的語式 (mode)	• 責備對方 (reproche)：可使用的動詞：pouvoir, devoir, valoir mieux… • 後悔之意 (regret)：可使用的動詞：devoir, vouloir, préférer, aimer, souhaiter, apprécier, vouloir… • 沒被證實的訊息 (information non confirmée)
	❷ 表達時間 (temps)	• 過去中的未來完成時 (= futur antérieur dans le passé) （說話者在過去的時間裡曾提及在未來將完成的事情）

Construction／句型

・主詞＋動詞 **(conditionnel passé)…**

Exemples／例句

❶ 表達說話的口氣 (mode)

① Hier, je t'ai attendu 20 minutes, tu **aurais dû** me téléphoner pour me prévenir.（責備對方）

② Vous n'**auriez** pas **dû** boire de l'alcool avant de prendre le volant.（責備對方）

③ J'**aurais** bien **voulu** voir cette comédie musicale, mais il n'y avait plus de places.（後悔）

④ C'est de ma faute, j'**aurais dû** prendre le temps de mieux m'organiser.（後悔）

⑤ D'après la radio, le trafic **aurait dû** être fluide aujourd'hui. Mais regarde ces embouteillages! (沒被證實的訊息)

⑥ La semaine dernière, ce musée d'art moderne a éte cambriolé, les cambrioleurs **auraient emporté** plusieurs tableaux. (沒被證實的訊息)

❷ 表達時間 (temps)

① Elle a dit qu'elle **aurait fini** ce rapport dans une demi-heure, mais je n'ai toujours pas de nouvelles....

② Florian avait dit qu'il **se marierait** quand il **aurait fini** ses études de master. Aujourd'hui, il a terminé ses études, il travaille et il n'est toujours pas marié. Il a sans doute donné priorité à sa carrière.

Dialogue ／對話

Des parents conduisent leur fils à l'église pour son mariage. Sur l'autoroute, la voiture file à vive allure, ils sont en retard pour la cérémonie.

Le fils : *(Il soupire)* Je n'***aurais*** jamais ***dû*** vous écouter Il fallait partir comme prévu hier soir plutôt que ce matin...

Le père : *(au volant de la voiture)* Mais non, ne t'inquiète pas comme ça ! Ton épouse ne va pas s'enfuir ! Elle l'***aurait fait*** depuis longtemps sinon, hahaha !

La mère : Ce n'est pas le moment de plaisanter ! Attention ! Regarde la route ! Tu ***aurais pu*** nous faire avoir un accident et ce n'est vraiment pas le moment !

Le fils : S'il vous plaît, tous les deux, réservez vos querelles pour après, la cérémonie commence dans 15 minutes et il nous reste encore 30 kilomètres à faire !

Le père : Tu as quand même passé une bonne soirée hier soir, non ?! Ça ***aurait été*** dommage de ne pas faire ton enterrement de vie de garçon !

Le fils : *(dépité)* Oui, ça c'est sûr...on s'est bien amusés...je n'***aurais*** jamais ***imaginé*** retrouver toutes mes ex dans la même pièce au même moment...

La mère : C'est vrai, mon chéri, tu ***aurais pu*** préparer un peu notre fils à la surprise ! Le pauvre, il a dû faire une de ces têtes en arrivant chez ses amis!

Le père : Non, mais c'est pour ça qu'on fête l'enterrement de vie de garçon. C'est pour passer un cap[45] ! Regarder son passé avec le sourire et se tourner vers l'avenir ! Ne plus avoir de regret sur ce qu'on ***aurait dû*** faire ou non !

Le fils : Oui, ça, mon passé, il était réuni hier soir devant moi...

Le père : Allez ! Tu as passé une bonne soirée ! C'est le principal !

La mère : Ça suffit tous les deux ! Arrêtez de vous chamailler[46] ! Mon chéri, tu n'***aurais*** pas ***dû*** organiser cette fête hier soir, notre fils est fatigué et en plus nous sommes partis en retard ce matin !

Le père : Oh la la, si on ne peut même plus taquiner[47] son fils maintenant...!

Le fils : Papa, c'est là, prends cette sortie ! *(Bruit de pneu de voiture sur la route)*

Exercice／練習

Mettez les verbes entre parenthèses à la forme qui convient et choisissez entre « reproche » et « regret » pour chacune des phrases suivantes :

❶ Attention, tu as grillé le feu rouge ! Tu ...... recevoir une amende ! (*pouvoir*) (Regret - Reproche)

❷ Quand j'étais plus jeune, j'ai passé beaucoup de temps à regarder la télévision, Quand j'y pense maintenant, j' ...... utiliser ce temps-là pour découvrir de nouvelles choses, essayer de nouvelles activités ou même de faire de nouveaux amis ! (*devoir*) (Regret - Reproche)

❸ (*Au bord de la plage*) Oh, non... ! Il pleut ! Je crois qu'il ...... mieux ...... regarder la météo avant de venir jusqu'ici ! (*valoir*) (Regret – Reproche)

❹ Je suis tellement gêné, je n'ai pas eu le temps de choisir un cadeau pour un ami dont l'anniversaire est ce soir !

45. Expression : *Passer un cap,* passer une étape difficile ou marquante.
46. *Chamailler* = se disputer, se quereller.
47. *Taquiner* = s'amuser, sans méchanceté, à agacer quelqu'un.

- Tu peux toujours passer vite fait par une boutique dans le coin !

- Non, j' ...... lui faire un cadeau un spécial cette fois-ci. (*aimer*) (Regret – Reproche)

❺ Elle a fait des études de marketing, mais en fait, elle ...... devenir artiste peintre. (*vouloir*) (Regret – Reproche)

❻ Quel dommage, j' ...... qu'elle soit là ! (*souhaiter*) (Regret – Reproche)

❼ Au lieu de me regarder sans rien faire, tu ...... m'aider à porter mes bagages ! (*pouvoir*) (Regret – Reproche)

❽ Vous ...... lui faire confiance, il était venu pour vous aider ! (*devoir*) (Regret – Reproche)

❾ Je pense que tu ...... mieux ...... d'écouter leurs conseils, ils ont plus d'expériences que toi ! (*faire*) (Regret – Reproche)

❿ J' ...... avoir un peu plus de temps libre, au lieu d'être tellement pris par le travail. (*préférer*) (Regret – Reproche)

Simulation ／演練

❶ Un jeune marié est en retard pour son mariage, imaginez la réaction de sa future épouse.

❷ La neige est tombée toute la nuit, vous arrivez en retard à votre travail le lendemain matin. Votre directeur vous demande des explications.

❸ Faites le bilan de votre vie et exposez vos regrets aussi bien personnels que professionnels.

Règle／規則

◎ Si 假設條件

表四十五 假設條件

❶ Si + sujet + présent... sujet + futur simple Si + sujet + présent... impératif	未來事情實現的可能性很大
❷ Si + sujet + présent... sujet + présent	表達現在的習慣
❸ Si + sujet + imparfait... sujet + conditionnel présent	未來事情實現的可能性很小
❹ Si + sujet + imparfait... sujet + conditionnel présent	與現在事實相反
❺ Si + sujet + plus-que-parfait... sujet + conditionnel présent	如果那時那樣做，現在也不是這樣
❻ Si + sujet + plus-que-parfait... sujet + conditionnel passé	與過去事實相反
❼ Si + sujet + imparfait... sujet + imparfait	表達過去的習慣

Construction／句型

請參考表四十五

Exemples／例句

❶ Si + sujet + présent... sujet + futur simple

(未來事情實現的可能性很大)

① Si j'**ai** de l'argent, j'**achèterai** une voiture.

② Si tu **as** le temps ce soir, on **pourra** aller au cinéma.

③ S'il **fait** beau demain, nous **ferons** une promenade à la montagne.

Si + sujet + présent... impératif

① Si elle **arrive**, **téléphone**-moi !

② Si tu **as** encore mal à la tête, **prends** une aspirine !

③ Si vous **voulez** dîner avec nous, **venez** à 20heures !

❷ Si + sujet + présent... sujet + présent

(現在的習慣)

① Si je **me couche** à 22h, je **me lève** à 6 heures.

② Si tu **viens** ce soir, on **mange** ensemble comme d'habitude !

③ Si je **prends** un café après 17h, je ne **dors** pas de la nuit !

④ Si je **peux** venir, je **viens** !

⑤ S'il **est** en retard, on **commence** sans lui.

❸ Si + sujet + imparfait... sujet + conditionnel présent

(未來事情實現的可能性很小)(請與 ❶ (p.193) 做比較)

① Si nous **avions** de l'argent, nous **ferions** le tour du monde.

② Si **j'avais** un peu de temps demain, **j'irais** au cinéma avec toi.

③ S'il **faisait** beau demain, nous **ferions** une promenade à la montagne.

❹ Si + sujet + imparfait... sujet + conditionnel présent

(與現在事實相反)

① Si j'**étais** toi, je n'**accepterais** pas ce travail.
(malheureusement, je ne suis pas toi,.... 可惜，我不是你。)

② Si elle **avait** quelques jours de congé, elle **partirait** en vacances avec ses amis.
(malheureusement, elle n'a pas de congé, elle doit travailler.
可惜，她沒有休假，她得工作。)

③ Si le restaurant n'**était** pas plein, nous **pourrions** dîner maintenant.
(malheureusement, il est plein, et nous ne pouvons pas dîner.
可惜，餐廳客滿我們不能吃晚飯。)

❺ Si + sujet + plus-que-parfait... sujet + conditionnel présent （如果那時那樣做，現在也不是這樣）

① Si elle ne **s'était** pas **couchée** trop tard hier soir, elle ne **serait** pas fatiguée.
(malheureusement, elle s'est couchée trop tard hier soir, elle est fatiguée maintenant. 由於昨天晚上她太晚睡，所以現在疲倦。)

② Si je n'**avais** pas **mangé** tant de fruits de mer hier, je n'**aurais** pas mal au ventre.
(malheureusement, j'ai mangé trop de fruits de mer et j'ai mal au ventre maintenant. 由於昨天我吃了太多的海鮮，所以現在肚子痛。)

③ Si tu n'**avais** pas **eu** cet accident, tu **pourrais** venir skier avec nous.
(malheureusement, tu as eu un accident et tu ne peux pas venir skier avec nous. 因你出了車禍，所以不能跟我們去滑雪。)

④ S'il n'**avait** pas **dit** qu'il l'aimait, elle **viendrait** à la fête ce soir.

⑤ Je suis sûr qu'il **goûterait** encore des huîtres pour Noël, s'il n'**avait** pas **été** malade la dernière fois !

❻ Si+ sujet + plus-que-parfait... sujet + conditionnel passé （與過去事實相反）

① Si elles **étaient arrivées** plus tôt, elles **auraient pu** voir le spectacle.
(malheureusement, elles sont arrivées trop tard, elles n'ont pas pu voir le spectacle. 可惜，她們比較晚到沒看到表演。)

② Si j'**avais travaillé** un peu plus, je **serais entré** dans une meilleure université.
(malheureusement, je n'ai pas beaucoup travaillé, je ne suis pas entré dans une meilleure université. 可惜，我努力不夠，所以未能進到一間比較好的大學。)

③ Si vous n'**aviez** pas **choisi** cette route, vous ne **vous seriez** pas **trompé**.
(malheureusement, vous avez choisi cette route, vous vous êtes trompé. 可惜，你選了這條路你搞錯了。)

❼ Si + sujet + imparfait... sujet + imparfait（過去的習慣）——

① Quand j'étais petit, si je **mangeais** des légumes une fois par jour, **c'était** déjà bien !

② Si je **finissais** mon assiette avant les autres, je les **aidais** à finir la leur ! Maintenant je ne peux plus manger autant !

③ Avant, si je **dormais** à 22 heures, je **me levais** à 6 heures.

④ Avant, si elle **buvait** du café, elle ne **dormait** pas.

⑤ Avant, s'ils **avaient** des vacances, ils **partaient** à l'étranger.

Dialogue ／對話

18

Dans les bureaux d'une entreprise, la DRH[48] reçoit un candidat pour un poste de commercial.

La DRH : M. Dumont, bonjour, je suis la DRH, merci d'être venu aujourd'hui.

M. Dumont : Bonjour, merci de m'accueillir.

La DRH : Nous avons examiné votre candidature pour le poste de commercial. J'***aurais*** quelques questions à vous poser.

M. Dumont : Je vous en prie.

La DRH : Vous avez travaillé chez nos concurrents pendant les cinq dernières années. ***Pourriez***-vous m'expliquer pourquoi vous postulez chez nous aujourd'hui ?

M. Dumont : Eh bien, c'est très simple. Je souhaite approfondir mon expérience dans le domaine et votre entreprise est leader sur le marché. Je souhaite travailler avec les meilleurs. Si on m'***avait proposé*** un poste plus important dans mon entreprise, je l'***aurais refusé*** car je souhaite acquérir les savoir-faire de votre groupe.

La DRH : Très bien. ***Pourriez***-vous me dire en quoi, d'après vous, votre candidature peut faire la différence?

---

48. Acronyme pour *directeur(rice) des ressources humaines*. C'est une personne chargée du recrutement en entreprise mais aussi de toute la gestion des contrats des employés de cette entreprise.

M. Dumont : Oui, je pense avoir une solide expérience du terrain. J'ai passé ces dernières années à améliorer les techniques de vente utilisées par mon équipe et nous avons ensemble réussi à doubler le chiffre d'affaires de l'entreprise sur la même période. Si vous me ***demandiez*** ce qui a fait la différence, je vous ***dirais*** que la motivation et le leadership que j'ai apporté à l'équipe ont été le moteur de cette croissance.

La DRH : Entendu. Effectivement, nous avons remarqué que vous étiez le moteur de notre concurrent. Je vous félicite de ces résultats. Laissez-moi vous donner une série de situations, vous me direz ensuite ce que vous imaginez pouvoir faire. Première situation, le groupe a perdu 15% de son chiffre d'affaires sur les trois derniers mois. Votre équipe n'arrive plus à conclure de contrat avec nos principaux clients. Que faites-vous?

M. Dumont : Et bien, je commencerai par organiser une réunion d'urgence avec mon équipe afin de rassembler toutes les informations sur la situation. Si nous n'***arrivons*** plus à conclure de contrats avec nos clients, je ***chercherai*** à savoir si nos offres correspondent toujours à leur besoin et si mon équipe ***sait*** mettre nos avantages en avant.

La DRH : Très bien. Deuxième situation, un client revient vers vous mécontant de nos services. Que faites-vous?

M. Dumont : Si un client ***est*** mécontent de nos services, je ***cherche*** avec lui le moyen de résoudre le problème afin de le satisfaire.

La DRH : Dernière situation, un membre de votre équipe souhaite quitter son poste sur le champ. Comment ***réagiriez***-vous?

M. Dumont : Si un membre de mon équipe ***souhaitait*** quitter l'entreprise, je ***prendrais*** le temps de discuter avec lui afin de comprendre ses motivations et j'***essaierais*** d'arranger la situation.

La DRH : Entendu. Merci M. Dumont pour vos réponses. L'entretien est terminé, nous reviendrons vers vous dans quelques jours avec notre décision. Si la décision ***est*** positive, vous ***commencerez*** le lundi suivant.

M. Dumont : Très bien, merci à vous.

La DRHH : Au revoir, M. Dumont.

M. Dumont : Au revoir.

Exercice／練習

Mettez les verbes à la forme qui convient :

❶ S'il fait beau demain, nous ...... à la plage nous baigner ! (*aller*)

❷ S'il t'appelle, ... -le-moi ! (*passer*)

❸ Si tu lui parlais ouvertement, il ...... tes sentiments. (*comprendre*)

❹ Si j' ...... ce que c'était, je n'y serais pas allé ! (*savoir*)

❺ Si j'étais toi, je lui ...... confiance ! Il a de l'expérience dans ce domaine. (*faire*)

❻ Si tu l' ...... , tu aurais été étonné, toi aussi ! (*voir*)

❼ Si tu as le temps, on ...... ensemble ? (*déjeuner*)

❽ Si tu t'en ...... , dis-le-moi, j'ai vraiment besoin de savoir ! (*souvenir*)

❾ Si elle était là, cela ne se ...... pas comme ça ! (*passer*)

❿ Si j'étais né en France, le français ...... ma langue maternelle ! (*être*)

Simulation／演練

❶ Vous passez un entretien d'embauche, le recruteur vous pose des questions en vous donnant des situations concrètes pour connaître vos réactions. Imaginez le dialogue pour les différents postes suivants : vendeur(se) d'un magasin de prêt-à-porter, vétérinaire, pompier.

❷ Vous pouvez refaire le monde. Changez 5 événements de votre vie pour lui donner une direction différente. (Par exemple : Si j'étais né (e) au 18ème siècle..., Si j'avais dû commencer à travailler à 16 ans..., Si j'étais élu (e) président(e) de mon pays..., Si je décrochais le gros lot à la loterie..., Si j'étais un(e) inventeur de génie...)

❸ Et si vos parents ne s'étaient pas rencontrés ? Imaginez comment cela aurait changé leurs vies respectives.

Fenêtres sur la France
法國之窗

Le quartier d'affaires d'Ile de France, La Défense

Le quartier du 13ème arrondissement près de la Bibliothèque Nationale à Paris

Le quartier de l'Opéra à Paris

Chapitre XVII
第十七章
Les adverbes
副詞

Idée générale／概念

副詞是沒有陰陽性和單複數變化的。副詞依其不同之表達性質可分為：

① 時間副詞 (adverbes de temps) :

aujourd'hui, hier, demain, maintenant, déjà, tôt, tard, etc.

② 地點副詞 (adverbes de lieu) :

devant, derrière, ici, là-bas, partout, loin, près, etc.

③ 數量副詞 (adverbes de quantité) :

beaucoup, assez, peu, trop, très, etc.

④ 程度副詞 (adverbes d'intensité) :
très, énormément, trop, etc.
⑤ 方式副詞 (adverbes de manière) :
bien, mal, n'importe comment, couramment, etc.
⑥ 疑問副詞 (adverbes d'interrogation) :
pourquoi, comment, combien, où, etc.
⑦ 驚嘆副詞 (adverbes d'exclamation):
comme, que, comment, etc.

副詞能夠修飾以下不同之詞性 :
① 動詞 : Il mange <u>vite</u>.
② 形容詞 : Cette tarte est <u>très</u> bonne.
③ 另一個副詞 : Nous allons <u>assez</u> souvent au cinéma.
④ 介系詞 : Elle habite <u>tout</u> près de la station de métro.

在本章裡，我們要討論並舉例說明副詞的結構與位置。

Règle ／規則

◎ Formation des adverbes ／ 副詞的結構

Bien, mal, très, trop, beaucoup, peu, assez, déjà, souvent, toujours, vite, tard, tôt, ici, là 等等都是初學者最熟悉也常用的副詞。除此之外，還有哪些副詞呢？一般而言，以陰性形容詞作為基本字，然後在其字尾加 ***-ment*** 即變成副詞。不過還是有些特殊情況，以下列表舉例 :

表四十六 副詞的結構

陽性形容詞	陰性形容詞	字尾變化	副詞
❶ rapide, simple, facile, libre, juste, extrême, grave	rapide, simple, facile, libre, juste, extrême, grave	陰陽性形容詞同字 + **ment**	rapidement, simplement, facilement, librement, justement, extrêmement, gravement
❷ lent, parfait, sûr	lente, parfaite, sûre	陰性形容詞 + **ment**	lentement, parfaitement, sûrement
❸vif	vive	idem	vivement
❹ heureux, sérieux malheureux	heureuse, sérieuse, malheureuse	idem	heureusement, sérieusement, malheureusement
❺ doux	douce	idem	doucement
❻ franc	franche	idem	franchement
❼ naturel, annuel	naturelle, annuelle	idem	naturellement, annuellement
❽ régulier, léger, entier, premier	régulière, légère, entière, première	idem	régulièrement, légèrement, entièrement, premièrement
❾ complet, secret, discret, concret	complète, secrète, discrète, concrète	idem	complètement, secrètement, discrètement, concrètement
❿ énorme, profond, précis	énorme, profonde, précise	陰性形容詞 **e → é + ment**	énormément, profondément, précisément

陽性形容詞	陰性形容詞	字尾變化	副詞
⑪ fréquent, récent, évident, prudent, violent, impatient	fréquente, récente, évidente, prudente, violente, impatiente	陽性形容詞 **ent→ emment** ★ 發音〔amɑ̃〕	fréquemment, récemment, évidemment, prudemment, violemment, impatiemment
⑫ courant, suffisant, élégant, méchant	courante, suffisante, élégante, méchante	陽性形容詞 **ant→ amment** ★ 發音〔amɑ̃〕	couramment, suffisamment, élégamment, méchamment
⑬ poli, vrai, joli, passionné, infini, absolu, aisé	polie, vraie, jolie, passionnée, infinie absolue, aisée	陽性形容詞 + **ment**	poliment, vraiment, joliment, passionnément, infiniment, absolument, aisément
★ gentil	gentille		gentiment
★ bref	brève		brièvement

Construction／句型

- 主詞 + 動詞 + 副詞
- 主詞 + 動詞 + 副詞 + 受詞
- 主詞 + 助動詞 + 副詞 + 過去分詞

Exemples／例句

① Le feu va devenir rouge, traversons la rue **rapidement**.
Ce clochard demande **simplement** une pièce d'un euro.

② Il faut rouler **lentement** quand il pleut.
Mon cousin parle **parfaitement** deux langues étrangères.

③ Pendant ce débat, les deux candidats expriment **vivement** leurs opinions.

④ Il a eu un accident sur l'autoroute, **heureusement** il n'est pas blessé **grièvement**.

⑤ Il faut parler **doucement** car les enfants dorment.

⑥ **Franchement** dire, cette affaire est assez délicate.

⑦ Les jeunes gens laissent **naturellement** leur place aux personnes âgées.

⑧ Ce grand sportif s'entraîne **régulièrement** pour les prochains Jeux Olympiques.

⑨ J'ai **complètement** oublié notre rendez-vous, j'en suis vraiment désolé(e).

⑩ Cet incendie a causé **énormément** de dégâts.
Regarde ce bébé, comme il dort **profondément** !

⑪ Nous allons **fréquemment** dans ce cybercafé.
As-tu des nouvelles d'Emmanuelle **récemment** ?

⑫ Nous parlons **couramment** le français.
Y a-t-il **suffisamment** de pâtes pour tout le monde ?

⑬ Cet enfant répond **poliment** à ses parents.
C'est **vraiment** gentil de nous inviter.
Roméo aime **passionnément** Juliette, quelle belle histoire d'amour !

⑭ Il vaudrait mieux leur parler **gentiment** car ils sont assez sensibles.

⑮ Je suis pressée, explique-moi **brièvement** la situation !

◎ Adjectifs masculins employés comme adverbes／陽性形容詞當副詞

一般而言，副詞修飾形容詞，但是有時候某些陽性形容詞可當副詞，作為修飾。請參考表四十七以了解其用法：

表四十七　陽性形容詞 ＝ 副詞

陽性形容詞	副詞
❶ cher	coûter cher
❷ lourd	peser lourd
❸ faux	chanter faux
❹ dur	travailler dur
❺ fort, bas, haut, clair, franc	parler fort, bas, haut, clair, franc
❻ droit	marcher (aller) droit
❼ bon, mauvais	sentir bon / mauvais
❽ chaud, froid	manger (boire) chaud / froid
❾ jeune, vieux	s'habiller jeune / faire vieux
❿ gros	écrire gros
⓫ voir	voir clair / grand
⓬ fin	couper fin

Exemples／例句

① Cette bague coûte **cher**.

② Cette valise pèse **lourd**.

③ À chaque fois qu'elle chante, elle chante **faux**.

④ Dans cette entreprise, les ouvriers travaillent **dur**.

⑤ Parlez plus **fort**, je ne vous entends pas très bien.

⑥ Allez tout **droit**, le château se trouve au bout de la forêt.

⑦ Ta chambre sent **bon**, qu'est-ce que tu as mis ?

⑧ Cette soupe se mange **froid**, c'est meilleur.
⑨ Cette dame âgée a 70 ans, mais elle s'habille toujours **jeune**.
⑩ Nous sommes myopes, essaie d'écrire plus **gros**, s'il te plaît.
⑪ Comme je ne vois pas **clair**, je pense que je vais changer de lunettes.
⑫ Il faudrait couper **fin** ces carottes pour les faire cuire plus vite.

◎ Place des adverbes ／副詞的位置

在前面我們提過副詞可修飾動詞、形容詞、另一個副詞、介系詞等等，如何妥當安排副詞的位置呢？透過表四十八讓學習者更了解副詞的作用與位置之後就更能運用自如。

表四十八　副詞的作用與位置

作用	位置
❶ 副詞修飾形容詞。 très, peu, trop, assez, souvent, bien, tout, toujours, rarement...	主詞 + 動詞 + 副詞 + 形容詞
❷ 副詞修飾另一個副詞。 très, bien, mal, assez, trop, beaucoup...	主詞 + 動詞 + 副詞 + 副詞
❸ 副詞修飾簡單式時態 (forme simple) 的動詞。 peu, beaucoup, trop, bien, mal, vite, plus, moins, lentement, souvent, rarement, toujours, jamais...	主詞 + 動詞 + 副詞
❹ 副詞修飾複合式時態 (forme composée) 的動詞。 - peu, assez, beaucoup, trop, presque, complètement... (adverbes de quantité) - bien, mal, déjà, souvent, toujours, jamais, encore, enfin...	主詞 + 助動詞 + 副詞 + 過去分詞
★ 若副詞的音節過長，則置於過去分詞之後：immédiatement, particulièrement, rapidement...	主詞 + 助動詞 + 過去分詞 + 副詞

作用	位置
❺ 地方副詞。 ici, là, là-bas, loin, près, partout, dehors, dedans, devant, derrière...	主詞 + 動詞（簡單式時態）+ 地方副詞 主詞 + 助動詞 + 過去分詞 + 地方副詞
❻ 時間副詞。 tôt, tard, bientôt, souvent, parfois, longtemps, hier, aujourd'hui...	主詞 + 動詞（簡單式時態）+ 時間副詞 主詞 + 助動詞 + 過去分詞 + 時間副詞
❼ 副詞修飾介系詞。 tout...	主詞 + 動詞 + 副詞 + 介系詞
❽ 副詞修飾一個句子時，可置於前、中、後，視句意之重要性。	主詞 + 動詞 + 受詞 + 副詞 主詞 + 動詞 + 副詞 + 受詞 副詞 + 主詞 + 動詞 + 受詞
★ ❾ 副詞 très 與一些片語連用： avoir faim (soif, chaud, froid, peur, envie, besoin), faire attention...	主詞 + 動詞 + 副詞 (très) + …

Exemples／例句

❶ 副詞修飾形容詞

① Cette comédie musicale est **très** émouvante.

② Elle est **assez** riche pour acheter un autre studio.

❷ 副詞修飾另一個副詞

① Vous parlez **trop** vite, je ne comprends pas.

② Elle cuisine **assez** mal, c'est pourquoi ses enfants préfèrent manger au restaurant.

❸ 副詞修飾簡單式時態的動詞

① Il mange **peu**. **(beaucoup / trop / bien / mal / vite / lentement / plus/ moins)**
② Elles mangent **souvent (rarement / toujours)** à la cantine.
③ Je ne mange **jamais** à la cantine.

❹ 副詞修飾複合式時態的動詞

① J'ai **peu (assez / beaucoup / trop / bien / mal)** dormi.
② Ils n'ont pas **encore** mangé.
③ Il n'a **jamais** vu ce film.
④ Elle a **presque (enfin / déjà)** fini ce travail.
⑤ Nous avons **complètement** oublié ce rendez-vous.
⑥ Ils sont arrivés **immédiatement**.

❺ 地方副詞

① Ils habitent **ici**. **(là-bas / loin)**
② Ils ont habité **ici**. **(là-bas / loin)**

❻ 時間副詞

① Ma sœur se lève toujours **tôt**. **(tard)**
② Hier, ma sœur s'est levée **tôt**. **(tard)**
③ Benoît travaille **longtemps** chez un opticien.
④ Benoît a travaillé **longtemps** chez un opticien.

❼ 副詞修飾介系詞

① Il y a une crêperie **tout** près de la plage.

❽ 副詞修飾一個句子時，可置於前、中、後，視句意之重要性

① Je vais au concert de jazz avec mon copain, **ce soir**.
② Je vais au concert de jazz **ce soir** avec mon copain.
③ **Ce soir**, je vais au concert de jazz avec mon copain.

❾ 副詞 très 與一些片語連用 : avoir faim (soif, chaud, froid, peur, envie, besoin), faire attention

① Nous avons **très** faim (soif, chaud, froid, peur).
② Je suis très fatigué et j'ai **très** envie d'un café pour me réveiller.
③ On doit faire **très** attention en traversant la rue.

Dialogue ／對話

19

Des étudiants étrangers se retrouvent pour déjeuner au restaurant. Chacun partage son impression des habitudes des Français à table.

Craig : *Ça fait du bien*[49] de se retrouver tous ensemble pour déjeuner !

Anaïs : N'est-ce pas ! ***Très*** bon choix, en tout cas ! Ce restaurant est plein à craquer !

Yukari : Oui, il a l'air de ***bien*** marcher ! Il y a ***souvent*** la queue ***devant***.

Craig : Tu connais ce restaurant, Yukari ?

Yukari : Oui, dans mon guide, ils disent que c'est un restaurant ***typiquement*** français, pas ***trop*** cher. Le chef cuisine ***passionnément*** ses plats, donc le service n'est pas ***très*** rapide. Mais c'est ***vraiment*** un bon endroit pour découvrir la culture française. Nous, les Japonais, nous adorons ce genre de restaurant !

Craig : Nous, aux États-Unis, on a beaucoup de restaurants français mais pas comme ici !

Anaïs : C'est intéressant. C'est ***très*** différent, la façon de manger en France et aux États-Unis ?

49. Expression : *Ça fait du bien de* + verbe à l'infinitif = C'est agréable de + verbe à l'infinitif.

Craig : Oui. Les Français se retrouvent ***souvent*** autour de la table pour discuter et partager un bon repas. Aux États-Unis, chacun mange sur le pouce, ***très rapidement***, on a ***rarement*** l'occasion de se croiser à table ou de prendre le temps pour ça !

Yukari : Au Japon, c'est différent. Les Japonais finissent ***souvent*** de travailler ***tard*** donc, en général, on se retrouve le soir entre collègues pour manger et boire. Au Japon, il y a ***partout*** des petits restaurants pour boire et manger au comptoir. En France, les gens ont beaucoup de temps libre, ils peuvent déjeuner ***ensemble*** et ***surtout*** ils dînent ***souvent*** avec leurs amis le soir. Au Japon, on ne peut pas imaginer ça.

Craig : Aux États-Unis non plus, ***particulièrement*** au moment du déjeuner, les Français prennent 1h ou plus, n'est-ce pas, Anaïs ?

Anaïs : Heu, je pense que ça dépend des entreprises... ***Personnellement***, je n'ai ***jamais*** eu 2h pour déjeuner. ***Bien souvent***, je suis en face de mon ordinateur avec un sandwich...C'est ce qu'on appelle la « mal-bouffe ».

Yukari : Oui, j'ai ***déjà*** entendu cette expression ! Les Français sont ***très*** sérieux au sujet de la nourriture !

Craig : Aux États-Unis, on ne se pose pas trop de questions. Manger ***rapidement*** et ***bon marché***, c'est le plus important !

Anaïs : À propos, où est notre serveur ? On ne sera ***jamais*** à l'heure pour l'expo !

Exercice／練習

Complétez les phrases en utilisant les adverbes suivants : *particulièrement, jeune, dehors, régulièrement, faux, déjà, suffisamment, partout, près, fréquemment.*

❶ Tu sais où se trouve le restaurant ? Oui, il est tout ...... de la plage.

❷ En France, on peut trouver des kiosques à journaux ...... dans les rues.

❸ Tu viens déjeuner avec nous ? - Non, allez-y sans moi, j'ai ...... mangé !

❹ Les Français ont peur d'aller au karaoké car ils trouvent qu'ils chantent ....

❺ Le professeur a ...... répété la leçon, il est temps de faire un examen.

❻ Ma mère refuse de vieillir, elle continue à s'habiller ....

❼ Tu sais où se trouvent les toilettes ? - Oui, elles sont ...... ?

❽ Alors, cette exposition Van Gogh ? - Et bien, j'ai été ...... impressionné par les couleurs, surtout celles des Tournesols.

❾ Pour bien apprendre une langue, il est important de pratiquer ....

❿ Tu connais ce restaurant ? - Oui, j'y vais assez ....

Simulation／演練

❶ Donnez votre image de la France et de la culture française en utilisant les adverbes présentés précédemment.

❷ Faites la liste de vos habitudes en utilisant les adverbes de temps.

❸ Quand et comment mangent les gens dans votre pays ? Donnez quelques exemples.

Fenêtres sur la France
法國之窗

Gratin dauphinois

Tarte aux escargots

Poulet aux morilles

Civet de lapin

Tomates farcies et légumes vapeur sauce à la crème et à la ciboulette

Chapitre XVIII

第十八章

Les prépositions

介系詞

Idée générale／概念

介系詞之種類很多，包括動詞與形容詞之後接介系詞、表達時間、地點、方式、原因、跟片語或與成語連用等等的介系詞。在本章我們將介系詞分三類解釋：

- 表達時間。
- 表達地點。
- 在第三類中有某些介系詞在前兩類出現過，雖同字但用法不同。

表四十九　介系詞

種類	用法
❶ 地點介系詞 (**Prépositions de lieu**)	
à	前往某地 (→) / (在某地) : ① + 城市。 ② + 子音起首的單數陽性國名，à → **au**。 ③ + 複數陽性國名，à → **aux**。 ④ + 陽性地名，à → **au**。 ⑤ + 島嶼 (無冠詞)，**à**。
de	從某個國家、城市來；從某地出發 (←) : ① + 城市。 ② + 陰性國名或陰性法國地區名 (région)，就用 **de (d')**。 ③ + 母音起首的陽性國名或陽性法國地區名 (région)，就用 **d'**。 ④ + 子音起首的陽性國名或陽性法國地區名 (région)，就用 de → **du**。 ⑤ + 複數陽性國名，de → **des**。 ⑥ + 陽性地名，de → **du**。 ⑦ + 島嶼 (無冠詞) ，**de**。
en	前往 (在) 某個國家、城市、某地 : ① + 陰性國名或母音起首的陽性國名。 ② + 陰性或母音起首的陽性法國地區名 (région)。
de…à (du...à)	① 從某地到某地。
dans	① 人或東西在一個空間裏。 ② + 子音起首的陽性法國地區名 (région) 或複數的地區名。
sur	人或東西在…之上 (人或東西之間是無距離的貼在上面) 。
sous	人或東西在…之下 (人或東西之間是無距離的貼在下面)。
devant	人或東西在…之前。
derrière	人或東西在…之後。
chez	去…家裡，在…住所。
par	經過某地，可與動詞 passer 連用。

種類	用法
vers	朝某方向。
jusqu'à / jusqu'au	直到某地。 ★注意 : Jusqu'à + **le** + nom → jusqu'au + nom
entre	在…之間。
près de	靠近。
loin de	遠於。
au-dessus de	在…之上 (人或東西之間有距離) 。
au-dessous de	在…之下 (人或東西之間有距離) 。
au milieu de	在…中間。
en face de	面對。
à côté de	在…旁邊。
autour de	在…周圍 (四周)。
❷ 時間介系詞 **(Prépositions de temps)**	
à	① 在幾點。 ② 在哪一天 (何時)。
de … à	① 從幾點到幾點。 ② 從何時到何時 ★注意 : de + le → du /à + le → au。
par	+ 時間（年、月、星期）。
dans	…在未來多少時間之後 : 幾分鐘 (小時)、幾天 (星期、月、年) 之後。
en	在過去花多少時間完成某事。
pour	從此時到未來共計多少時間。
pendant	在…期間。
depuis	自…以來。
avant	在…之前。
après	在…之後。
vers	大約。

種類	用法
❸ 其他介系詞 **(D'autres prépositions)**	
à	搭乘交通工具 (無門的交通工具)。
en	① 搭乘交通工具 (有門的交通工具)。 ② 表質料或材料。
	③ 與季節配合。 ★注意 : au printemps ④ 用甚麼語言。
sur	① 在…之中 (比例關係)。 ② 關於。
par	藉由甚麼方法。
avec	① 有。 ② 與某人。
sans	① 沒有 ② 不與某人。
pour	為某人。
contre	① 靠著。 ② 反對。
au-dessus de	高於。
au-dessous de	低於。

Exemples ／例句

❶ 地點介系詞 (Prépositions de lieu)

à

① Je vais (suis) **à** Paris. / **à** Rome / **à** New York etc.

② Je vais (suis) **au** Canada. / **au** Japon / **au** Portugal / **au** Danemark / **au** Luxembourg / **au** Brésil / **au** Cameroun etc.

③ Je vais (suis) **aux** États-Unis. / **aux** Pays-Bas / **aux** Philippines / **aux** Baléares / **aux** Antilles etc.

④ Je vais (suis) **au** café. / **au** restaurant / **au** concert etc.

⑤ Je vais (suis) **à** Taïwan. / **à** Madagascar / **à** Cuba / **à** Porto Rico etc.

de

① Elle vient **de** Paris. / **de** Rome / **de** New York etc.

② Elle vient **de** France. / **de** Chine / **de** Corée / **d'**Italie / **d'**Espagne / **d'**Allemagne / **de** Provence / **de** Bretagne / **d'**Alsace / **d'**Aquitaine etc.

③ Elle vient **d'**Israël. / **d'**Iran / **d'**Irak / **d'**Anjou etc.

④ Elle vient **du** Canada. / **du** Japon / **du** Portugal / **du** Danemark / **du** Luxembourg / **du** Brésil / **du** Cameroun / **du** Périgord etc.

⑤ Elle vient **des** États-Unis. / **des** Pays-Bas / **des** Philippines etc.

⑥ Elle vient **du** café. / **du** restaurant / **du** concert etc.

⑦ Elle vient **de** Taïwan. / **de** Madagascar / **de** Cuba / **de** Porto-Rico etc.

en

① Il va (est) **en** France. / **en** Chine / **en** Corée / **en** Italie / **en** Espagne / **en** Allemagne / **en** Iran / **en** Irak / **en** Israël / **en** Afganistan etc.

② Il va **en** Alsace. / **en** Provence / **en** Bretagne / **en** Champagne / **en** Anjou etc.

de... à (du...à)

① Je pars **de** Taïpei **à** Taichung en voiture.

dans

① Les papiers sont **dans** le tiroir.
Les spectateurs sont **dans** la salle.

② La ville Clermont-Ferrand se trouve **dans** le Massif Central.

sur

① Son livre est **sur** la table.
② Les touristes sont **sur** le pont.

sous

① Les jouets sont **sous** son lit.
② Nous avons pique-niqué **sous** les arbres.

devant

① Les mariés sont **devant** l'église.
② J'ai planté beaucoup de fleurs **devant** la maison.

derrière

① Il y a des vignes **derrière** chez moi.
② Y a-t-il quelqu'un **derrière** moi ?

chez

① Il est temps d'aller **chez** le coiffeur.
② J'ai pris rendez-vous **chez** le médecin.

par

① Pourriez-vous passer **par** la pharmacie pour m'acheter de l'aspirine ?
② Je passe souvent **par** ici pour aller au bureau.

vers

① N'allez par **vers** Paris, il y a beaucoup d'embouteillages.
② Tout le monde se dirige **vers** elle pour la saluer.

jusqu'à / jusqu'au

① Je vous accompagne **jusqu'à** la gare si vous voulez.

② Va **jusqu'au** bout de la rue, tu verras le magasin.

entre

① La bibliothèque se trouve **entre** la banque et la boulangerie.

② Je ne sais pas quoi choisir **entre** les deux.

près de

① Les touristes se reposent **près de** la fontaine.

② **Près de** chez moi, il n'y pas de métro.

loin de

① Ce village est **loin de** tout.

② Je pense beaucoup à ma famille car je suis **loin de** mon pays.

au-dessus de

① Son bureau est **au-dessus de** sa chambre.

au-dessous de

① Orléans est **au-dessous de** la région parisienne.

au milieu de

① En France, il y a toujours une composition florale **au milieu des** ronds-points.

② Des enfants s'amusent **au milieu de** la rue, c'est dangereux.

en face de

① De nombreux pavillons sont construits **en face de** la mer.

② Quelqu'un s'est assis **en face de** moi.

à côté de

① Mettez ces plantes **à côté de** la fenêtre.
② Ils habitent **à côté de** chez nous.

autour de

① Il y a des grilles **autour du** parc.
② Les chiens courent **autour de** la maison.

❷ 時間介系詞 (Prépositions de temps)

à

① **À** quelle heure dînes-tu le soir ?
② On se verra demain ? – Oui, **à** demain.

de … à

① Hier, j'ai eu cours **de** 10h **à** 11h seulement.
② Nous travaillons **du** lundi **au** vendredi.

par

① Elle fait du shopping trois fois **par** semaine.
② Nous voyageons à l'étranger une fois **par** an.

dans

① Nous arriverons chez vous **dans** 2 heures.
② Je reviens **dans** 5 minutes.

en

① **En** combien de temps avez-vous fini ce puzzle ?
② Le garagiste a réparé ce pneu **en** un quart d'heure.

pour

① Je pars à l'étranger **pour** 6 mois.

② **Pour** combien de temps resterez-vous à Nice ?

pendant

① La femme de ménage a rangé toutes les chambres **pendant** toute la matinée.

② Il a plu **pendant** la semaine, c'est déprimant.

depuis

① Nous habitons dans ce quartier **depuis** deux ans.

② **Depuis** combien de temps connaissez-vous la famille Roblet ?

avant

① Il faut finir ce travail **avant** lundi.

② Nous arriverons au restaurant **avant** midi.

après

① Elle se couche souvent **après** minuit.

② On s'appellera **après** demain ?

vers

① Ils arrivent souvent en retard, **vers** 9h10 en général.

② On peut se donner rendez-vous **vers** midi, qu'en penses-tu ?

❸ 其他介系詞 (D'autres autres prépositions)

à

① Tous les jours elle va au travail **à** pied / **à** bicyclette / **à** moto.

en

① Je n'aime pas voyager **en** train / **en** avion.
- Il va travailler **en** TGV / **en** bus / **en** taxi / **en** voiture / **en** tramway.
- Ça doit être intéressant de voyager **en** croisière / **en** bateau.

② Cette chemise est **en** coton / **en** soi / **en** nylon / **en** synthétique.
- Cette maison est **en** béton / **en** bois / **en** pierre / **en** métal etc.
- Cette bague est **en** argent / **en** or.

③ En France, **en** hiver, il neige souvent en montagne, **en** été des fleurs fleurissent partout au parc et **en** automne les feuilles jaunissent.

④ C'est difficile d'écrire une lettre **en** français si on apprend le français depuis peu de temps.
- Ce film est sous-titré **en** chinois.

sur

① À Taïwan, les supérettes sont ouvertes 24 heures **sur** 24.

② Hier, nous sommes allés voir une exposition **sur** les animaux rares.

par

① Nous avons trouvé ce studio **par** petites annonces.

② Je pense envoyer ce paquet **par** la poste.

avec

① Nous sommes partis en voyage **avec** un peu d'argent.

② D'habitude, à midi il déjeune **avec** ses collègues.

sans

① Je prendrai une glace mais **sans** chantilly !

② Elles sont allées au concert **sans** leurs enfants.

pour

① Demain, nous allons choisir un cadeau **pour** Béatrice.

② Nous sommes venus à Venise **pour** toi.

contre

① J'ai posé ton sac **contre** le dossier de la chaise.

② Certains employés sont **contre** la décision de la direction, c'est pour ça ils font la grève.

au-dessus de

① À Taïwan, la température est **au-dessus de** zéro pendant toute l'année.

au-dessous de

① Ses notes sont fort **au-dessous de** la moyenne de la classe.

Dialogue ／對話 20

Deux amis se retrouvent sur le marché pour faire les courses... c'est la première fois pour Sandrine, étudiante américaine.

Cédric : Sandrine, comment vas-tu ?

Sandrine : Bien et toi ?

Cédric : Bien, merci. Tu sais, j'aime beaucoup ce marché.

Sandrine : Ah oui ? Pourquoi ?

Cédric : Et bien, tout d'abord, il est ***à côté de*** l'arrêt de bus, c'est très pratique. Et puis, il est ouvert ***de*** 8h ***à*** 13h non-stop. Enfin, ***à partir de*** midi, tout est à moitié prix !

Sandrine : Ah bon ?! Mais pourquoi ?

Cédric : Tout simplement parce que les marchands préfèrent rentrer ***avec*** moins de marchandises ***dans*** leurs camions!

Sandrine : Ah, je comprends...Dis-moi, les fruits et les légumes ***sur*** le marché sont produits ***en*** France ?

Cédric : Non, malheureusement. Beaucoup viennent ***d'***Espagne ou ***d'***Italie.

Sandrine : Oui, comme les fruits exotiques...

Cédric : Pas tout à fait, les fruits exotiques viennent parfois ***de*** France. Les bananes, par exemple, viennent ***de*** Martinique. C'est un département français ***dans*** les Caraïbes...

Sandrine : Ah, je vois ! Mais alors, les gens utilisent l'euro ***en*** Martinique aussi ?!

Cédric : Oui ! Et aussi ***en*** Guyane française, ***en*** Amérique du sud. Et ***à*** la Réunion ***près de*** Madagascar...

Sandrine : Incroyable !

Cédric : Allez, dépêchons-nous de finir les courses ***avant*** la fin du marché !

Sandrine : Oui, allons-y !

Exercice ／練習

Complétez avec les prépositions qui conviennent :

❶ Où vas-tu ? - Je rentre ...... moi !

❷ Quelle est sa nationalité ? - Elle vient ...... Italie.

❸ Je vais travailler ...... vélo la plupart du temps. Mon entreprise est ...... 15 minutes seulement de chez moi.

❹ Elle habite à Lyon ...... 5 ans, elles est venue ici pour faire ses études.

❺ Beaucoup de gens n'aiment pas cet homme politique, ils sont ...... la plupart de ses projets.

❻ Je fais du sport 4 fois ...... semaine en général !

❼ Que fais-tu ce soir ? - Ce soir, je dîne ...... des amis.

❽ Excusez-moi, où se trouve le métro ? - ...... la boulangerie !

❾ En cas de besoin, vous pouvez me joindre à mon bureau ...... 19h.

❿ Notre magasin est ouvert ...... lundi ...... samedi, ... 10h ...... 20h non-stop !

Simulation ／演練

❶ Quel est votre endroit préféré dans votre ville ? Pourquoi ? Où est-ce ? *(Utilisez le verbe « aimer » et les connecteurs logiques « tout d'abord », « et puis », « enfin »)*

❷ Vous sortez de chez vous, un passant vous demande son chemin, vous lui indiquez l'arrêt de bus ou de métro le plus proche. *(Utilisez au moins 4 prépositions de lieu)*

❸ Décrivez votre chambre à votre voisin(e). Il / elle la dessine.

Fenêtres sur la France
法　國　之　窗

Sur le marché, des tartes salées.

Un stand de fromages sur un marché en Charente

Un stand de charcuterie corse sous un marché couvert

Chapitre XIX
第十九章
L'interrogation
疑問句

Idée générale ／概念

法文中有多種不同意思的疑問句，其用法簡單，對學習者不會造成太大的困擾。當你跟對方提問題時，應該運用哪些疑問句呢？

在本章我們將以兩大類型疑問句為主：

一、置於句首之疑問詞 (**Pourquoi** apprenez-vous le français ?) (表五十)

二、疑問詞與介系詞連用 (**Depuis quand** apprenez-vous le français ?) (表五十一)

以下列表依序舉例第一類型疑問句之十二個種類、詞性與用法：

Règle／規則

表五十　句首之疑問詞

種類	詞性	用法
❶ Est-ce que... ? (是否？)		想了解對方各種情況：是否喜歡法文？是否想去看電影…等等。
❷ Où ?（甚麼地方？）	副詞	問對方去哪裡、住在哪裡…等等。
❸ Comment ?（如何？）	副詞	問對方叫什麼名字、近況、容貌、如何付款、如何前往某地、如何做什麼事…等等。
❹ Quand ?（何時？）	副詞	問日期。
❺ Combien ?（多少？多少錢？）	副詞	問身高、體重、價錢…等等。
❻ Pourquoi ?（為什麼？）	副詞	問原因。
❼ Qui (= Qui est-ce qui) ?（誰？） **Qui est-ce ?（誰？）**	代名詞當主詞	問甚麼人。
❽ Qui (= Qui est-ce que) ?（誰？）	代名詞當直接受詞	問甚麼人。
❾ Qu'est-ce qui ? （甚麼東西或事情？）	代名詞當主詞	問甚麼東西或事情。
❿ Que (= Qu'est-ce que) ? （甚麼東西或事情？） **Qu'est-ce que c'est ?** **（這是甚麼東西？）**	代名詞當直接受詞	問甚麼東西或事情。
⓫ Quel, Quelle, Quels, Quelles （哪一位 (個) …？）	形容詞	後接單數或複數名詞（人、物、事與地）。
⓬ Lequel, Laquelle, Lesquels, Lesquelles （哪一位 (個) …？）	代名詞當直接受詞	代替之前提過的名詞（人、物、事與地）。

Construction／句型

- Est-ce que + 主詞 + 動詞 … ?
- Qu'est-ce que + 主詞 + 動詞 … ?
- 疑問詞 + 動詞 + 主詞… ?
- 疑問詞 + 主詞 + 動詞… ?（口語式法文）
- Quel (Quelle, Quels, Quelles) + 名詞 + 動詞 + 主詞 ?
- Quel (Quelle, Quels, Quelles) + 動詞 (être) + 所有格形容詞 + 名詞… ?
- Lequel (Laquelle, Lesquels, Lesquelles) + 動詞 + 主詞 ?

Exemples／例句 (三種方式提問)

❶ Est-ce que

① Aimes-tu la musique française ?
Est-ce que tu aimes la musique française ?
Tu aimes la musique française ?
- Oui, beaucoup.

② Parle-t-elle allemand ?
Est-ce qu'elle parle allemand ?
Elle parle allemand ?
- Oui, un peu.

③ Mangent-ils du fromage ?
Est-ce qu'ils mangent du fromage ?
Ils mangent du fromage ?
- Non, pas du tout.

❷ Où

① **Où** se trouve la station de métro la plus proche, s'il vous plaît ?
Où est-ce que se trouve la station de métro la plus proche, s'il vous plaît ?
La station de métro la plus proche est **où**, s'il vous plaît ?
- C'est à deux pas d'ici !

② **Où** habitez-vous ?

Où est-ce que vous habitez ?

Vous habitez **où** ?

- J'habite à Taïpei.

③ **Où** allons-nous ?

Où est-ce que nous allons ?

Nous allons **où** ?

- Nous allons au restaurant. / Nous allons dîner au restaurant.

❸ Comment

① **Comment** allez-vous ?

Comment est-ce que vous allez ?

Vous allez **comment** ?

- Très bien, merci.

② **Comment** est Jacques ?

Jacques est **comment** ?

- Il est grand, beau et gentil.

③ D'habitude, **comment** vas-tu au travail ?

Comment est-ce que tu vas au travail ?

Tu vas au travail **comment** ?

- J'y vais en métro.

❹ Quand

① **Quand** partez-vous en vacances ?

Quand est-ce que vous partez en vacances ?

Vous partez en vacances **quand** ?

- La semaine prochaine.

② **Quand** déménagent-elles ?

Quand est-ce qu'elles déménagent ?

Elles déménagent **quand** ?

- Demain.

③ **Quand** Antoine va-t-il se marier ?

Quand est-ce qu'Antoine va se marier ?

Antoine va se marier **quand** ?

- Au mois de juin !

❺ Combien

① **Combien** mesures-tu ?

Combien est-ce que tu mesures ?

Tu mesures **combien** ?

- Je mesure un mètre soixante-dix.

② **Combien** coûte cette montre ?

Combien est-ce que cette montre coûte ?

Cette montre coûte **combien** ?

- Elle coûte 350 euros.

③ **Combien** pèse-t-il ?

Combien est-ce qu'il pèse ?

Il pèse **combien** ?

- Il pèse 60 kilos.

❻ Pourquoi

① **Pourquoi** n'achètes-tu pas un SmartPhone ? C'est plus pratique.

Pourquoi est-ce que tu n'achètes pas un SmartPhone ? C'est plus pratique.

Pourquoi tu n'achètes pas un SmartPhone ? C'est plus pratique.

- Parce que je n'en ai pas besoin.

② **Pourquoi** apprenez-vous le français ?

Pourquoi est-ce que vous apprenez le français ?

Pourquoi vous apprenez le français ?

- Pour aller étudier en France !

③ **Pourquoi** n'aime-t-elle pas la musique classique ?

Pourquoi est-ce qu'elle n'aime pas la musique classique ?

Pourquoi elle n'aime pas la musique classique ?

- Parce qu'elle préfère le rock !

❼ Qui (= Qui est-ce qui)

① **Qui (= Qui est-ce qui)** a cassé ce miroir ?

- C'est mon frère.

② **Qui (= Qui est-ce qui)** viendra à ton anniversaire ?

- Beaucoup d'amis

③ **Qui est-ce ? / C'est qui ?**

- C'est mon cousin.

❽ Qui (= Qui est-ce que)

① **Qui** avez-vous invité pour le dîner ?

Qui est-ce que vous avez invité pour le dîner ?

Vous avez invité **qui** pour le dîner ?

- Mes collègues de bureau.

② **Qui** attends-tu ?

Qui est-ce que tu attends ?

Tu attends **qui** ?

- J'attends mon copain.

③ **Qui** dessine-t-elle ?

Qui est-ce qu'elle dessine ?

Elle dessine **qui** ?

- Elle dessine sa famille.

❾ Qu'est-ce qui

① **Qu'est-ce qui** se passe ?

- Rien, ils se disputent, c'est tout.

② **Qu'est-ce qui** intéresse les étudiants ?

- Aujourd'hui, c'est chatter sur les réseaux sociaux[51] !

---

51. Un réseau social est un espace sur Internet où les amis se rejoignent tels que Facebook, Twitter. Il existe aussi des réseaux professionnels comme Viadéo en France.

③ Parmi ces cadeaux, **qu'est-ce qui** te ferait plaisir ?

- Je peux tout prendre ?

⑩ Que (= Qu'est-ce que)

① **Que** fais-tu comme sport ?

Qu'est-ce que tu fais comme sport ?

- Je fais de la natation.

② **Que** dit-elle ?

Qu'est-ce qu'elle dit ?

- Elle dit qu'elle n'est pas d'accord.

③ **Qu'est-ce que c'est ?**

- C'est un lecteur DVD.

⑪ Quel, Quelle, Quels, Quelles

① **Quel** est votre acteur français préféré ?

- Romain Duris !

② **Quelle** est votre actrice française préférée ?

- Audrey Tautou, bien sûr !

③ **Quels** cadeaux choisit-on pour la fête des mères ?

Quels cadeaux est-ce qu'on choisit pour la fêtes des mères ?

On choisit **quels** cadeaux pour la fête des mères ?

- J'ai acheté un bouquet de fleurs.

④ **Quelles** sortes de fleurs choisit-on pour la fête des amoureux ?

Quelles sortes de fleurs est-ce qu'on choisit pour la fête des amoureux ?

On choisit **quelles** sortes de fleurs pour la fête des amoureux ?

- Des roses rouges !

⑫ Lequel, Laquelle, Lesquels, Lesquelles

① Il y a deux menus, **lequel** prends-tu ?

Il y a deux menus, **lequel** est-ce que tu prends ?

Il y a deux menus, tu prends **lequel** ?

- Je prends le menu à 15 euros.

② Voici deux montres, **laquelle** préfères-tu ?

Voici deux montres, **laquelle** est-ce que tu préfères ?

Voici deux montres, tu préfères **laquelle** ?

- Je préfère l'argentée.

③ Parmi ces romans, **lesquels** achète-t-elle ?

Parmi ces romans, **lesquels** est-ce qu'elle achète ?

Parmi ces romans, elle achète **lesquels** ?

- Le Petit Prince et Notre-Dame de Paris.

④ Parmi ces fleurs, **lesquelles** prend-il ?

Parmi ces fleurs, **lesquelles** est-ce qu'il prend ?

Parmi ces fleurs, il prend **lesquelles** ?

- Il prend des orchidées.

Dialogue ／對話

Au département de français, la professeure Julia Yang présente le nouvel assistant de français à un étudiant de quatrième année, Joël.

Julia : Joël, je te présente notre nouvel assistant de français.

Joël : Enchanté, ***comment*** vous appelez-vous ?

Julia : Allons, Joël, tu peux le tutoyer quand même !

Julien : Enchanté ! Oui vraiment, n'hésite pas à me tutoyer c'est plus sympa. ***Quand*** est-ce que tu as commencé à apprendre le français ?

Joël : Il y a quatre ans. Mais je ne parle pas encore très bien…et toi, ***où*** est-ce que tu as appris le chinois ?

Julien : Sur Internet…mais tu sais, je ne parle pas vraiment... J'ai juste des notions. ***Qu'est-ce que*** tu fais le week-end en général ?

Joël : Pas grand-chose. Je vais surtout faire du vélo. Ça te dit ?

Julien : Oui, bonne idée ! J'en faisais beaucoup à Paris, surtout avec le Vélib' !

Joël : ***Qu'est-ce que c'est*** « Vélib' » ?

Julien : C'est comme le « U-bike » à Taïpei, ce sont des vélos à louer. Il y en a partout à Paris ! ***Qu'est-ce que*** tu me recommandes comme parcours ?

Joël : Tu peux venir en vélo jusqu'à l'université, en longeant la rivière, si tu veux.

Julia : Et bien, je vois que vous faites vite connaissance !

Exercice ／練習

Trouvez les pronoms personnels qui conviennent dans les phrases suivantes :

❶ ...... est-ce que vous avez commencé le français ? - En 1998.

❷ ...... tu me recommandes dans ce restaurant ? - Le foie gras, il est excellent !

❸ ...... apprenez-vous le chinois ?

- Parce que c'est une langue vraiment mystérieuse.

❹ ...... as-tu perdu de kilos avant les vacances ?

- J'ai perdu 4 kilos en deux semaines seulement !

❺ ...... est-ce que vous pensez voyager en France ? - En Provence !

❻ ...... tu préfères ? La veste rouge ou bleue ? - La rouge est chouette !

❼ ...... avez-vous choisi pour l'élection présidentielle ? - C'est un secret...

❽ ...... sont les Français en général ? - Il y a de tout, ça dépend vraiment des gens !

❾ Entre le français et le chinois,...... est le plus facile d'après toi ?

- Le chinois bien sûr ! il n'y a pas toutes ces conjugaisons comme en français !

❿ ...... est sa nationalité ? – Elle est peut-être française.

Simulation ／演練

❶ Vous faites une enquête : Allez dans la classe et demandez à vos camarades pourquoi ils apprennent le français, qu'est-ce qu'ils aiment dans cette langue, comment ils étudient le français et qui est leur acteur / actrice ou personnage célèbre français(e) préféré(e).

❷ Les Taïwanais et les vacances : vous écrivez un article pour un journal universitaire français sur le sujet, allez dans la classe pour chercher ces informations : Où est-ce que les Taïwanais aiment partir en vacances ? Qu'est-ce qu'ils aiment faire ? Comment partent-ils ? Qui organise le voyage ? Combien dépensent-ils en moyenne pour leur voyage ? Quand est-ce qu'ils préfèrent partir durant l'année ?

❸ En groupe, une personne choisit son personnage célèbre préféré (peu importe la nationalité), les autres essaient de deviner de qui il s'agit en posant des questions à l'aide des interrogatifs de la leçon.

Idée générale ／概念

第二類型有哪些疑問詞可以與介系詞連用？例如： **À qui** parlez-vous ? **De quoi** parles-tu ? **À qui** pensez-vous ? **À quoi** penses-tu ? 原則上，這些介系詞都與動詞結構(parler à qqn, parler de qqch, penser à qqn, penser à qqch etc.)有關係。茲以前面表五十疑問詞種類為例，列舉可與介系詞連用之範例，並依序舉例：(x 號表示不接介系詞)

Règle／規則

表五十一　疑問詞與介系詞連用

種類	不接介系詞	介系詞 + 疑問詞	疑問詞 + 介系詞
❶ Est-ce que... ?	x		
❷ Où ?		D'où, Par où,	
❸ Comment ?	x		
❹ Quand ?		Depuis quand, Jusqu'à quand…	
❺ Combien ?		Pendant combien de temps... Depuis combien de temps... Pour combien de temps...	Combien de...
❻ Pourquoi ?	x		
❼ Qui (= Qui est-ce qui) ?		À qui, De qui, Avec qui, Pour qui, Chez qui...	
❽ Qui (= Qui est-ce que) ?	x		
❾ Qu'est-ce qui ?	x		
❿ 注意 : ★ Quoi ?		À quoi, De quoi, Avec quoi...	
⓫ Quel, Quelle, Quels, Quelles		Pour (de, à, dans...) quel / quelle / quels / quelles	
⓬ Lequel, Laquelle, Lesquels, Lesquelles		Dans (pour, avec...) lequel / laquelle / lesquels / lesquelles ★注意 : ⓭ De + lequel → Duquel De + lesquels → Desquels De + lesquelles → Desquelles À + lequel → Auquel À + lesquels → Auxquels À + lesquelles → Auxquelles	

Construction／句型

・介系詞 + 疑問詞 + 動詞 + 主詞…？
・主詞 + 動詞 + 介系詞 + 疑問詞 + …？（口語式法文）

Exemples／例句

❷ D'où, Par où

① **D'où** venez-vous ?
D'**où** est-ce que vous venez ?
Vous venez **d'où** ? (*venir de + un lieu*)
- Je viens du Sud-Ouest de la France.

② **Par où** veux-tu passer pour aller plus vite ?
Par où est-ce que tu veux passer pour aller plus vite ?
Tu veux passer **par où** pour aller plus vite ? (*passer par*)
- Je veux passer par la nationale car l'autoroute est bouchée.

❹ Depuis quand, Jusqu'à quand

① **Depuis quand** apprenez-vous le français ?
Depuis quand est-ce que vous apprenez le français?
Vous apprenez le français **depuis quand** ?
- J'apprends le français depuis le lycée.

② **Jusqu'à quand** restera-t-elle à Paris ?
Jusqu'à quand est-ce qu'elle restera à Paris ?
Elle restera à Paris **jusqu'à quand** ?
- Elle restera à Paris jusqu'à la semaine prochaine !

❺ Pendant (depuis, pour) combien de temps, combien de

① **Pendant combien de temps** resterez-vous à Taïpei ?
Pendant combien de temps est-ce que vous resterez à Taïpei ?

Vous resterez à Taïpei **pendant combien de temps** ?

- Je resterai à Taïpei pendant presque un mois.

② **Depuis combien de temps** fais-tu du basket ?

Depuis combien de temps est-ce que tu fais du basket ?

Tu fais du basket **depuis combien de temps** ?

- Depuis 6 ans, j'ai commencé au collège.

③ **Combien de** langues étrangères parles-tu ?

Combien de langues étrangères est-ce que tu parles ?

Tu parles **combien de** langues étrangères ?

- Je parle 3 langues, le français, le chinois et le taïwanais !

④ **Combien de** plats y a-t-il traditionnellement en France pour Noël ?

Traditionnellement, **combien de** plats est-ce qu'il y a pour Noël en France ?

Traditionnellement, il y a **combien de** plats pour Noël en France ?

- Et bien, ça dépend des régions.

❼ À qui, De qui, Avec qui, Pour qui, Chez qui

① **À qui** téléphones-tu ?

À qui est-ce que tu téléphones ?

Tu téléphones **à qui** ?

- Je téléphone à Sophie. (*téléphoner à qqn*)

② **De qui** parlez-vous ?

De qui est-ce que vous parlez ?

Vous parlez **de qui** ?

- Nous parlons de notre professeur. (*parler de qqn*)

③ **Avec qui** part-elle en vacances ?

Avec qui est-ce qu'elle part en vacances ?

Elle part en vacances **avec qui** ?

- Elle part avec sa famille. (*partir avec qqn*)

④ **Pour qui** organise-t-il cette fête ?

Pour qui est-ce qu'il organise cette fête ?

Il organise cette fête **pour qui** ?

- Il organise cette fête pour sa fiancée. (*organiser qqch pour qqn*)

⑤ **Chez qui** ont-elles déjeuné ?

Chez qui est-ce qu'elles ont déjeuné ?

Elles ont déjeuné **chez qui** ?

- Elles ont déjeuné chez leurs beaux-parents. (*déjeuner chez qqn*)

⑩ À quoi, De quoi, Avec quoi

① Tu es dans la lune, **à quoi** penses-tu ?

Tu es dans la lune, **à quoi** est-ce que tu penses ?

Tu es dans la lune, tu penses **à quoi** ?

- À rien. (*penser à qqch*)

② **De quoi** parlez-vous ?

De quoi est-ce que vous parlez ?

Vous parlez **de quoi** ?

- Nous parlons de nos examens de demain. (*parler de qqch*)

③ **Avec quoi** ouvre-t-on cette bouteille ?

Avec quoi est-ce qu'on ouvre cette bouteille ?

On ouvre cette bouteille **avec quoi** ?

- Avec ce tire-bouchon.

⑪ Pour (de, à, dans...) quel / quelle / quels / quelles

① **Pour quel** candidat allez-vous voter ?

Pour quel candidat est-ce que vous allez voter ?

Vous allez voter **pour quel** candidat ? (*voter pour qqn*)

- Je vais voter pour le nouveau parti !

② **De quel** instrument de musique savez-vous jouer ?

De quel instrument de musique est-ce que vous savez jouer ?

Vous savez jouer **de quel** instrument de musique ? (*jouer d'un instrument*)

- Je sais jouer du piano et de la guitare.

③ En général, **à quelle** heure les Français dînent-ils ?

En général, **à quelle** heure est-ce que les Français dînent ?

En général, les Français dînent **à quelle** heure ?

- En général, à 20h.

④ **Pour quelle** entreprise travaille-t-elle ?

Pour quelle entreprise est-ce qu'elle travaille ?

Elle travaille **pour quelle** entreprise ?

- Elle travaille pour une grande entreprise française à l'étranger.

⑤ **Dans quels** casiers met-on ces prospectus ?

Dans quels casiers est-ce qu'on met ces prospectus ?

On met ces prospectus **dans quels** casiers ?

- Dans la rangée du haut.

⑥ **Dans quelles** boîtes veux-tu ranger tout ça ?

Dans quelles boîtes est-ce que tu veux ranger tout ça ?

Tu veux ranger tout ça **dans quelles** boîtes ?

- Dans les boîtes vertes.

⑫ Dans (pour, avec...) lequel / laquelle / lesquels / lesquelles ———

① **Dans lequel** de ces restaurants mange-t-il tous les jours ?

Dans lequel de ces restaurants est-ce qu'il mange tous les jours ?

Il mange **dans lequel** de ces restaurants ?

- Dans le restaurant japonais.

② **Pour laquelle** de cette entreprise travaille-t-elle ?

Pour laquelle de cette entreprise est-ce qu'elle travaille ?

Elle travaille **pour laquelle** de cette entreprise ?

- Pour la banque française.

③ **Dans lesquelles** de ces cantines mangent-ils du lundi au vendredi ?

Dans lesquelles de ces cantines est-ce qu'ils mangent du lundi au vendredi ?

Ils mangent **dans lesquelles** de ces cantines du lundi au vendredi ?

- Dans les plus proches de son entreprise.

④ **Avec lesquelles** de ces tondeuses entretenez-vous pour la pelouse ?

Avec lesquelles de ces tondeuses est-ce que vous entretenez pour la pelouse ?

Vous entretenez pour la pelouse **avec lesquelles** de ces tondeuses ?

- Avec les rouges.

⑬ Duquel, Desquels, Desquelles, Auquel, Auxquels, Auxquelles —

① **Duquel** de ces clubs fais-tu partie ? (*faire partie de qqch*)
Duquel de ces clubs est-ce que tu fais partie ?
Tu fais partie **duquel** de ces clubs ?
- Je fais partie du club de gym.

② **Desquels** de ces dossiers l'employé doit-il s'occuper ? (*s'occuper de qqch*)
Desquels de ces dossiers est-ce que l'employé doit s'occuper ?
L'employé doit s'occuper **desquels** de ces dossiers ?
- Il doit s'occuper en priorité des dossiers de M.Durand.

③ As-tu vu mes lunettes ?
- **Desquelles** parles-tu ? (*parler de qqch*)
- **Desquelles** est-ce que tu parles ?
- Tu parles **desquelles** ?

④ **Auquel** de ces voyages organisés participent-elles ? (*participer à qqch*)
Auquel de ces voyages organisés est-ce qu'elles participent ?
Elles participent **auquel** de ces voyages organisés ?
- Au safari photo au Kenya.

⑤ **Auxquels** de ces matchs de sport assiste-t-il ? (*assister à qqch*)
Auxquels de ces matchs de sport est-ce qu'il assiste ?
Il assiste **auxquels** de ces matchs de sport ?
- Il assiste au match de foot.

⑥ Parmi ces matières, **auxquelles** t'es-tu inscrit ? (*s'inscrire à*)
Parmi ces matières, **auxquelles** est-ce que tu t'es inscrit ?
Parmi ces matières, tu t'es inscrit **auxquelles** ?
- Anglais, français, histoire et culture générale. Et toi ?

Dialogue／對話 (22)

Mathieu, inquiet pour sa sœur Mélanie qui vient d'arriver à Taïwan, lui présente une amie taïwanaise qui parle français, Nancy.

Mathieu : Mélanie, je te présente une de mes plus anciennes amies à Taïwan, Nancy.

Mélanie : Bonjour Nancy !

Nancy : Bonjour Mélanie, bienvenue à Taïwan !

Mélanie : Merci, Nancy ! Tu parles vraiment bien français, ça fait ***combien de temps*** que tu l'étudies ?

Nancy : Ça fait quelques années déjà…et toi, ***quand*** est-ce que tu commences les cours de chinois ?

Mélanie : La semaine prochaine, lundi à 8h…c'est un peu tôt…peut-être tu peux me renseigner et me dire ***où*** se trouve mon école ?

Nancy : Bien sûr, ***dans quelle*** école es-tu inscrite ? Montre-moi, (*Mélanie lui montre*) Ah, tu es à Shi-Da[52] ! ce n'est pas loin d'ici, on peut y aller après si tu veux ?

Mélanie : D'accord ! ***Combien de temps*** est-ce que ça prend pour y aller à partir d'ici ?

Nancy : Pas tant que ça, juste dix ou quinze minutes ! ***Est-ce que*** tu sais faire du vélo ?

Mélanie : Heu…oui, mais je n'en ai pas ici…***comment*** est-ce qu'on peut aller jusqu'à Shi-Da sinon ?

Nancy : En métro ou en bus, c'est possible aussi. Tu as une YouYou card ?

Mélanie : ***Qu'est-ce que c'est ?***

Nancy : C'est une carte avec laquelle tu peux prendre le bus ou le métro, c'est comme la carte Navigo à Paris.

Mélanie : Ah, moi, je ne viens pas de Paris.

Nancy : Ah bon ? Tu viens ***d'où*** en France?

Mélanie : Je viens du Sud de la France, près de Marseille.

---

52. Shi-Da est le nom d'une université connue à Taïpei et désigne aussi le quartier autour de cette université qui est animé le soir. Les jeunes gens s'y retrouvent pour manger ou faire du shopping.

Nancy : Génial ! J'adore cette région ! J'y suis déjà allée deux fois, j'ai voyagé un peu dans la campagne en vélo…les paysages sont si beaux !

Mélanie : Ne dis pas ça ! ça me manque déjà ! ha ha !…***Avec qui*** est-ce que tu y es allée ?

Nancy : Toute seule…j'adore voyager seule.

Mélanie : Whaou ! Tu es géniale, Nancy ! Je suis vraiment contente de faire ta connaissance ! On va prendre un café ?

Nancy : Bonne idée !

Mathieu : J'en connais un pas mal[53] dans le coin.

Mélanie : C'est parti !

Exercice ／練習

Trouvez les mots interrogatifs qui conviennent dans les phrases suivantes :

❶ ...... étudiez -vous à Paris ? - Depuis 2 ans environ.

❷ ...... vient cet objet ? - D'Amérique Latine, c'est une pièce unique !

❸ ...... les Taïwanais ont l'habitude de dîner le soir ? - Très tôt ! à 18h en général.

❹ Regarde-la ! Je me demande ...... elle pense ?

- Je crois qu'elle est amoureuse.

❺ ...... parc tu veux te promener ?

- Dans le parc Montsouris[54] , près de la Cité universitaire.

❻ ...... est-ce que tu vas passer le Nouvel An ?

- Avec des amis dans une péniche.

❼ Il y a ...... d'étudiants dans ta classe ?

- Environ trente-cinq.

53. *Pas mal* : langage parlé sinifiant "bien"

54. Le Parc Montsouris est situé dans le XIIIème arrondissement de Paris en face de la Cité Universitaire qui accueille des étudiants venant de tous les pays.

❽ Excusez-moi, j'ai entendu votre conversation, ... parlez-vous ?

- De monsieur Picart, il est arrivé la semaine dernière à Taïpei.

❾ Désolé, je ne connais rien en cuisine, ... je peux relever le goût du poulet ?

- Avec du gingembre ou du curry par exemple.

❿ Tu as tous les documents ?

- ...... tu parles ? - Les documents pour ta demande de visa !

Simulation ／演練

❶ Vous interviewez une célébrité, posez-lui des questions sur son enfance pour mieux la connaître.

❷ Vous présentez l'un à l'autre deux de vos amis, vous les aidez à faire connaissance en utilisant les interrogatifs des tableaux 50 et 51 ci-dessus.

❸ Vous êtes directeur des ressources humaines, vous auditionnez des candidats pour un poste ; vous cherchez à mieux connaître le ou la candidat(e).

Fenêtres sur la France
法　國　之　窗

Vélib', le système de location de vélo à Paris

Les pistes cyclables

Basilique Notre-Dame de la Garde, Marseille

Sud de la France, la ville de Sète

Sud de la France, le Lubéron

Chapitre XX
第二十章
Les pronoms relatifs
關係代名詞

Idée générale／概念

法文的關係代名詞都置於句中，作為連接的關鍵字，如同連接兩城之橋樑。

關係代名詞分簡單式 (simple) 與複合式 (composé) 兩種：第一種包括 *qui, que, où, dont*；第二種有 *lequel, laquelle, lesquels, lesquelles*。茲以表五十二與五十三列出關係代名詞簡單式與複合式之種類與用法，並依序舉例。

Règle ／規則

表五十二　簡單式關係代名詞

種類	用法
❶ qui	① 作為主詞 (sujet)，因此 qui 之後接動詞。 ② qui 之前的先行詞 (antécédent) 是人、動物、東西或事情之名詞。 ③ C'est + pronoms toniques (moi, toi, lui, elle, nous, vous, eux, elles) qui... ④ qui 之前可接任何介詞，此用法與動詞結構有關係。最常出現的介詞有 à, de, pour, avec, etc. 但 qui 之前的先行詞一定是人。 ⑤ qui 可以與指示代名詞 celui, celle, ceux, celles 連用。 ⑥ qui 可以與中性指示代名詞 ce 連用。Ce 代替前面提及的句子。雖然在 qui 前面加了 ce，也不影響 qui 當主詞的角色。
❷ que / qu'	① 作為直接受詞補語 ，因此 que 之後接主詞 + 動詞…。如果 que 之後的主詞是母音起首就要變成 qu'。 ② que 之前的先行詞是人、動物、東西或事情之名詞。 ③ C'est ...que... ④ que 之前不可接任何介詞。 ⑤ que 可以與指示代名詞 celui, celle, ceux, celles 連用。 ⑥ que 可以與中性指示代名詞 ce 連用。Ce 代替前面提及的句子。雖然在 que 前面加了 ce，也不影響 que 當直接受詞的角色。
❸ où	① 作為地方補語 (complément de lieu) 與時間補語 (complément de temps)，因此 où 之後接主詞 + 動詞…。 ② où 之前的先行詞是地方、時間之名詞或當副詞的 là。 ③ où 之前可接任何介詞，此用法與動詞結構有關係。最常出現的介詞有 de, par, etc.
❹ dont	① 代替由介系詞 de 引出的動詞、形容詞與名詞補語 (complément du verbe, de l'adjectif et du nom)。 ② dont 之前的先行詞是人、動物、東西或事情之名詞。 ③ dont 可以與指示代名詞 celui, celle, ceux, celles 連用。 ④ dont 可以與中性指示代名詞 ce 連用。Ce 代替前面提及的句子。雖然在 dont 前面加了 ce，也不影響 dont 當動詞與形容詞補語的角色。

Construction／句型

- 主詞 + 動詞 ... + qui + 動詞 ...
- 主詞 + 動詞 ... + que (qu') + 主詞 + 動詞 ...
- 主詞 + 動詞 ... + où + 主詞 + 動詞 ...
- 主詞 + 動詞 ... + dont + 主詞 + 動詞 ...
- 主詞 + 動詞 ... + 介系詞 + qui + 主詞 + 動詞 ...
- 主詞 + 動詞 ... + 介系詞 + où + 主詞 + 動詞 ...

Exemples／例句

❶ Qui

①② Nous t'apporterons un petit souvenir de France **qui** te fera plaisir.

先行詞 (東西)　主詞　動詞

- J'ai acheté la tartelette aux fraises **qui** était dans la vitrine.

先行詞 (東西)　主詞　動詞

③ C'est moi **qui** ai fait la vaisselle.

- C'est eux **qui** ont mangé tout le gâteau.

④ Eric est un ami sur **qui** tu peux compter. *(compter sur qqn)*

一位朋友　介系詞　動詞

- La jeune fille à **qui** vous avez parlé est ma soeur. *(parler à qqn)*

那位年輕女孩　介系詞　動詞

⑤ Ce film, c'est celui **qui** vient de sortir ?

指事代名詞 (指前面提過的電影)

- Voici des avocats, prends ceux **qui** sont mûrs.

指事代名詞 (指前面提過的酪梨)

- Il y a de jolies tomates, tu peux prendre celles **qui** viennent du Sud de la France.

指事代名詞 (指前面提過的蕃茄)

⑥ Actuellement, ce **qui** intéresse le plus les jeunes, c'est de chatter avec leurs amis.

- Dis-moi ce **qui** se passe !
- Ce **qui** est cher n'est pas forcément bien.

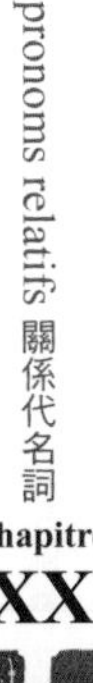

❷ Que (Qu')

①② Les livres **que** j'ai achetés hier sont très intéressants. *(acheter qqch)*
先行詞 (那些書) 動詞

- Le chien **qu'**elle aime est à Mme Labrune. *(aimer qqch)*
  先行詞 (那隻狗) 動詞

③④ C'est la chanson de Céline Dion **que** je préfère. *(préférer qqch)*
先行詞 (Céline Dion 的那首歌) 動詞

- C'est le plat **que** ma mère a préparé. *(préparer qqch)*
  先行詞 (那道菜) 動詞

⑤ Nous avons reçu ce paquet ; c'est celui **que** nous attendions depuis une
這個包裹 指事代名詞 (指前面提過的包裹)
semaine. *(attendre qqch)*

- Ces camarades de classe sont celles **que** je vois tous les jours. *(voir qqn)*
  這些同學 指事代名詞 (指前面提過的同學)

⑥ Sabine n'est jamais contente, c'est ce **que** je ne comprends pas.
(comprendre qqch)

- Dis-moi ce **que** tu veux. *(vouloir qqch)*
- Je ne comprends pas ce **que** tu dis. *(dire qqch)*

❸ Où

①② C'est là **où** on s'est rencontrés pour la première fois !
副詞 *(« où » 當地方補語)*

- Le quartier **où** nous vivons est très animé.
  先行詞 (地方) *(« où » 當地方補語)*
- 1980, c'est l'année **où** je suis arrivée en France pour la première fois.
  先行詞 (時間) *(« où » 當時間補語)*
- Le jour **où** elle est née est tombée sur la fête nationale.
  先行詞 (時間) *(« où » 當時間補語)*

③ La tour 101 est un endroit d'**où** on a un panorama extraordinaire de Taïpei.
(de + où 從何處) 先行詞 (地方)

• L'endroit par **où** je suis passé était désert. *(passer par + où 從何處經過)*
先行詞 (地方)

❹ Dont

①② C'est le film **dont** je t'ai parlé hier ! *(parler de qqch)*
先行詞 (東西) 動詞
(C'est le film. Je t'ai parlé hier de ce film, « dont » 當動詞補語)

- Voici le résultat **dont** elle est satisfaite. *(être satisfait(e) de qqch)*
  先行詞 (事情) 動詞
  (Voici le résultat, elle est satisfaite de ce résultat, « dont » 當形容詞補語)
- L'homme **dont** elle est amoureuse est parti au Pôle Nord !
  先行詞 (人) 動詞
  (être amoureux de qqn, « dont » 當形容詞補語)
- Tu as lu « L'Étranger » ? Il y a quelques passages **dont** je ne comprends pas le sens. 先行詞 (東西)
  (Il y a quelques passages, je ne comprends pas le sens de ces quelques passages, « dont » 當名詞補語)
- La maison **dont** les volets sont fermés est à vendre.
  先行詞 (東西)
  (La maison est à vendre, les volets de la maison sont fermés, « dont » 當名詞補語)

③ Il cherche une voiture française depuis quelques mois, il a enfin trouvé celle **dont** il rêvait. (*rêver de qqch*)
指事代名詞 (指前面提過的車子)

- Tu as trois portables, tu peux me donner celui **dont** tu ne te sers plus. (*se servir de qqch*) 指事代名詞 (指前面提過的手機)

④ Dis-moi ce **dont** tu as besoin. (*avoir besoin de qqch*)

- Je ne comprends pas ce **dont** tu parles. (*parler de qqch*)

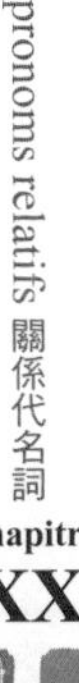

表五十三 複合關係代名詞

種類	用法
❶ **lequel** (陽性單數) **lesquels** (陽性複數)	① lequel, lesquels 之前的先行詞是人、動物或東西。 ② lequel, lesquels 之前可接任何介系詞，此用法與動詞結構有關係。 但是如果與介系詞 à , de 配合時就要改成 ★注意 à + lequel → auquel / à + lesquels → auxquels ★注意 de + lequel → duquel / de + lesquels → desquels ③ 可與介系詞短語 (locution prépositive) 連用，如 à côté de, au milieu de, à cause de, près de, au cours de, en face de 等等。
❷ **laquelle** (陰性單數) **lesquelles** (陰性複數)	① laquelle, lesquelles 之前的先行詞是人、動物或東西。 ② laquelle, lesquelles 之前可接任何介詞，此用法與動詞結構有關。 但是如果與介詞 à , de 配合時，陰性複數的複合關係代名詞就要改成 ★注意 à + lesquelles → auxquelles ★注意 de + lesquelles → desquelles ③ 可與介系詞短語 (locution prépositive) 連用，如 à côté de, au milieu de, à cause de, près de, au cours de, en face de 等等。

Construction／句型

・主詞＋動詞 ... ＋介系詞＋複合關係代名詞＋主詞＋動詞 ...

Exemples／例句

❶ lequel , lesquels / auquel, auxquels / duquel, desquels

①② Pauline a perdu son agenda sur **lequel** elle a noté tous ses rendez-vous. *(noter sur qqch)*

- Les collègues avec **lesquels** (qui) je travaille sont très gentils. *(travailler avec qqn)*
- Mes grands-parents chez **lesquels** (qui) nous passons nos vacances habitent en Suisse. *(chez qqn)*
- Voici des tableaux parmi **lesquels** il y a un véritable Monet[55]. Devine lequel ! *(parmi qqch ou qqn)*
- Ce collier **auquel** ma mère tient beaucoup, vient de ma grand-mère. *(tenir à qqch)*
- Tous les amis **auxquels** (à qui) j'ai envoyé une carte d'invitation viendront. *(envoyer qqch à qqn)*
- Quels livres ? Je ne vois pas **desquels** tu parles. *(parler de qqch)*

③ Nous avons organisé un débat au cours **duquel** tout le monde s'est vivement exprimé. *(au cours de)*

- C'est un monument autour **duquel** il y a beaucoup de boutiques de souvenir. *(autour de)*

❷ laquelle, lesquelles / à laquelle, auxquelles / de laquelle, desquelles

①② Souvenez-vous de la raison pour **laquelle** elle est venue la dernière fois ?

- Mon fils prend cet ours en peluche avant de se coucher, c'est une peluche sans **laquelle** il n'arrivera pas à dormir.

55. Claude Monet (1840-1926), peintre français fondateur du mouvement impressionniste. Sa maison à Giverny a été la plus grande source de son inspiration. Il est possible de la visiter.

- Les amies avec **lesquelles** (qui) je fais du yoga habitent toutes en banlieue. *(faire du yoga avec qqn)*
- La soirée à **laquelle** nous avons participé a eu beaucoup de succès. *(participer à)*
- Les questions **auxquelles** nous devons répondre ne sont pas difficiles. *(répondre à une question)*
- Les œuvres **desquelles** ce sculpteur parle datent des années 2000. *(parler de qqch)*

③ La pharmacie près de **laquelle** il y a un supermarché est toujours pleine de monde. *(près de)*

- Les manifestations à cause **desquelles** plusieurs routes sont bloquées continueront encore pour quelques jours. *(à cause de)*

Dialogue／對話

23

À l'université, dans le bureau du département de français.

Pauline : Madame ! Ça y est ! J'ai pris ma décision, je vais à Bruxelles l'année prochaine ! Là ***où*** la plupart de mes amis sont allés l'année dernière.

Julia : Bien. Tu es sûre que c'est le bon choix ?

Pauline : Oui, Paris et Genève sont trop chères et je préfère vraiment aller étudier dans une ville ***où*** il y a beaucoup de nationalités et dans ***laquelle*** je peux rester anonyme avec des gens ***qui*** viennent du monde entier !

Julia : C'est vrai que c'est plus enrichissant de vivre dans une ville internationale, mais attention à ne pas te laisser emporter par toutes les activités ***que*** tu pourras trouver dans une ville cosmopolite !

Pauline : Ne vous inquiétez pas, madame, je serai sérieuse !

Julia : Je m'inquiète d'autant plus que tu me demandes de ne pas m'inquiéter ! Et puis, qui t'a dit que j'étais inquiète ?

Pauline : ...c'est Victor ***qui*** me l'a dit.

Julia : Allez, allez, le plus important c'est que tout se passe bien, je suis sûre que la ville ***où*** tu habiteras et les gens avec ***lesquels*** tu étudieras seront comme tu les avaient imaginés...et mieux encore !

Pauline : Merci de vos encouragements, madame. Bruxelles est une ville ***dont***

on m'a beaucoup parlé, je suis sûr que c'est là-bas que je dois aller faire mon année d'études. En plus, l'université dans ***laquelle*** j'ai postulé est vraiment proche de l'aéroport ! Je pourrai partir visiter toute l'Europe aussi souvent ***que*** je le veux !

Julia : ...tu vois, pourquoi j'avais vraiment raison de m'inquiéter !

Exercice／練習

Trouvez les pronoms relatifs qui conviennent dans les phrases suivantes :

❶ Il y a des animaux ...... j'ai peur.

❷ Il a un fils ...... il est très fier.

❸ La jeune fille ...... est là-bas est très jolie.

❹ J'ai raconté une histoire ...... 'il a aimée.

❺ Voilà le dictionnaire ...... je me sers tous les jours.

❻ Le livre ...... est sur la table est à elle.

❼ Ce sont ceux ...... je connais.

❽ C'est l'exemple ...... je pensais.

❾ J'ai lu le roman ...... il est en train de lire.

❿ C'est lui ...... a obtenu de meilleurs résultats ?

⓫ Je connais la maison ...... habite votre mère.

⓬ Mon meilleur souvenir ? C'est celui ...... je t'ai parlé hier.

⓭ Voilà le professeur ...... j'ai discuté ma thèse.

⓮ Regarde cette photo, je l'ai prise l'année ...... j'habitais en France.

⓯ Du romarin, du thym, des feuilles de laurier...Ce sont ces condiments avec ...... vous pouvez faire un bon pot-au-feu.

⓰ Le jury a choisi trois étudiants pour le concours parmi ...... un étudiant du département de français de notre université !

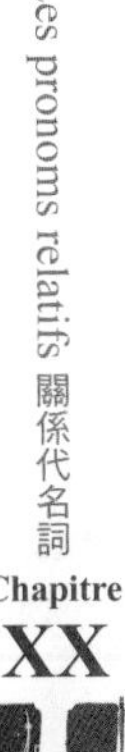

⑰ Peux-tu me dire si ce sont ces livres que tu pensais emprunter ? - Non, ce ne sont pas ceux ...... je pense.

⑱ La radio a organisé un jeu au cours ...... les candidats devaient répondre le plus rapidement pour gagner.

⑲ La peinture ...... l'auteur fait référence dans son livre est « La liberté guidant le peuple » d'Eugène Delacroix.

⑳ Voici un bloc-note sur ...... vous pourrez faire une liste des tâches les plus urgentes.

Simulation ／演練

❶ Il existe une personne que vous respectez beaucoup. Présentez qui elle est, ce qu'elle a fait et pourquoi vous la considérez avec respect.

❷ Vous pensez à un objet ou une personne, vous demandez aux autres étudiants d'essayer de deviner en leur faisant poser des questions auxquelles vous répondrez par oui ou non.

❸ Vous avez passé une très mauvaise journée. Imaginez et racontez.

Fenêtres sur la France
法　國　之　窗

La ville de Bruxelles en Belgique

Paris depuis la tour Montparnasse

La ville de Bruges en Belgique

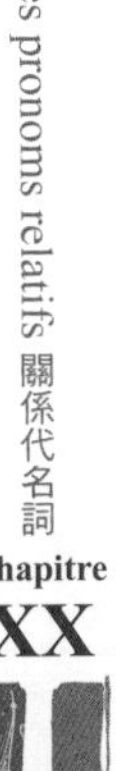

Annexes
附錄

Annexe 1 24 25 26

◎ L'alphabet

A B C D E F G H I J K L M N O P Q R S T U V W X Y Z

◎ L'alphabet phonétique du français

Consonnes	
API	Exemples
b	**b**eau, **b**on
d	**d**oux, **d**oigt
f	**f**ête, **ph**armacie
g	**g**ain, **gu**erre
k	**c**abas, ar**ch**aïque, **k**oala
l	**l**ent, **l**ong
m	**m**ou, fe**mm**e
n	**n**ous, bo**nn**e
ɲ	a**gn**eaux, Bourgo**gn**e
ŋ	parki**ng**
p	**p**assé, **p**ont
r	**r**oue, **rh**ume
s	**s**a, hau**ss**e, **c**e, gar**ç**on, op**t**ion, **sc**ie
ʃ	**ch**ou, **sch**ème, **sh**ampoing
t	**t**out, **th**é
v	**v**ous, **w**agon
z	va**s**e, **z**éro
ʒ	**j**e, **g**eai

Semi-voyelles	
j	pa**y**er, fi**ll**e, trava**il**
w	**ou**i, l**o**i, m**o**yen, **w**eb
ɥ	h**u**it, fr**u**it

Voyelles	
API	Exemples
a	p**a**tte, l**a**c
ɑ	p**â**te, **â**ge
e	cl**é**, ch**ez**, all**er**
ɛ	p**è**re, **est**, l**ai**t, f**ê**te, m**aî**tre
ə	r**e**poser, r**e**garder
i	s**i**, **î**le, **y**
œ	s**œu**r, j**eu**ne
ø	c**eu**x, j**eû**ne
o	s**o**t, h**ô**tel, h**au**t, **eau**
ɔ	sp**o**rt, c**o**rps
u	r**ou**e, c**ou**p
y	r**u**e, t**u**, s**û**r

Nasales	
ɑ̃	v**en**t, av**an**t, p**aon**
ɛ̃	v**in**, p**ain**, pl**ein**, chi**en**
œ̃	br**un**, empr**un**t
ɔ̃	b**on**, c**om**plet

Annexe 2

◎ Tableau: La politesse et l'interrogation

	Questions fermées (deux réponses possibles : oui / non)	Questions ouvertes		
		Quel(le)s + nom	Où ? Comment ? Quand ?	Quoi ? Qui ?
Familier	Tu es français(e) ?	Tu as quel âge ?	Tu vas où ? Tu viens comment ? Tu arrives quand ?	Tu manges quoi ? Tu regardes qui ?
Standard	Est-ce que tu es / vous êtes français(e) ?	Quel âge est-ce que tu as / vous avez ?	Où est-ce que tu vas / vous allez ? Comment est-ce que tu viens / vous venez ? Quand est-ce que tu arrives / vous arrivez ?	Qu'est-ce que tu manges / vous mangez ? Qui est-ce que vous regardez ?
Formel	Êtes-vous français(e) ?	Quel âge avez-vous ?	Où allez-vous ? Comment venez-vous ? Quand arrivez-vous ?	Que mangez-vous ? Qui regardez-vous ?

Annexe 3

◎ La conjugaison des verbes

Verbes du 1er groupe : -er

	aimer (habiter, écouter, inviter)	**parler** (chanter, danser)	**manger** (changer, voyager, nager, plonger, ranger, déménager, déranger, partager)	**commencer** (avancer, annoncer, placer, lancer, prononcer)	**préférer** (répéter posséder espérer)
Je (J')	aime	parle	mange	commence	préfère
Tu	aimes	parles	manges	commences	préfères
Il / Elle	aime	parle	mange	commence	préfère
Nous	aimons	parlons	mangeons	commençons	préférons
Vous	aimez	parlez	mangez	commencez	préférez
Ils / Elles	aiment	parlent	mangent	commencent	préfèrent

	peser (promener, amener, emmener, lever, enlever)	**s'appeler** (appeler, épeler, rappeler, renouveler)	**acheter** (geler, peler)	**jeter** (feuilleter, projeter)	**payer** (essayer, balayer, effrayer, employer, nettoyer, envoyer, tutoyer, vouvoyer, ennuyer, essuyer, appuyer)
Je (J')	pèse	m'appelle	achète	jette	paie ou paye
Tu	pèses	t'appelles	achètes	jettes	paies payes
Il / Elle	pèse	s'appelle	achète	jette	paie paye
Nous	pesons	nous appelons	achetons	jetons	payons payons
Vous	pesez	vous appelez	achetez	jetez	payez payez
Ils / Elles	pèsent	s'appellent	achètent	jettent	paient payent

Verbes du 2ème groupe : -ir

	Finir (choisir, réfléchir, applaudir, atterrir, grossir, maigrir, mincir, grandir, guérir, mûrir, noircir, rougir, jaunir, blanchir, pâlir, bâtir, remplir, nourrir, réunir, agir, vieillir, rajeunir, ralentir, fleurir, refroidir, punir...)
Je (J')	finis
Tu	finis
Il / Elle	finit
Nous	finissons
Vous	finissez
Ils / Elles	finissent

Verbes du 3ème groupe : -ir, -endre, -ondre, -erdre, -ordre, -aindre, -eindre, -oindre, -ire, -ivre, -uivre, -uire, -aire, -oire, -aître, -ttre, -oir

	sortir (partir, dormir, sentir, servir, s'endormir)	**ouvrir** (offrir, souffrir, découvrir)	**cueillir** (accueillir)	**venir** (devenir, prévenir, revenir, se souvenir)	**tenir** (appartenir, obtenir, entretenir)	**mourir**
Je (J')	sors	ouvres	cueille	viens	tiens	meurs
Tu	sors	ouvres	cueilles	viens	tiens	meurs
Il / Elle	sort	ouvre	cueille	vient	tient	meurt
Nous	sortons	ouvrons	cueillons	venons	tenons	mourons
Vous	sortez	ouvrez	cueillez	venez	tenez	mourez
Ils / Elles	sortent	ouvrent	cueillent	viennent	tiennent	meurent

	attendre (descendre, vendre, entendre, rendre, défendre, dépendre)	**prendre** (apprendre, comprendre)	**répondre** (confondre)	**perdre**	**mordre**
Je (J')	attends	prends	réponds	perds	mords
Tu	attends	prends	réponds	perds	mords
Il / Elle	attend	prend	répond	perd	mord
Nous	attendons	prenons	répondons	perdons	mordons
Vous	attendez	prenez	répondez	perdez	mordez
Ils / Elles	attendent	prennent	répondent	perdent	mordent

	craindre (plaindre)	**éteindre** (peindre, teindre)	**joindre** (rejoindre)	**lire** (élire, suffire)	**écrire** (décrire)	**rire** (sourire)	★注意 **dire**
Je (J')	crains	éteins	joins	lis	écris	ris	dis
Tu	crains	éteins	joins	lis	écris	ris	dis
Il / Elle	craint	éteint	joint	lit	écrit	rit	dit
Nous	craignons	éteignons	joignons	lisons	écrivons	rions	disons
Vous	craignez	éteignez	joignez	lisez	écrivez	riez	dites
Ils / Elles	craignent	éteignent	joignent	lisent	écrivent	rient	disent

	vivre (survivre)	**suivre** (poursuivre)	**traduire** (construire, conduire)	**plaire** (taire)	**croire**
Je (J')	vis	suis	traduis	plais	crois
Tu	vis	suis	traduis	plais	crois
Il / Elle	vit	suit	traduit	plaît	croit
Nous	vivons	suivons	traduisons	plaisons	croyons
Vous	vivez	suivez	traduisez	plaisez	croyez
Ils / Elles	vivent	suivent	traduisent	plaisent	croient

	connaître (reconnaître, paraître, apparaître, naître)	**mettre** (permettre, promettre, admettre, comettre)	**savoir**	**voir** (revoir)	**devoir**	**recevoir** (apercevoir) (décevoir)
Je (J')	connais	mets	sais	vois	dois	reçois
Tu	connais	mets	sais	vois	dois	reçois
Il / Elle	connaît	met	sait	voit	doit	reçoit
Nous	connaissons	mettons	savons	voyons	devons	recevons
Vous	connaissez	mettez	savez	voyez	devez	recevez
Ils / Elles	connaissent	mettent	savent	voient	doivent	reçoivent

Verbes irréguliers du 3ème groupe

	faire	pouvoir	vouloir	valoir	boire	pleuvoir	falloir
Je (J')	fais	peux	veux	vaux	bois		
Tu	fais	peux	veux	vaux	bois		
Il / Elle	fait	peut	veut	vaut	boit	Il pleut	Il faut
Nous	faisons	pouvons	voulons	valons	buvons		
Vous	faites	peuvez	voulez	valez	buvez		
Ils / Elles	font	peuvent	veulent	valent	boivent		

Trois verbes irréguliers

	être	avoir	aller
Je (J')	suis	ai	vais
Tu	es	as	vas
Il / Elle	est	a	va
Nous	sommes	avons	allons
Vous	êtes	avez	allez
Ils / Elles	sont	ont	vont

Annexe 4

◎ Les chiffres

Les nombres cardinaux

0 zéro
1 un
2 deux
3 trois
4 quatre
5 cinq
6 six
7 sept
8 huit
9 neuf
10 dix
11 onze
12 douze
13 treize
14 quatorze
15 quinze
16 seize
17 dix-sept
18 dix-huit
19 dix-neuf
20 vingt

21 vingt et un
22 vingt-deux
23 vingt-trois
24 vingt-quatre
25 vingt-cinq
26 vingt-six
27 vingt-sept
28 vingt-huit
29 vingt-neuf
30 trente

31 trente et un
32 trente-deux
33 trente-trois
...
40 quarante

41 quarante et un
42 quarante-deux
43 quarante-trois
...
50 cinquante

51cinquante et un
52 cinquante-deux
53 cinquante-trois
...
60 soixante

61 soixante et un
62 soixante deux
63 soixante trois
...
70 soixante-dix

71 soixante et onze
72 soixante douze
73 soixante treize
74 soixante quatorze
75 soixante quinze
76 soixante seize
77 soixante dix-sept
78 soixante dix-huit
79 soixante dix-neuf
80 quatre-vingts

81 quatre-vingt-un
82 quatre-vingt-deux
83 quatre-vingt-trois
...
90 quatre-vingt-dix

91 quatre-vingt-onze
92 quatre-vingt-douze
93 quatre-vingr-treize
...
100 cent

101 cent un
102 cent deux
103 cent trois
...
110 cent dix
111 cent onze
112 cent douze
...
120 cent vingt
121 cent vingt et un
122 cent vingt-deux
...
130 cent trente
131 cent trente et un
132 cent trente-deux
...
140 cent quarante
150 cent cinquante
160 cent soixante
170 cent soixante-dix
180 cent quatre-vingts
190 cent quatre-vingt-dix
200 deux cents

201 deux cent un
202 deux cent deux
202 deux cent trois
...
210 deux cent dix
211 deux cent onze
212 deux cent douze
...
320 trois cent vingt
321 trois cent vingt et un
322 trois cent vingt-deux
...
430 quatre cent trente
431 quatre cent trente et un
432 quatre cent trente-deux
...
540 cinq cent quarante
550 cinq cent cinquante
560 cinq cent soixante
570 cinq cent soixante-dix
580 cinq cent quatre-vingts
590 cinq cent quatre-vingt-dix
600 six cents
700 sept cents
800 huit cents
900 neuf cents
1000 mille

10 000 dix mille
1 000 000 un million
10 000 000 dix millions
1000 000 000 un milliard
10000 000 000 dix milliards

Les nombres ordinaux (在字尾加 - ième)

un	→	**premier**
deux	→	deux**ième**
trois	→	trois**ième**
quatre	→	quatr**ième**
cinq	→	cinqu**ième**
six	→	six**ième**
sept	→	sept**ième**
huit	→	huit**ième**
neuf	→	neuv**ième**
dix	→	dix**ième**
onze	→	onz**ième**
douze	→	douz**ième**
treize	→	treiz**ième**
quatorze	→	quatorz**ième**
quinze	→	quinz**ième**
seize	→	seiz**ième**
dix-sept	→	dix-sept**ième**
dix-huit	→	dix-huit**ième**
dix-neuf	→	dix-neuv**ième**
vingt	→	vingt**ième**
vingt et un	→	vingt et un**ième**
vingt-deux	→	vingt-deux**ième**
trente	→	trent**ième**
trente et un	→	trente et un**ième**
quarante	→	quarant**ième**
cinquante	→	cinquant**ième**, etc.

注意

1. un 單獨使用改成 premier , 但與其他數字配合就用 unième。
2. 凡以 **-e** 結尾的字先去掉字尾的 -e 再加 **-ième** : quatr**ième**, onz**ième**, trent**ième**, quarant**ième**, cinquant**ième**。
3. 將字尾的 -f 改成 -v 再加 **-ième** : neuv**ième**。

Annexe 5

◎ Les noms

由字尾或其他情況分辨名詞陰陽性

陽性 (masculin)		陰性 (féminin)	
-ment	gouvernement, logement, changement, enseignement, stationnement, tremblement de terre, abonnement, assaisonnement, équipement, embarquement, médicament, monument, supplément, survêtement, vêtement, encombrement, enregistrement, événement, hébergement, licenciement, paiement, pansement, parlement, traitement, règlement, département, appartement	**-tion**	information, invitation, action, solution, réalisation, situation, nation, négation, attraction, circulation, climatisation, condition, consommation, consultation, cotisation, déception, destination, élection, émotion, nation, exposition, fonction, opération, question, création, motivation, manifestation, limitation, location, interdiction, inondation, position, projection, qualification, recommandation, réduction, correction, rééducation, addition, réservation, répétition, alimentation, préparation, reproduction, administration
-mant	diamant	**-sion**	télévision, profession, appréhension, dimension, émission, passion, prévision, décision

陽性 (masculin)		陰性 (féminin)	
- age, âge	fromage, voyage, bagage, barrage, bricolage, chauffage, étage, garage, ménage, nuage, orage, village, chômage, péage, coquillage, courage, décalage, décollage, maquillage, embouteillage, massage, stage, éclairage, reportage, âge (★注意 plage, image, page, cage, rage 是陰性名詞)	**-ette**	baguette, bicyclette, trompette, dette, disquette, allumette, calculette, cigarette, crevette, camionnette, couchette, serviette, statuette, casquette, cassette, chaussette, courgette, omelette, fourchette
-phone	interphone, téléphone, magnétophone, iPhone	**-ure**	culture, ouverture, peinture, nourriture, fermeture, coiffure, écriture, facture, candidature, ceinture, température, confiture
-isme	optimisme, pessimisme, séisme, capitalisme, journalisme réalisme, socialisme, tourisme, dynamisme, égoïsme	**-ance**	assurance, correspondance, ambulance, connaissance, dépendance, finance, ressemblance, chance, extravagance, distance, ordonnance, puissance, importance, tendance, naissance, balance, attirance
-(e)au	bureau, cadeau, bouleau, veau, chameau, chapeau, couteau, manteau, tableau, marteau, bateau, panneau, rideau, noyau, tuyau	**-ence**	différence, expérience, référence, permanence, conférence, intelligence, apparence, résidence, violence, absence, présence, compétence

陽性 (masculin)		陰性 (féminin)	
-ier	atelier, banquier, cahier, calendrier, cuisinier, écolier, épicier, escalier, chéquier, collier, menuisier	**-té**	qualité, université, société, réalité, fierté, bonté, beauté, facilité, actualité, électricité, nervosité, priorité, rapidité, santé, gaieté, simplicité, sociabilité, stupidité, surdité, timidité, tranquillité, variété, activité, nationalité, honnêteté, clarté, méchanceté, agressivité, fausseté, passivité, générosité
-al	capital, journal, hôpital, animal, cheval, festival	**-eur**	couleur, fleur, longueur, chaleur, largeur, hauteur, lenteur (★注意 bonheur, malheur 是陽性名詞)
-ail	chandail, bail, rail	**-ode**	méthode
-ard	cafard, foulard, épinard, poignard	**-ude**	certitude, inquiétude, solitude, habitude, altitude, latitude, longitude
-scope	caméscope, télescope, microscope, magnétoscope	**-ée**	année, arrivée, entrée, cheminée, pensée, assemblée, durée, matinée, marée, vallée, randonnée, tournée (★注意 musée, lycée 是陽性名詞)
-(t)eur	acteur, ordinateur, danseur, coiffeur, vendeur, voyageur, contrôleur, aspirateur, chanteur, directeur, radiateur, réfrigérateur, traducteur, congélateur, moteur	**-esse**	richesse, politesse, vitesse, mollesse, jeunesse, tigresse, tristesse, paresse, sagesse

陽性 (masculin)		陰性 (féminin)	
-et	billet, bouquet, buffet, bosquet, bracelet, cabinet, cabriolet, paquet, jouet, ballet, cabaret, carnet, briquet, sorbet, guichet, muguet, perroquet, œillet,	**-ie**	économie, psychologie, vie, colonie, comédie, compagnie, nostalgie, maladie, monnaie, pharmacie, sympathie,
	robinet, gilet, poignet		haie, bougie, symphonie, tragédie, sociologie, antipathie, hypocrisie, mairie, billetterie, jalousie
-ois	bois, pois	**-aison**	comparaison, conjugaison
-oir	soir, rasoir	**-ise**	bêtise, franchise, sottise
-chon	bouchon, cochon	**-ade**	promenade, salade, limonade, grillade
-ant	collant, courant, croissant, déodorant, montant	**-che**	bouche, douche, marche, branche, roche, couche, embauche, péniche, recherche, vache, broche, poche
-logue	dermatologue, gynécologue, ophtalmologue, radiologue	**-gne**	campagne, montagne, champagne, vigne ligne

陽性 (masculin)		陰性 (féminin)	
pays sans -e	Canada, Japon, Brésil, Maroc, Chili, Viêt-Nam, Cameroun, Pérou	**pays avec -e**	Allemagne, France, Suisse, Espagne, Inde, Algérie, Chine, Belgique, Suède, Italie
arbres fruitiers	bananier, manguier, pommier, prunier, poirier, marronnier	**régions françaises**	Alsace, Bretagne, Provence, Normandie, Aquitaine, Auvergne, Bourgogne
arbres	platane, sapin, peuplier, pin, chêne, bouleau, saule pleureur	**-ille**	famille, feuille, jonquille
mots étrangers	parking, sandwich, taxi, opéra, zoo, football, short, t-shirt, basket, stop, sweat-shirt, week-end, tramway, clown, camping, shopping, meeting, SMS, steward, texto, webcam, cameraman, job, kiosque, slogan, shampooing, steak	**magasins**	bijouterie, boulangerie, pâtisserie, charcuterie, poissonnerie, boucherie, épicerie, crémerie
un seul genre	assassin, chef, mannequin	**un seul genre**	grenouille, souris, vedette

由性別分辨名詞的陰陽性

陽性名詞	陰性名詞
Un camarade	**Une** camarade
Un élève	**Une** élève
Un journaliste	**Une** journaliste
Un locataire	**Une** locataire
Un propriétaire	**Une** propriétaire
Un photographe	**Une** photographe
Un artiste	**Une** artiste
Un secrétaire	**Une** secrétaire
Un pianiste	**Une** pianiste
Un touriste	**Une** touriste
Un concierge	**Une** concierge
Un malade	**Une** malade
Un collègue	**Une** collègue
Un célibataire	**Une** célibataire
Un enfant	**Une** enfant

眾所周知的名詞陰陽性

陽性名詞	陰性名詞
Un homme	Une femme
Un mari	Une femme
Un père	Une mère
Un grand- père	Une grand- mère
Un garçon	Une fille
Un fils	Une fille
Un frère	Une sœur
Un oncle	Une tante
Un neveu	Une nièce
Un roi	Une reine
Un prince	Une princesse
Un empereur	Une impératrice
Un mâle	Une femelle
Un cheval	Une jument
Un coq	Une poule
Un canard	Une cane
Un taureau	Une vache
Un bélier	Une brebis
Un bouc	Une chèvre

Annexe 6

◎ Les articles

quantité déterminée	quantité indéterminée	expressions de la quantité	quantité zéro
un livre		**peu de** livres **beaucoup de** livres **trop de** livres	**pas de** livres
une voiture		**peu de** voitures **beaucoup de** voitures **trop de** voitures	**pas de** voitures
des ordinateurs		**peu d'**ordinateurs **beaucoup d'**ordinateurs **assez d'**ordinateurs **trop d'**ordinateurs	**pas d'**ordina- teurs
des fleurs **des** biscuits **des** pommes **des** bonbons		**un bouquet de** fleurs **un paquet de** biscuits **un kilo de** pommes **une boîte / un sachet / un paquet de** bonbons	**pas de** fleurs **pas de** biscuits **pas de** pommes **pas de** bonbons
	du pain **du** chocolat **du** café (thé) **du** sel **du** parfum	**un peu de / un morceau de** pain **un peu de** chocolat **une tablette de** chocolat **une tasse de** café / de thé **une pincée de** sel **un flacon de** parfum	**pas de** pain **pas de** chocolat **pas de** café (thé) **pas de** sel **pas de** parfum
	de l'argent	**un peu d'**argent **peu d'**argent **beaucoup d'**argent **assez d'**argent **trop d'**argent	**pas d'**argent

quantité déterminée	quantité indéterminée	expressions de la quantité	quantité zéro
	de l'eau	**un verre d'**eau **une bouteille d'**eau	**pas d'**eau
	de l'essence	**un litre d'**essence	**pas d'**essence
	de l'huile	**une cuillère d'**huile	**pas d'**huile
	de la viande	**une tranche de** viande	**pas de** viande
	moutarde	**un pot de** moutarde	**pas de** moutarde
	confiture	**un pot de** confiture	confiture
	glace	**un cornet de** glace	glace
	bière	**une canette de** bière	bière

Annexe 7

◎ Les pays, les nationalités et les langues

pays				nationalités		langues
masculin 子音起首	**masculin** 母音起首	**féminin** 子音起首	**féminin** 母音起首	**masculin**	**féminin**	
le Canada				les Canadiens	les Canadiennes	l'anglais le français
	l'Irak			les Iraquiens	les Iraqiennes	l'arabe le kurde
le Japon				les Japonais	les Japonaises	le japonais
		la Chine		les Chinois	les Chinoises	le chinois
		la Corée		les Coréens	les Coréennes	le coréen
			l'Inde	les Indiens	les Indiennes	l'hindi l'anglais
le Portugal				les Portugais	les Portugaises	le portugais
	l'Iran			les Iraniens	les Iraniennes	le persan
		la France		les Français	les Françaises	le français
			l'Italie	les Italiens	les Italiennes	l'italien
	l'Angola			les Angolais	les Angolaises	le portugais
le Viêt-Nam				les Vietnamiens	les Vietnamiennes	le vietnamien
			l'Allemagne	les Allemands	les Allemandes	l'allemand

Exemples／例句

- Il aime **la France**.
- Elles détestent **le Canada** car il fait très froid en hiver.
- Nous adorons **l'Amérique**.
- Il va au **Japon**.
- Je vis **en Chine** depuis un an.
- Ils feront leurs études **aux États-Unis**.
- Nous sommes partis à **Paris**.
- C'est un **Français** cultivé.
- Il est **français**.
- Elle apprend **le français** avec un professeur canadien.

注意

1. 有些國名不加冠詞 : Chypre, Cuba, Madagascar, Malte, Taïwan。
2. 國籍當名詞，要大寫；但當形容詞則要小寫。
3. 表達某國語言，不要大寫。

Annexe 8

◎ Les adjectifs

形容詞的陰性結構

字尾	陽性 (masculin)	字尾	陰性 (féminin)	發音
-e 〔x〕	calm***e***, facil***e***,	不變	calm***e***, facil***e***,	相同
	sympathiqu***e***, difficil***e***, célibatair***e***, belg***e***, suiss***e***, raid***e***, chauv***e***, oval***e***, jeun***e***, honnêt***e***, minc***e***, bêt***e***, fragil***e***, confortabl***e***, modern***e***, agréabl***e***		sympathiqu***e***, difficil***e***, célibatair***e***, belg***e***, suiss***e***, raid***e***, chauv***e***, oval***e***, jeun***e***, honnêt***e***, minc***e***, bêt***e***, fragil***e***, confortabl***e***, modern***e***, agréabl***e***	
-u 〔y〕 **-é** 〔e〕 **-r** 〔r〕 **-i** 〔i〕	conn***u***, fatigu***é***, mari***é***, anim***é***, distingu***é*** meilleu***r***, clai***r***, noi***r***, du***r***, sû***r***, antérieu***r***, supérieu***r*** pol***i***, jol***i***	**-ue** 〔y〕 **-ée** 〔e〕 **-re** 〔r〕 **-ie** 〔i〕	conn***ue***, fatigu***ée***, mari***ée***, anim***ée***, distingu***ée*** meilleu***re***, clai***re***, noi***re***, du***re***, sû***re***, antérieu***re***, supérieu***re***, pol***ie***, jol***ie*** ★注意 favori → favorite	相同
-al 〔al〕	internation***al***, nation***al***, origin***al***, spéci***al***, princip***al***, ég***al***, amic***al***, ban***al***	**-ale** 〔al〕	internation***ale***, nation***ale***, origin***ale***, spéci***ale***, princip***ale***, ég***ale***, amic***ale***, ban***ale***	相同
-el 〔ɛl〕	exceptionn***el***, natur***el***, ré***el***, traditionn***el***, étern***el***, actu***el***	**-elle** 〔ɛl〕	exceptionn***elle***, natur***elle***, ré***elle***, traditionn***elle***, étern***elle***, actu***elle***	相同
-d 〔x〕	blon***d***, chau***d***, froi***d***, gran***d***, gourman***d***, ron***d***	**-de** 〔d〕	blon***de***, chau***de***, froi***de***, gran***de***, gourman***de***, ron***de***	不同

字尾	陽性 (masculin)	字尾	陰性 (féminin)	發音
-t 〔x〕	amusan***t***, conten***t***, excellen***t***, méchan***t***, peti***t***, parfai***t***, cour***t***, charman***t***, bruyan***t***	***-te*** 〔t〕	amusan***te***, conten***te***, excellen***te***, méchan***te***, peti***te***, parfai***te***, cour***te***, charman***te***, bruyan***te***	不同
-s 〔x〕	anglai***s***, chinoi***s***, françai***s***, portugai***s***, mauvai***s***, danoi***s***	***-se*** 〔z〕	anglai***se***, chinoi***se***, françai***se***, portugai***se***, mauvai***se***, danoi***se***	不同
-s 〔x〕	ba***s***, épai***s***, gro***s***, gra***s***	***-sse*** 〔s〕	ba***sse***, épai***sse***, gro***sse***, gra***sse*** ★注意 frais → fraîche	不同
-et 〔ɛ〕	concr***et***, compl***et***, discr***et***, inqui***et***	***-ète*** 〔ɛt〕	concr***ète***, compl***ète***, discr***ète***, inqui***ète***	不同
-et 〔ɛ〕	cad***et***, coqu***et***, mu***et***, n***et***, viol***et***	***-ette*** 〔ɛt〕	cad***ette***, coqu***ette***, mu***ette***, n***ette***, viol***ette***	不同
-er 〔e〕 ***-ier*** 〔je〕	étrang***er***, lég***er***, am***er***, fi***er*** prem***ier***, dern***ier***, ent***ier***, famil***ier*** régul***ier***	***-ère*** 〔ɛr〕 ***-ière*** 〔jɛ:r〕	étrang***ère***, lég***ère***, am***ère***, fi***ère*** prem***ière***, dern***ière***, ent***ière***, famil***ère***, régul***ière*** ★注意 cher, chère〔ɛ:r〕	不同
-x 〔x〕	dou***x***	***-ce*** 〔s〕	dou***ce***	不同
-x 〔x〕	fau***x***, rou***x***	***-sse*** 〔s〕	rou***sse***, fau***sse***	不同
-un 〔œ̃〕	comm***un***, br***un***	***-une*** 〔yn〕	comm***une***, br***une***	不同
-in 〔ɛ̃〕	mar***in***, f***in***, vois***in***	***-ine*** 〔in〕	mar***ine***, f***ine***, vois***ine***	不同
-ain 〔ɛ̃〕	améric***ain***, proch***ain***, v***ain***, cert***ain***	***-aine*** 〔ɛn〕	améric***aine***, proch***aine***, v***aine***, cert***aine***	不同
-on 〔ɔ̃〕	bret***on***, b***on***, mign***on***	***-onne*** 〔ɔn〕	bret***onne***, b***onne***, mign***onne***	不同
-ien 〔jɛ̃〕 ***-en*** 〔ɛ̃〕	anc***ien***, canad***ien***, ital***ien***, paris***ien***, norvég***ien***, chrét***ien*** europé***en***	***-ienne*** 〔ɛn〕 ***-enne*** 〔ɛn〕	anc***ienne***, canad***ienne***, ital***ienne***, paris***ienne***, norvég***ienne***, chrét***ienne*** europé***enne***	不同

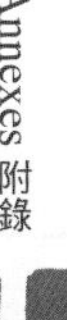

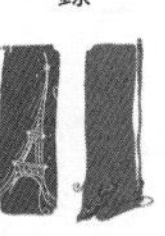

字尾	陽性 (masculin)	字尾	陰性 (féminin)	發音
-ein〔ɛ̃〕	pl***ein***	***-eine***〔ɛn〕	pl***eine***	不同
-f〔f〕	acti***f***, naï***f***, neu***f***, positi***f***, sporti***f***, agressi***f***, passi***f***	***-ve***〔v〕	acti***ve***, naï***ve***, neu***ve***, positi***ve***, sporti***ve***, agressi***ve***, passi***ve***	不同
-eux〔ø〕	délici***eux***, ennuy***eux***, heur***eux***, séri***eux***, peur***eux***, merveill***eux***, nerv***eux***, colér***eux***, génér***eux***, nombr***eux***	***-euse***〔øz〕	délici***euse***, ennuy***euse***, heur***euse***, séri***euse***, peur***euse***, merveill***euse***, nerv***euse***, colér***euse***, génér***euse***, nombr***euse***	不同
-c〔x〕	fran***c***, blan***c***	***-che***〔ʃ〕	fran***che***, blan***che***, ★注意 sec → sèche	不同
-c〔k〕	publi***c***, tur***c***, gre***c***	***-que***〔k〕	publi***que***, tur***que*** ★注意 grec → grecque	相同
-g〔x〕	lon***g***	***-gue***〔g〕	lon***gue***	不同
-(t)eur〔œr〕	moqu***eur***, travaill***eur***, men***teur***, flat***teur***, tromp***eur***	***-(t)euse***〔øz〕	moqu***euse***, travaill***euse***, men***teuse***, flat***teuse***, tromp***euse***	不同
-teur〔tœr〕	conserva***teur***, observa***teur***, interroga***teur***	***-trice***〔tris〕	conserva***trice***, observa***trice***, interroga***trice***	不同
-eau〔o〕	b***eau***, nouv***eau***, jum***eau***	***-elle***〔ɛl〕	b***elle***, nouv***elle***, jum***elle***	不同
-ou〔u〕	f***ou***, m***ou***	***-olle***〔ɔl〕	f***olle***, m***olle***	不同

Exemples／例句

- Il est **poli**. → Elle est **polie**.
- Ce costume est **traditionnel**. → Cette danse est **traditionnelle**.
- Il est **gourmand**. → Elle est **gourmande**.
- Ce garçon est **content**. → Cette fille est **contente**.
- Il est **gros**. → Elles sont **grosses**.
- Il est **français**. → Elle est **française**.
- Il est **discret.** → Elle est **discrète**.
- Il est **coquet**. → Elle est **coquette**.
- Il est **doux**. → Elle est **douce**.
- Il est **roux**. → Elle est **rousse**.
- Il est **brun**. → Elle est **brune**.
- Ce chocolat est **fin**. → Cette cuisine est **fine**.
- Ce croissant est **bon**. → Cette baguette est **bonne**.
- C'est un film **italien**. → C'est une glace **italienne**.
- Le verre est **plein**. → La bouteille est **pleine**.
- Cet étudiant est **sportif**. → Cette étudiante est **sportive**.
- Il n'est pas **franc**. → Elle n'est pas **franche**.
- C'est un bain **turc**. → C'est une fontaine **turque**.
- Il est **menteur**. → Elle est **menteuse**.
- Il est **conservateur**. → Elle est **conservatrice**.
- Ce prince est **beau**. → Cette princesse est **belle**.
- Il est **fou**. → Elle est **folle**.
- C'est un **nouveau** produit, essayez-le !
- C'est un **nouveau** professeur.
- C'est une **nouvelle** adresse.
- C'est un **nouvel** assistant.
- C'est un **vieux** monsieur / chien / chat / pantalon.
- C'est un **vieil** immeuble / aéroport / ordinateur / appartement.
- C'est une **vieille** dame / table / chaise / machine.
- Ce sont de **vieux** amis.
- C'est un pain / lit / oreiller **mou**.

- C'est un **beau** bateau / garçon / campus.
- C'est un **bel** homme / immeuble / aéroport / appartement.
- C'est une **belle** fille / chaise / robe / chemise.
- C'est un homme / étudiant **fou**.
- C'est une comédienne **folle**.
- C'est un **fol** espoir / amour.

形容詞的複數形式

字尾	陽性 (masculin)	字尾	陰性 (féminin)	發音
-es〔x〕	calm***es***, facil***es***, sympathiqu***es***, difficil***es***, célibatair***es***, belg***es***, suiss***es***, raid***es***, chauv***es***, oval***es***, jeun***es***, honnêt***es***, minc***es***, bêt***es***	***-es***〔x〕	calm***es***, facil***es***, sympathiqu***es***, difficil***es***, célibatair***es***, belg***es***, suiss***es***, raid***es***, chauv***es***, oval***es***, jeun***es***, honnêt***es***, minc***es***, bêt***es***	相同
-us〔y〕 ***-és***〔e〕 ***-rs***〔r〕 ***-is***〔i〕	conn***us***, fatigu***és***, mari***és***, meilleu***rs***, clai***rs***, noi***rs***, antérieu***rs***, supérieu***rs*** pol***is***, jol***is***	***-ues***〔y〕 ***-ées***〔e〕 ***-res***〔r〕 ***-ies***〔i〕	conn***ues*** fatigu***ées***, mari***ées*** meilleu***res***, clai***res***, noi***res***, antérieu***res***, supérieu***res*** pol***ies***, jol***ies***	相同
-al → ***aux***〔al〕〔o〕	internation***aux***, nation***aux***, origin***aux***, spéci***aux***, princip***aux*** ★ banal → banals	***-ale*** → ***ales***〔al〕〔al〕	internation***ales***, nation***ales***, origin***ales***, spéci***ales***, princip***ales***	不同
-els〔ɛl〕	exceptionn***els***, natur***els***, traditionn***els***, étern***els***, ré***els***, annu***els***	***-elles***〔ɛl〕	exceptionn***elles***, natur***elles***, traditionn***elles***, étern***elles***, ré***elles***, annu***elles***	相同

字尾	陽性 (masculin)	字尾	陰性 (féminin)	發音
-ds〔x〕	blon***ds***, chau***ds***, froi***ds***, gourman***ds***, gran***ds***, ron***ds***	***-des***〔d〕	blon***des***, chau***des***, froi***des***, gourman***des***, gran***des***, ron***des***	不同
-ts〔x〕	amusan***ts***, conten***ts***, excellen***ts***, méchan***ts***, parfai***ts***, peti***ts***, cour***ts***	***-tes***〔t〕	amusan***tes***, conten***tes***, excellen***tes***, méchan***tes***, parfai***tes***, peti***tes***, cour***tes***	不同
-s〔x〕 ★不必加 ***-s***	anglai***s***, chinoi***s***, françai***s***, mauvai***s***, portugai***s***, danoi***s***	***-ses***〔z〕	anglai***ses***, chinoi***ses***, françai***ses***, mauvai***ses***, portugai***ses***, danoi***ses***	不同
-s〔x〕 ★不必加 ***-s***	ba***s***, épai***s***, gra***s***, gro***s***	***-sses***〔s〕	ba***sses***, épai***sses***, gra***sses***, gro***sses***	不同
-ets〔ɛ〕	compl***ets***, concr***ets***, discr***ets***, inqui***ets***	***-ètes***〔ɛt〕	compl***ètes***, concr***ètes*** discr***ètes***, inqui***ètes***	不同
-ets〔ɛ〕	cad***ets***, coqu***ets***, mu***ets***, n***ets***	***-ettes***〔ɛt〕	cad***ettes***, coqu***ettes***, mu***ettes***, n***ettes***	不同
-ers〔e〕 ***-iers***〔je〕	étrang***ers***, lég***ers***, prem***iers***, dern***iers***	***-ères***〔ɛr〕 ***-ières***〔jɛ:r〕	étrang***ères***, lég***ères*** prem***ières***, dern***ières*** ★注意 chers, chères〔ɛ:r〕	不同
-x〔x〕 ★不必加 ***-s***	dou***x***	***-ces***〔s〕	dou***ces***	不同
-x〔x〕 ★不必加 ***-s***	fau***x***, rou***x***	***-sses***〔s〕	fau***sses***, rou***sses***	不同
-uns〔œ̃〕	comm***uns***, br***uns***	***-unes***〔yn〕	comm***unes***, br***unes***	不同
-ins〔ɛ̃〕	f***ins***, mar***ins***, vois***ins***	***-ines***〔ine〕	f***ines***, mar***ines***, vois***ines***	不同
-ains〔ɛ̃〕	améric***ains***, proch***ains***, v***ains***	***-aines***〔ɛn〕	améric***aines***, proch***aines***, v***aines***	不同
-ons〔ɔ̃〕	bret***ons***, b***ons***, mign***ons***	***-onnes***〔ɔn〕	bret***onnes***, b***onnes***, mign***onnes***	不同
-iens〔jɛ̃〕 ***-ens***〔ɛ̃〕	anc***iens***, canad***iens***, ital***iens***, paris***iens***, norvég***iens*** europé***ens***	***-iennes***〔ɛn〕 ***-ennes***〔ɛn〕	anc***iennes***, canad***iennes***, ital***iennes***, paris***iennes***, norvég***iennes*** europé***ennes***	不同

字尾	陽性 (masculin)	字尾	陰性 (féminin)	發音
-eins〔ɛ̃〕	pl***eins***	***-eines***〔ɛn〕	pl***eines***	不同
-fs〔f〕	acti***fs***, naï***fs***, neu***fs***, positi***fs***, sporti***fs***, agressi***fs***, passi***fs***	***-ves***〔v〕	acti***ves***, naï***ves***, neu***ves***, positi***ves***, sporti***ves***, agressi***ves***, passi***ves***	不同
-eux〔ø〕 ★不必加 ***-s***	délici***eux***, ennuy***eux***, heur***eux***, séri***eux***, peur***eux***, merveill***eux***, nerv***eux***, colér***eux***, nombr***eux***	***-euses***〔øz〕	délici***euses***, ennuy***euses***, heur***euses***, séri***euses***, peur***euses***, merveill***euses***, nerv***euses***, colér***euses***, nombr***euses***	不同
-cs〔x〕	fran***cs***, blan***cs***	***-ches***〔ʃ〕	fran***ches***, blan***ches***	不同
-cs〔k〕	publi***cs***, tur***cs***, gre***cs***	***-ques***〔k〕	publi***ques***, tur***ques***, grec***ques***	相同
-gs〔x〕	lon***gs***	***-gues***〔g〕	lon***gues***	不同
-(t)eurs 〔œr〕	moqu***eurs***, travaill***eurs***, tromp***eurs***, men***teurs***, flat***teurs***	***-(t)euses*** 〔øz〕	moqu***euses***, travaill***euses***, tromp***eurse***, men***teuses***, flat***teuses***	不同
-teurs 〔tœr〕	conserva***teurs***, observa***teurs***, interroga***teurs***	***-trices*** 〔tris〕	conserva***trices***, observa***trices***, interroga***trices***	不同
-eau〔o〕 → ***eaux***〔o〕	b***eaux***, nouv***eaux***	***-elles***〔ɛl〕	b***elles***, nouv***elles***	不同
-ous〔y〕	f***ous***, m***ous***	***-olles***〔ɔl〕	f***olles***, m***olles***	不同

Exemples／例句

- Ils sont **polis**. → Elles sont **polies**.
- Ces costumes sont **traditionnels**. → Ces danses sont **traditionnelles**.
- Ils sont **gourmands**. → Elles sont **gourmandes**.
- Ces garçons sont **contents**. → Ces filles sont **contentes**.
- Ils sont **français**. → Elles sont **françaises**.
- Ils sont **gros**. → Elles sont **grosses**.
- Ils sont **discrets**. → Elles sont **discrètes**.
- Ils sont **coquets**. → Elles sont **coquettes**.
- Ils sont **doux**. → Elles sont **douces**.
- Ils sont **roux**. → Elles sont **rousses**.
- Ils sont **bruns**. → Elles sont **brunes**.
- Ces chocolats sont **fins**. → Ces cuisines sont **fines**.
- Ces croissants sont **bons**. → Ces baguettes sont **bonnes**.
- Ce sont des films **italiens**. → Ce sont des glaces **italiennes**.
- Les verres sont **pleins**. → Les bouteilles sont **pleines**.
- Ces étudiants sont **sportifs**. → Ces étudiantes sont **sportives**.
- Ils ne sont pas **francs**. → Elles ne sont pas **franches**.
- Ce sont des bains **turcs**. → Ce sont des fontaines **turques**.
- Ils sont **menteurs**. → Elles sont **menteuses**.
- Ils sont **conservateurs**. → Elles sont **conservatrices**.
- Ces princes sont **beaux**. → Ces princesses sont **belles**.
- Ils sont **fous**. → Elles sont **folles**.

◎形容詞的位置

❶ 名詞＋形容詞

Exemples :

- C'est une actrice **française / chinoise / taïwanaise / italienne**.
- Ce sont des romans **anglais / suisses / allemands / japonais**.
- Elle a les cheveux **blonds / bruns / noirs / roux / châtains / gris / blancs / longs/ courts / frisés / bouclés**.

- Elle a les yeux **noirs / bleus / verts / ronds / marron**.
- Il a un pull **vert / rouge / jaune / bleu**.
- Elle porte un pantalon **blanc** et des lunettes **noires**.
- Aimes-tu les voitures **jaunes / grises / blanches** ?
- Il a le visage **rond / carré / allongé / ovale**.
- C'est une pièce **carrée**.
- C'est une boîte **ovale**.
- Il vient d'acheter des assiettes **creuses**.
- C'est une église **orthodoxe**.
- Ces livres se sont bien **vendus**.
- Voici une enveloppe **timbrée**.

❷ 形容詞 + 名詞

Exemples :

- Quel **beau** ciel !
- Quelle **belle** journée!
- C'est un **beau** château / tableau / chapeau / garçon / regard.
- C'est un **bel** arbre / appartement / oiseau / immeuble / enfant / acteur / homme.
- C'est une **belle** voiture / région / fille.
- C'est un **joli** parc / sac.
- C'est une **jolie** maison / femme / ville.
- Il a une **jolie** femme.
- Tu as de **jolies** boucles d'oreilles.
- Elle a une **petit** bouche.
- C'est un **petit** garçon / **petit** pays.
- Il a un **petit** appartement.
- C'est une **petite** rue.
- Ils ont un **grand** appartement au centre ville.
- Ce coureur a de **grandes** jambes.
- C'est un **grand** architecte.
- C'est une **grande** ville.
- Cette **grosse** dame mange souvent des chips et boit du Coca-cola.

- C’est un **gros** poisson. / C’est un **gros** livre.
- Il a un **gros** salaire.
- C’est une **grosse** voiture.
- Elle a **bonne** mine / une **bonne** note.
- Où peut-on acheter du **bon** pain à Paris ?
- Mange ces **bonnes** cerises !
- C’est un **bon** gâteau. / C’est une **bonne** tarte.
- C’est une **mauvaise** présentatrice à la télévision.
- Il a **mauvaise** mine.
- C’est un **mauvais** film.
- Elle a de **longs** cheveux noirs.
- C’est une **longue** histoire / avenue.
- Le directeur a fait un **court** discours, mais c’était intéressant.
- Les jupes **courtes** sont à la mode de cette année.
- Ce sont des **jeunes** footballeurs qui s’entraînent tous les jours.
- Ces **vieilles** chansons ne plaisent pas aux jeunes.
- C’est un **vieux** quartier / chien / monsieur / train / journal.
- C’est un **vieil** immeuble / ami / appartement / homme / appareil-photo.
- C’est une **vieille** dame / voiture / amie.
- C’est ton **nouveau** collègue ?
- Des Français apprécient la **nouvelle** cuisine.
- C’est un **nouveau** film / voisin / manteau.
- C’est un **nouvel** acteur / aéroport / avion / hôpital / ordinateur.
- C’est une **nouvelle** actrice / voiture.
- Il reste un **demi** gâteau pour les enfants.
- Il souhaiterait préparer un **double** master en France.

❸ 數字形容詞 + 名詞

Exemples :

- Elle prend le **premier** train
- Nous prenons le **prochain** train.

❹ 形容詞 + 名詞 / 名詞 + 形容詞

Exemples :

- Ce sont des **pantalons propres**. (乾淨的長褲)
- Ce sont mes **propres pantalons**. (自己的長褲)
- C'est un **pompier brave**. (勇敢的消防人員)
- Paul est un **brave garçon**, il aide souvent ses camarades. (親切的男孩)
- C'était une **ancienne usine**. (舊工廠) / une **ancienne** adresse / facture / capitale
- Il aime les **voitures anciennes**. (老車)
- Je vais vous raconter une **curieuse histoire**. (奇怪的故事)
- C'est une **voisine curieuse**, elle s'intéresse beaucoup à la vie privée des autres. (好奇的鄰居)
- Ces gens viennent de **familles pauvres**, ils sont malheureux. (貧窮的家庭)
- Mon **pauvre ami**, pourquoi n'es-tu jamais content ? (可憐的朋友)
- M. Durand collectionne des **papillons rares**. (珍貴稀有的蝴蝶)
- Ce sont des **livres rares**, garde-les bien ! (珍貴稀有的書)
- Paul est timide, il a de **rares amis**. (朋友稀少)
- C'est une **femme seule**. (孤獨的女人)
- Il y a une **seule femme**.(唯一的女人)
- Ils ont une **certaine motivation** pour apprendre le français. (某些動機)
- Voici des **informations certaines** venant d'un quotidien sérieux. (確實的消息)
- C'est un **faux numéro de téléphone**. (錯誤或不正確的電話號碼)
- Les policiers ont trouvé beaucoup de **faux billets** chez un gangster. (假鈔)
- Nous n'avons pas trouvé le restaurant parce qu'il m'avait donné une **fausse adresse**. (錯誤或不正確的地址)
- Elle n'a pas de chance, elle a fait la connaissance d'un **sale type** sur Internet. (不好的人)
- Tu as les **mains sales**. Va les laver ! (骯髒的手)
- Nous irons à la plage **vendredi prochain (la semaine prochaine)**. (下週五 / 下週)
- La **prochaine fois**, nous irons à la plage. (下次)
- Nous sommes allés à la plage **vendredi dernier (la semaine dernière)**. (上週五 / 上週)
- **La dernière fois**, nous sommes allés à la plage. (上次)

Annexe 9

◎ Les pronoms personnels

以下的動詞結構應該與重讀音代名詞配合。(Verbe + préposition + pronoms toniques)。

à qqn	de qqn
penser à qqn	avoir besoin de qqn
faire attention à qqn	avoir peur de qqn
tenir à qqn	parler de qqn
être à qqn	être fier de qqn
s'adresser à qqn	être content de qqn
s'intéresser à qqn	s'occuper de qqn
s'attacher à qqn	se moquer de qqn
se plaindre à qqn	se plaindre de qqn

Exemples :

- Elle pense à **ses enfants**.
  → Elle pense à **eux**.
- **Ces gros chiens** sont agressifs, il faut faire attention à **eux**.
- Quand j'étais petite, je tenais beaucoup à **ma grand-mère**.
  → Quand j'étais petite, je tenais beaucoup à **elle**.
- À qui est ce portable ?
  → Il est à **moi**.
- Vous pouvez vous adresser à **ces employées**.
  → Vous pouvez vous adresser à **elles**.
- Cédric s'intéresse à **Carole** depuis longtemps.
  → Cédric s'intéresse à **elle** depuis longtemps.
- Cette femme s'attche beaucoup à **son mari**.
  → Cette femme s'attche beaucoup à **lui**.
- On s'est plaint à **vous** pour une fuite d'eau dans la salle de bains.

- Nous avons besoin de **toi** pour résoudre ce problème.
- As-tu peur de **tes parents** ?

  → Oui, j'ai peur d'**eux** quelquefois.
- Pourquoi n'ont-ils jamais parlé de **nous** ?
- Ce professeur est fier de cet **étudiant**.

  → Il est fier de **lui**.
- Je suis très contente de **ma nièce**.

  → Je suis très contente d'**elle**.
- Occupez-vous bien de **vos parents** !

  → Occupez-vous bien d'**eux** !
- Romain se moque souvent de ma soeur et de moi.

  → Romain se moque souvent de **nous**.

Annexe 10

◎ Les verbes pronominaux

種類	代動詞
自反 (verbes pronominaux de sens réfléchi) ❶ 在生活起居中自己所做的動作： 入睡、脱衣、上床睡覺、睡醒、伸懶腰、、起床、淋浴、洗澡、用肥皂洗、沖洗、擦乾、穿衣、換衣、看自己、刮鬍子、化粧、梳頭、擦香水…	s'endormir, se déshabiller, se coucher, se réveiller, s'étirer, se lever, se doucher, se laver, se savonner, se rincer, s'essuyer, se sécher, s'habiller, se changer, se regarder, se raser, se maquiller, se coiffer, se peigner, se parfumer...
❷ 自身心情狀況之感覺 疲勞、感覺 (好、壞)、擔心、氣餒、感到無聊、抱怨…	se fatiguer, se sentir, s'inquiéter, se décourager, s'ennuyer, se plaindre...
❸ 自己做動作 (做事情) 叫甚麼名子字、靠近、遠離、走向、定居 (坐定)、散步、停下、坐下、休息、趕快、迷失方向、打聽消息、結束、投入、躺、受傷、弄髒、進食 (吃)、自殺、問人、自娛、鍛練、對事情感興趣、報名、 習慣於、終於下定決心、自衛、負責、請求原諒、 結婚…	s'appeler, s'approcher, s'éloigner, se diriger, s'installer, se promener, s'arrêter, s'asseoir, se reposer, se dépêcher, se perdre, s'informer, se terminer, se lancer, s'allonger, se blesser, se salir, se nourrir, se suicider, s'adresser (à), s'amuser, s'entraîner, s'intéresser (à), s'inscrire (à), s'habituer (à), se décider, se défendre, s'occuper (de), s'excuser, se marier.....
❹ 為自己做一件事情 為自己買、為自己準備…	s'acheter, se préparer...

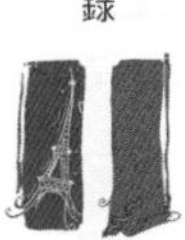

種類	代動詞
❺ 自己做動作並結合身體的某部位 洗手 (頭髮)、弄乾頭髮、梳頭髮 (刷牙、修指甲)、割破手指、燙到舌頭、清洗耳朵、擦面霜 (擦芬香劑、擦香水、擦口紅、擦粉底、擦指甲油)、扭傷手腕 (腳踝)、摔斷腿 (手臂)、撞到頭、扭傷膝蓋 (腳踝)、拔腿毛、咬手指甲、漱口…	se laver les mains (les cheveux), se sécher les cheveux, se brosser les cheveux (les dents, les ongles), se couper les doigts, se brûler la langue, se nettoyer les oreilles, se mettre de la crème (du déodorant, du parfum, du rouge à lèvres, du fond de teint, du vernis à ongles), se fouler le poignet (la cheville), se casser la jambe(le bras), se cogner la tête, se tordre le genou (la cheville), s'épiler les jambes, se ronger les ongles, se rincer la bouche...
互反 (verbes pronominaux réciproques) 相遇、相識、相見、互看、重逢、相處、互相了解、相愛、結婚、爭吵、互毆、分離、分開…	se rencontrer, se connaître, se voir, se regarder, se retrouver, s'entendre, se comprendre, s'aimer, se marier, se disputer, se battre, se séparer, se quitter…
互通電話、交談、通信、互道早安 (晚安)、互訂見面時間、互相喜歡…	se téléphoner, se parler, s'écrire, se dire bonjour (bonsoir), se donner rendez-vous, se plaire...
必反 (verbes uniquement pronominaux) 離開、閉嘴、昏倒、不在、飛走、占領、逃走、記得、不信任、嘲笑、發覺、抱怨、停止、位於、免去、開始…	s'en aller, se taire, s'évanouir, s'absenter, s'envoler, s'emparer, se sauver, se souvenir (de), se méfier (de), se moquer (de), s'apercevoir (de), se plaindre (de), s'arrêter (de), se trouver, se passer (de), se mettre (à)…

種類	代動詞
動詞有被動的意思 (verbes pronominaux de sens passif) 被説、被説(語言)、被發音、被唸(讀)、被做、被使用、被穿、被賣、被吃、被喝、被了解、被寫、被服用(藥品)、被演出(戲)、被參觀、被聽到、被買、被除去(污垢)、被拼讀(字)、被保存、被做(進行:運動)、被看到、被建造、被使用、被出版、用水洗、被摔破…	se dire, se parler, se prononcer, se lire, se faire, s'utiliser, se porter, se vendre, se manger, se boire, se comprendre, s'écrire, se prendre, se jouer, se visiter, s'entendre, s'acheter, s'enlever, s'épeler, se conserver, se pratiquer, se voir, se construire, s'employer, se publier, se laver, se casser...

Annexe 11

◎ L'impératif

四個不規則動詞的變化

être	avoir	savoir	vouloir
Sois	Aie	Sache	Veuille
Soyons	Ayons	Sachons	Veuillons
Soyez	Ayez	Sachez	Veuillez

Exemples :

- **Sois** heureux ! / **Sois** cool !
- **Soyez** les bienvenus !
- Ne **soyons** pas en retard !
- **Aie** du courage !
- **Ayons** de la patience !
- N'**ayez** pas peur !
- **Sache** nous en parler le plus tôt possible !
- **Veuillez** patienter quelques minutes !
- C'est de notre faute, **veuillez** nous en excuser !

Annexe 12

◎ Le passé composé

Verbes du 1er groupe : -er → é

運用附錄三所有屬於第一組的動詞。
在複合過去時原則上都是與助動詞 **avoir** 連用，但是碰到代動詞或移位動詞時就要與助動詞 **être** 連用。

aimer, habiter, écouter, inviter, parler, chanter, danser, manger, changer, voyager, nager, plonger, ranger, déménager, déranger, partager, commencer, avancer, annoncer, placer, lancer, prononcer, préférer, répéter, peser, posséder, promener, amener, emmener, lever, enlever, espérer, appeler, épeler, rappeler, renouveler, jeter, feuilleter, projeter, acheter, geler, peler, payer, essuyer, essayer, employer, nettoyer, envoyer, balayer, ennuyer, effrayer, appuyer, tutoyer, vouvoyer,
se reposer, se réveiller, se promener, se raser...

動詞　**aimer**

主詞	助動詞	過去分詞
Je (J')	ai	aimé
Tu	as	aimé
Il / Elle	a	aimé
Nous	avons	aimé
Vous	avez	aimé
Ils / Elles	ont	aimé

動詞　**arriver**

主詞	助動詞	過去分詞
Je (J')	suis	arrivé (e)
Tu	es	arrivé (e)
Il / Elle	est	arrivé (e)
Nous	sommes	arrivé (e) (s)
Vous	êtes	arrivé (e) (s)
Ils / Elles	sont	arrivé (e) (s)

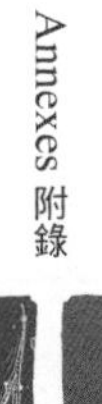

代動詞 **se reposer**

主詞	代詞 + 助動詞		過去分詞
Je (J')	me	suis	reposé (e)
Tu	t'	es	reposé (e)
Il / Elle	s'	est	reposé (e)
Nous	nous	sommes	reposé (e) (s)
Vous	vous	êtes	reposé (e) (s)
Ils / Elles	se	sont	reposé (e) (s)

Verbes du 2ème groupe : -ir → i

運用附錄三所有屬於第二組的動詞。
在複合過去時原則上都是與助動詞 **avoir** 連用。但是碰到代動詞時就要與助動詞 **être** 連用。

finir, choisir, réfléchir, applaudir, atterrir, grossir, maigrir, mincir, grandir, guérir, mûrir, noircir, rougir, jaunir, blanchir, pâlir, bâtir, remplir, nourrir, réunir, agir, vieillir, rajeunir, ralentir, fleurir, refroidir, punir..

動詞 **finir**

主詞	助動詞	過去分詞
Je (J')	ai	fini
Tu	as	fini
Il / Elle	a	fini
Nous	avons	fini
Vous	avez	fini
Ils / Elles	ont	fini

代動詞　**s' enrichir**

主詞	代詞 + 助動詞		過去分詞
Je (J')	me	suis	enrichi (e)
Tu	t'	es	enrichi (e)
Il / Elle	s'	est	enrichi (e)
Nous	nous	sommes	enrichi (e) (s)
Vous	vous	êtes	enrichi (e) (s)
Ils / Elles	se	sont	enrichi (e) (s)

Verbes du 3ème groupe :

運用附錄三所有屬於第三組的動詞。
在複合過去時原則上都是與助動詞 **avoir** 連用。但是碰到代動詞或移位動詞時就要與助動詞 **être** 連用。

◎ 1. 與助動詞 **avoir** 連用

● ***- ir → i :***
dormir, sentir, servir, sortir, cueillir
(J'ai dormi, senti, servi, sorti, cueilli)

● ***- ir → u :***
tenir, appartenir, obtenir, retenir, entretenir
(J'ai tenu, appartenu, obtenu, retenu, entretenu)

● ***- ir → ert :***
ouvrir, offrir, souffrir, découvrir
(J'ai ouvert, offert, souffert, découvert)

● ***- endre, ondre , erdre, ordre → u :***
attendre, descendre, vendre, entendre, rendre, défendre, dépendre, répondre, confondre, perdre, mordre
(J'ai attendu, descendu, vendu, entendu, rendu, défendu, dépendu, répondu, confondu, perdu, mordu)

● ***- endre → is :***
prendre, apprendre, comprendre
(J'ai pris, appris, compris)

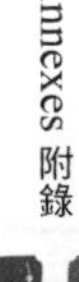

● - ***eindre → eint :***
éteindre, peindre, teindre
(J'ai éteint, peint, teint)
● - ***aindre → aint :***
craindre, plaindre
(J'ai craint, plaint)
● - ***oindre → oint :***
joindre, rejoinder
(J'ai joint, rejoint)
● - ***ire → u :***
lire, élire, taire
(J'ai lu, élu, tu)
● - ***ivre → u :***
vivre, survivre
(J'ai vécu, survécu)
● - ***aire → u :***
plaire
(J'ai plu)
● - ***oire, oir → u :***
croire, boire, savoir, voir, vouloir, pouvoir, recevoir, devoir, falloir
(J'ai cru, bu, su, vu, voulu, pu, reçu, dû) (Il a fallu)
● - ***aître, ttre → u :***
connaître, reconnaître, apparaître, paraître, battre
(J'ai connu, reconnu, apparu, paru, battu)
● - ***ettre → is :***
mettre, permettre, promettre, admettre, commettre
(J'ai mis, permis, promis, admis, commis)
● - ***aire, uire, ire → t :***
faire, traduire, conduire, construire, dire, interdire, écrire, décrire
(J'ai fait, traduit, conduit, construit, dit, interdit, écrit, décrit)
● - ***ivre, ire → i :***
suivre, poursuivre, suffire, rire, sourire
(J'ai suivi, poursuivi, suffi, ri, souri)

動詞　**dormir**

主詞	助動詞	過去分詞
Je (J')	ai	dormi
Tu	as	dormi
Il / Elle	a	dormi
Nous	avons	dormi
Vous	avez	dormi
Ils / Elles	ont	dormi

◎ 2. 與助動詞 **être** 連用

- 代動詞
- 移位動詞

- naître (Il est né)
- mourir (Il est mort)
- aller, entrer, rentrer, monter, passer, tomber, arriver, retourner, rester
  (Il est allé, entré, rentré, monté, passé, tombé, arrivé, retourné, resté)
- sortir, partir (Il est sorti, parti)
- descendre (Il est descendu)
- venir (Il est venu)
- devenir (Il est devenu)

不規則動詞變化　**aller**

主詞	助動詞	過去分詞
Je (J')	suis	allé (e)
Tu	es	allé (e)
Il / Elle	est	allé (e)
Nous	sommes	allé (e) s
Vous	êtes	allé (e) s
Ils / Elles	sont	allé (e) s

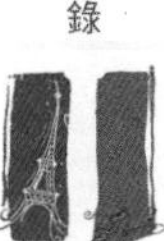

Être 與 **Avoir** 在複合過去時的變化都是與助動詞 **avoir** 配合。

不規則動詞變化　**être**

主詞	助動詞	過去分詞
Je (J')	ai	été
Tu	as	été
Il / Elle	a	été
Nous	avons	été
Vous	avez	été
Ils / Elles	ont	été

不規則動詞變化　**avoir**

主詞	助動詞	過去分詞
Je (J')	ai	eu
Tu	as	eu
Il / Elle	a	eu
Nous	avons	eu
Vous	avez	eu
Ils / Elles	ont	eu

Annexe 13

◎ L'imparfait

Verbes du 1er groupe : -er

運用附錄三所有屬於第一組的動詞。
先將動詞變化成直陳式第一人稱複數 **Nous aimons**，將字尾的 **ons** 刪掉，再加 **-ais, -ais, -ait, -ions, -iez, -aient** 。

aimer, habiter, écouter, inviter, parler, chanter, danser, manger, changer, voyager, nager, plonger, ranger, déménager, déranger, partager, commencer, avancer, annoncer, placer, lancer, prononcer, préférer, répéter, peser, posséder, promener, amener, emmener, lever, enlever, espérer, appeler, épeler, rappeler, renouveler, jeter, feuilleter, projeter, acheter, geler, peler, payer, essuyer, essayer, employer, nettoyer, envoyer, balayer, ennuyer, effrayer, appuyer, tutoyer, vouvoyer...

動詞 **aimer**

主詞	動詞
Je (J')	aimais
Tu	aimais
Il / Elle	aimait
Nous	aimions
Vous	aimiez
Ils / Elles	aimaient

注意：

1. manger, changer, voyager, nager, plonger, ranger, déménager, déranger, partager
(Je mangeais, changeais, voyageais, nageais, plongeais, rangeais, déménageais, dérangeais, partageais)
2. commencer, avancer, annoncer, placer, lancer, prononcer
(Je commençais, avançais, annonçais, plaçais, lançais, prononçais)

Verbes du 2ème groupe : -ir

運用附錄三所有屬於第二組的動詞。
先將動詞變化成直陳式第一人稱複數 **Nous finissons**，將字尾的 **ons** 刪掉，再加 **-ais, -ais, -ait, -ions, -iez, -aient** 。

finir, choisir, réfléchir, applaudir, atterrir, grossir, maigrir, mincir, grandir, guérir, mûrir, noircir, rougir, jaunir, blanchir, pâlir, bâtir, remplir, nourrir, réunir, agir, vieillir, rajeunir, ralentir, fleurir, refroidir, punir...

動詞　**finir**

主詞	動詞
Je (J')	finissais
Tu	finissais
Il / Elle	finissait
Nous	finissions
Vous	finissiez
Ils / Elles	finissaient

Verbes du 3ème groupe :

運用附錄三所有屬於第三組的動詞。
先將動詞變化成直陳式第一人稱複數 **Nous dormons**，將字尾的 **ons** 刪掉，加 **-ais, -ais, -ait, -ions, -iez, -aient** 。

• *- ir :*
dormir, sentir, servir, sortir, partir, cueillir
Nous dormons → Je dormais, sentais, servais, sortais, partais, cueillais
• *- ir :*
tenir, appartenir, obtenir, retenir, entretenir, venir
Nous tenons → Je tenais, appartenais, obtenais, retenais, entretenais, venais
• *- rir :*
ouvrir, offrir, souffrir, découvrir, mourir
Nous ouvrons → J'ouvrais, offrais, souffrais, découvrais, mourais

• - ***endre, ondre , erdre, ordre :***

attendre, descendre, vendre, entendre, rendre, défendre, dépendre, répondre, confondre, perdre, mordre

Nous attendons → J'attendais, descendais, vendais, entendais, rendais, défendais, répondais, confondais, perdais, mordais

• - ***endre :***

prendre, apprendre, comprendre

Nous prenons → Je prenais, apprenais, comprenais

• - ***aindre, eindre, oindre :***

craindre, plaindre, éteindre, peindre, teindre, joindre, rejoindre

Nous craignons → Je craignais, plaignais, éteignais, peignais, teignais, joignais, rejoignais

• - ***ire :***

lire, élire, taire

Nous lisons → Je lisais, élais, taisais

• - ***ivre :***

vivre, survivre

Nous vivons → Je vivais, survivais

• - ***aire, ire, uire :***

faire, plaire, dire, interdire, traduire, conduire, construire,

Nous faisons → Je faisais, plaisais, disais, interdisais, traduisais, conduisais, construisais

• - ***oir :***

savoir, voir, vouloir, pouvoir, recevoir, devoir, falloir

Nous savons → Je savais, voyais, voulais, pouvais, recevais, devais

Il fallait

• - ***oire :***

croire

Nous croyons → Je croyais

• - ***aître :***

connaître, reconnaître, apparaître, paraître

Nous connaissons → Je connaissais, reconnaissais, apparaissais, paraissais

• - ***ttre :***

mettre, permettre, promettre, admettre, commettre, battre

Nous mettons → Je mettais, permettais, promettais, admettais, commettais, battais

• - ***re, ire :***

suivre, poursuivre, rire, sourire

Nous suivons → Je suivais, poursuivais, riais, souriais

● - *oire :*

boire

Nous buvons → Je buvais

● - *ire :*

écrire

Nous écrivons → J'écrivais

Être 與 Avoir 在過去未完成時的變化如下：

不規則動詞變化　**être**

主詞	動詞
Je (J')	étais
Tu	étais
Il / Elle	était
Nous	étions
Vous	étiez
Ils / Elles	étaient

不規則動詞變化　**avoir**

主詞	動詞
Je (J')	avais
Tu	avais
Il / Elle	avait
Nous	avions
Vous	aviez
Ils / Elles	avaient

Annexe 14

◎ Le futur

Verbes du 1er groupe :

運用附錄三所有屬於第一組的動詞。
在原形動詞之後加→ **-ai, -as, -a, -ons, -ez, -ont**

aimer, habiter, écouter, inviter, parler, chanter, danser, manger, changer, voyager, nager, plonger, ranger, déménager, déranger, partager, commencer, avancer, annoncer, placer, lancer, prononcer, préférer, répéter, peser, posséder, promener, amener, emmener, lever, enlever, espérer, appeler, épeler, rappeler, renouveler, jeter, feuilleter, projeter, acheter, geler, peler, payer, essuyer, essayer, employer, nettoyer, envoyer, balayer, ennuyer, effrayer, appuyer, tutoyer, vouvoyer...

動詞 **parler**

主詞	動詞
Je (J')	parlerai
Tu	parleras
Il / Elle	parlera
Nous	parlerons
Vous	parlerez
Ils / Elles	parleront

注意：

1. lever, enlever (Je lèverai, enlèverai)
2. appeler, rappeler (J'appellerai, rappellerai)
3. acheter (J'achèterai)
4. jeter, feuilleter, projeter (Je jetterai, feuilletterai, projetterai)
5. geler, peler (Je gèlerai, pèlerai)
6. envoyer (J'enverrai)

Verbes du 2ème groupe : -ir

運用附錄三所有屬於第二組的動詞。
在原形動詞之後加→ **-ai, -as, -a, -ons, -ez, -ont** 。

finir, choisir, réfléchir, applaudir, atterrir, grossir, maigrir, mincir, grandir, guérir, mûrir, noircir, rougir, jaunir, blanchir, pâlir, bâtir, remplir, nourrir, réunir, agir, vieillir, rajeunir, ralentir, fleurir, refroidir, punir...

動詞 finir

主詞	動詞
Je (J')	finirai
Tu	finiras
Il / Elle	finira
Nous	finirons
Vous	finirez
Ils / Elles	finiront

Verbes du 3ème groupe :

運用附錄三所有屬於第三組的動詞。
在原形動詞之後加→ **-ai, -as, -a, -ons, -ez, -ont**。
但是有特殊情況：如果動詞結尾是 **-e**，就要去掉再加上
-ai, -as, -a, -ons, -ez, -ont 。

● ***- ir :***
dormir, sentir, servir, sortir, partir, cueillir
(Je dormirai, sentirai, servirai, sortirai, partirai, cueillirai)
● ***- ir :***
tenir, appartenir, obtenir, retenir, entretenir, venir
(Je tiendrai, appartiendrai, obtiendrai, retiendrai, entretiendrai, viendrai)
● ***- rir :***
ouvrir, offrir, souffrir, découvrir
(J'ouvrirai, offrirai, souffrirai, découvrirai)

● - ***endre, ondre , erdre, ordre :***

attendre, descendre, vendre, entendre, rendre, défendre, dépendre, prendre, apprendre, comprendre, répondre, confondre, perdre, mordre

(J'attendrai, descendrai, vendrai, entendrai, rendrai, défendrai, prendrai, apprendrai, comprendrai, répondrai, confondrai, perdrai, mordrai)

● - ***aindre, eindre, oindre :***

craindre, plaindre, éteindre, peindre, teindre, joindre, rejoindre

(Je craindrai, plaindrai, éteindrai, peindrai, teindrai, joindrai, rejoindrai)

● - ***ire :***

lire, élire, taire, écrire, rire, sourire, suffire

(Je lirai, élirai, tairai, écrirai, rirai, sourirai, suffirai)

● - ***ivre :***

vivre, survivre, suivre, poursuivre

(Je vivrai, survivrai, suivrai, poursuivrai)

● - ***aire, ire, uire :***

plaire, dire, interdire, traduire, conduire, construire

(Je plairai, dirai, interdirai, traduirai, conduirai, construirai)

● - ***aître :***

connaître, reconnaître, apparaître, paraître

(Je connaîtrai, reconnaîtrai, apparaîtrai, paraîtrai)

● - ***ttre :***

mettre, permettre, promettre, admettre, commettre, battre

(Je mettrai, permettrai, promettrai, admettrai, commettrai, battrai)

● - ***oire :***

croire, boire

(Je croirai, boirai)

● - ***rir :***

mourir

(Je mourrai)

● - ***oir :***

savoir, voir, vouloir, pouvoir, recevoir, devoir, falloir

(Je saurai, verrai, voudrai, pourrai, receverrai, devrai)

(Il faudra)

● - ***aire :***

faire

(Je ferai)

不規則動詞變化 **être**

主詞	動詞
Je (J')	serai
Tu	seras
Il / Elle	sera
Nous	serons
Vous	serez
Ils / Elles	seront

不規則動詞變化 **avoir**

主詞	動詞
Je (J')	aurai
Tu	auras
Il / Elle	aura
Nous	aurons
Vous	aurez
Ils / Elles	auront

不規則動詞變化 **aller**

主詞	動詞
Je (J')	irai
Tu	iras
Il / Elle	ira
Nous	irons
Vous	irez
Ils / Elles	iront

Annexe 15

◎ Le subjonctif

十個不規則動詞變化：

être, avoir, aller, faire, savoir, pouvoir, vouloir, valoir, falloir, pleuvoir

Être			**Avoir**			**Aller**		
que	je	sois	que	j'	aie	que	j'	aille
que	tu	sois	que	tu	aies	que	tu	ailles
qu'il	/ elle	soit	qu'il	/ elle	ait	qu'il	/ elle	aille
que	nous	soyons	que	nous	ayons	que	nous	allions
que	vous	soyez	que	vous	ayez	que	vous	alliez
qu'ils	/ elles	soient	qu'ils	/ elles	aient	qu'ils	/ elles	aillent

faire			**savoir**			**pouvoir**		
que	je	fasse	que	je	sache	que	je	puisse
que	tu	fasses	que	tu	saches	que	tu	puisses
qu'il	/ elle	fasse	qu'il	/ elle	sache	qu'il	/ elle	puisse
que	nous	fassions	que	nous	sachons	que	nous	puissions
que	vous	fassiez	que	vous	sachez	que	vous	puissiez
qu'ils	/ elles	fassent	qu'ils	/ elles	sachent	qu'ils	/ elles	puissent

vouloir			**valoir**			**falloir**	
que	je	veuille	que	je	vaille	qu'il	faille
que	tu	veuilles	que	tu	vailles	**pleuvoir**	
qu'il	/ elle	veuille	qu'il	/ elle	vaille	qu'il	pleuve
que	nous	voulions	que	nous	valions		
que	vous	vouliez	que	vous	valiez		
qu'ils	/ elles	veuillent	qu'ils	/ elles	vaillent		

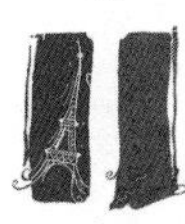

✻ Exercices 解答

Chapitre I

Réponses :

❶ gratte-ciels ❷ profession ❸ fromages ❹ boulangerie ❺ journal
❻ amis ❼ Parisiennes ❽ porte-bonheur ❾ tradition ❿ romancière

Chapitre II

Réponses :

❶ du (trop de), du (trop de) ❷ de (assez de), des (trop de) ❸ le
❹ de la, du, de l', de l' ❺ des, des, de la ❻ du, des, de la ❼ Le, la
❽ du / le ❾ du, du ❿ de, les

Chapitre III

Réponses :

❶ polies ❷ drôle ❸ mauvais ❹ discrète ❺ chinoise
❻ prochain ❼ vieil ❽ extraordinaires ❾ bon, rouge ❿ chers

Chapitre IV

Réponses :

❶ de plus en plus ❷ la plus ❸ plus, plus d' ❹ autant d'
❺ plus...que ❻ autant ...que ❼ le plus ❽ de plus en plus
❾ le plus de ❿ le moins (le plus)

Chapitre V

Réponses :

❶ Celui-ci ❷ celui-là ❸ Ceux ❹ cette ❺ Celle
❻ Ceux ❼ ceux ❽ Celui-ci / celui-là ❾ Celui ❿ Ce / celui

Chapitre VI

Réponses :

❶ les leurs ❷ les miennes, les tiennes ❸ la sienne ❹ sa, la tienne
❺ ses ❻ le nôtre, le vôtre ❼ ma, la tienne ❽ les miennes
❾ la mienne ❿ les miens

Chapitre VII

Réponses :

❶ un autre ❷ certains / d'autres ❸ plusieurs ❹ quelques
❺ N'importe où ❻ N'importe quand ❼ N'importe qui ❽ plusieurs
❾ N'importe lequel ❿ quelques-uns / plusieurs

Chapitre VIII

Réponses :

❶ vous en apporte une ❷ te la prête ❸ vous le ferai
❹ n'y suis jamais allé ❺ y suis parvenu ❻ m'en enverra une.
❼ nous les donne demain ❽ ne s'en est pas rendu compte
❾ le pense ❿ n'en ai jamais entendu parler

Chapitre IX

Réponses :

❶ hésiter ❷ Encourager ❸ aime ❹ propose ❺ proposé
❻ informer ❼ invite ❽ remercier ❾ envoyer ❿ empêcher

Chapitre X

Réponses :

❶ me réveille, me lève ❷ se promène ❸ nous parlions, nous disputions
❹ se mange ❺ te rappelles ❻ m'évanouir ❼ se vendent
❽ se voient, se parlent ❾ s'écrit ❿ m'absenter

Chapitre XI

Réponses :

❶ mélangez ❷ ajoutez ❸ malaxez ❹ laissez ❺ coupez
❻ étalez ❼ déposez ❽ saupoudrez ❾ mettez ❿ oubliez

Chapitre XII

Réponses :

❶ avait ❷ a glissé, se sont heurtées ❸ passais, ai vu ❹ s'est passé
❺ fumais, ai arrêté ❻ avais, ai fait ❼ était ❽ est passée, dansait, chantait
❾ étais déjà allé ❿ avais déjà appris

Chapitre XIII

Réponses :

❶ vais l'appeler ❷ allons partir ❸ irai ❹ aurai fini ❺ se vendra
❻ aurai terminé ❼ sera arrivé ❽ vais nager ❾ aurons
❿ aura fini, étudiera

Chapitre XIV

Réponses :

❶ se sont produits ❷ ont été ❸ a été vu ❹ a été observé ❺ est apparu
❻ ont été repérés ❼ ont été prises ❽ ont été fournies
❾ n'ont pas été convaincus. ❿ n'ont pas été fabriqués

Chapitre XV

Réponses :

❶ sois (souhait) ❷ vienne (nécessité) ❸ pleuve (possibilité)
❹ puisse (sentiment) ❺ fassions (conseil) ❻ obtiennent (souhait)
❼ saches (obligatoire) ❽ veuillent (doute) ❾ soient (jugement)
❿ ait (phrase négative)

Chapitre XVI

Exercice 1 Réponses :

❶ serais, serais (fait imaginaire) ❷ voudrais, pourriez (souhait et politesse)

❸ serait (information non confirmée) ❹ irais (conseil)

❺ pourriez (politesse) ❻ devrais (conseil)

❼ faudrait(conseil) ❽ pourrait (suggestion)

❾ aimerais, ferais (souhait et conseil)

❿ quitteraient (information non confirmée)

Exercice 2 Réponses :

❶ aurais pu (reproche) ❷ aurais dû (regret) ❸ aurait mieux valu (regret)

❹ aurais aimé (regret) ❺ aurait voulu (regret) ❻ aurais souhaité (regret)

❼ aurais pu (reproche) ❽ auriez dû (reproche)

❾ aurais mieux fait (reproche)

❿ aurais préféré(regret)

Exercice 3 Réponses :

❶ irons ❷ passe ❸ comprendrait ❹ avais su ❺ ferais ❻ avais vu

❼ déjeune / déjeunera ❽ souviens ❾ passerait ❿ serait

Chapitre XVII

Réponses :

❶ près ❷ partout ❸ déjà ❹ faux ❺ suffisamment ❻ jeune ❼ dehors

❽ particulièrement ❾ régulièrement ❿ fréquemment

Chapitre XVIII

Réponses :

❶ chez ❷ d' ❸ à, à ❹ depuis ❺ contre ❻ par ❼ avec ❽ en face de

❾ jusqu' à ❿ du, au, de, à

Chapitre XIX

Exercice 1 Réponses :

❶ Quand ❷ Qu'est-ce que ❸ Pourquoi ❹ Combien ❺ Où
❻ Comment ❼ Qui ❽ Comment ❾ lequel ❿ Quelle

Exercice 2 Réponses :

❶ Depuis quand / Depuis combien de temps ❷ D'où ❸ À quelle heure
❹ à quoi / à qui ❺ Dans quel ❻ Avec qui ❼ combien ❽ de qui
❾ avec quoi ❿ Desquels

Chapitre XX

Réponses :

❶ dont ❷ dont ❸ qui ❹ qu' ❺ dont
❻ qui ❼ que ❽ auquel ❾ qu' ❿ qui
⓫ où ⓬ dont ⓭ avec qui / avec lequel ⓮ où ⓯ lesquels
⓰ lesquels ⓱ auxquels ⓲ duquel ⓳ à laquelle ⓴ lequel

* Expressions

Chapitre I

Ne pas mettre la charrue avant les boeufs : Il y a un temps pour chaque chose, il faut faire les choses dans l'ordre. Aussi utilisé dans ce contexte *Il ne faut pas vendre la peau de l'ours avant de l'avoir tué*.

Chapitre 2

J'en ai l'eau à la bouche : Je salive d'envie, cela me donne envie.
De l'huile de coude : de l'effort physique, de l'énergie

Chapitre 3

En un éclair : la grande vitesse du déroulement des événements.

Chapitre 5

C'est pas la mer à boire : Ce n'est pas aussi grave, ce n'est pas la fin du monde ! peut être utilisée ici aussi.

Pour qui il /elle se prend ? Expression utilisée lorsqu'une personne est exaspérée par l'attitude autoritaire d'une autre.

Chapitre 6

Donner un coup de main : Aider qqn à faire qqch.

Mettre qqch sur le dos de qqn : Rendre qqn coupable de qqch.

Se laisser emporter : Perdre sa modération, perdre la raison au profit des sentiments.

Chapitre 7

C'est vraiment pas mon truc ! : Ce n'est pas quelque chose que j'aime faire.

Chapitre 10

Se lever du pied gauche : Se lever de mauvaise humeur.

Chapitre 11

Ce n'est pas sorcier : Ce n'est pas difficile, ce n'est pas si dur

Noir de monde : Il y a beaucoup de monde, une foule importante.

Apprendre sur le tas : Apprendre en contexte sans avoir eu le temps de se préparer.

Chapitre 13

Entre les deux, mon coeur balance... signifie que l'un et l'autre des choix est tout aussi séduisant. Il peut s'agir d'un endroit, d'un objet ou d'une personne.

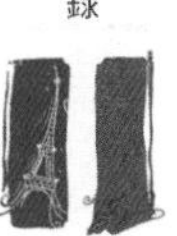

Chapitre 14

Se faire mener par le bout du nez. : Se laisser manipuler par quelqu'un d'autre.

Montrer patte blanche : Faire ses preuves pour être accepté par un groupe ou pouvoir entrer dans un endroit réservé à certaines personnes. Plus généralement, *se faire accepter*.

Chapitre 15

Connaître sur le bout des doigts : Savoir tout sur un sujet, une personne ou un lieu, connaître un sujet, une personne ou un lieu par cœur.

S'aérer la tête, se changer les idées : Faire une activité pour changer son humeur, se sentir mieux, faire le vide pour mieux se sentir.

Chapitre 16

Passer un cap : Passer une étape difficile ou marquante

Chapitre 17

Ça fait du bien de + verbe à l'infinitif : C'est agréable de + verbe à l'infinitif.

參考書目

1. Abbadie C., Chovelon B. et Morsel M-H., *L'expression française écrite et orale*, 中央圖書出版社 , 1986.
2. Abry D. et Chalaron M-L., *La grammaire des premiers temps A1-A2*, Presses universitaires de Grenoble, 2014.
3. Delatour Y., Jennepin D., Léon-Dufour M. et Teyssier B., *Nouvelle grammaire du français, Hachette*, 2004.
4. Delatour Y., Jennepin D., Léon-Dufour M. et Teyssier B., *Grammaire pratique du français en 80 fiches*, Hachette, 2000.
5. Delatour Y., Jennepin D., Léon-Dufour M., Teyssier B. et Mattle-Yeganeh A. *Grammaire, 350 exercices Niveau débutant et niveau moyen (nouvelle édition)*, Hachette, 1996.
6. Maïa G. et Thiévenaz O., *Grammaire progressive du français avec 500 exercices*, CLE International, 1995.
7. Poisson-Quinton S., Mimran R. et Mahéo-Le Coadic M., *Grammaire expliquée du français*, CLE International, 2002.

特別感謝

M. et Mme. Gigaudaut 夫婦、
M. Stéphane Corcuff 、
Mme. Majorie Bellemin-Ménard
參與錄音，使本書更臻完善。

Linking French

法語凱旋門：文法圖表精解

2014年10月初版 定價：新臺幣550元

著者 楊淑娟
Julien Chameroy
發行人 林載爵

出版者 聯經出版事業股份有限公司
地址 台北市基隆路一段180號4樓
編輯部地址 台北市基隆路一段180號4樓
叢書主編電話 (02)87876242轉226
台北聯經書房 台北市新生南路三段94號
電話 (02)23620308
台中分公司 台中市北區崇德路一段198號
暨門市電話：(04)22312023
台中電子信箱 e-mail：linking2@ms42.hinet.net
郵政劃撥帳戶第0100559-3號
郵撥電話 (02)23620308
印刷者 文聯彩色製版印刷有限公司
總經銷 聯合發行股份有限公司
發行所 新北市新店區寶橋路235巷6弄6號2樓
電話 (02)29178022

叢書編輯 李芃
校對 楊淑娟
Julien Chameroy
錄音人員 M. et Mme Gigaudaut
M. Stéphane Corcuff
Mme Majorie Bellemin-Ménard
錄音後製 純粹錄音後製公司
整體設計 江宜蔚

行政院新聞局出版事業登記證局版臺業字第0130號

本書如有缺頁，破損，倒裝請寄回台北聯經書房更換。 ISBN 978-957-08-4447-4 (平裝)
聯經網址： www.linkingbooks.com.tw
電子信箱：linking@udngroup.com

國家圖書館出版品預行編目資料

法語凱旋門：文法圖表精解/楊淑娟、Julien Chameroy著．初版．臺北市．聯經．2014年10月（民103年）．328面．19×26公分（Linking French）
ISBN 978-957-08-4447-4（平裝）

1.法語 2.語法

804.56 103015837